国家出版基金项目
NATIONAL PUBLICATION FOUNDATION

浙江师范大学非洲研究文库
非 洲 人 文 经 典 译 丛
总 主 编 洪 明 刘鸿武
副总主编 胡美馨 汪 琳

权力问题

A Question of Power

Bessie Head
[博茨瓦纳]贝西·黑德 著
李 艳 译

浙江工商大学出版社 | 杭州
ZHEJIANG GONGSHANG UNIVERSITY PRESS

图字:11-2019-347号

图书在版编目(CIP)数据

权力问题 / (博茨)贝西·黑德著;李艳译. 杭州:浙江工商大学出版社,2019.12

(非洲人文经典译丛 / 洪明,刘鸿武总主编)

书名原文:A Question of Power

ISBN 978-7-5178-3572-1

Ⅰ. ①权… Ⅱ. ①贝… ②李… Ⅲ. ①自传体小说—博茨瓦纳—现代 Ⅳ. ①I476.45

中国版本图书馆CIP数据核字(2019)第247038号

权力问题
QUANLI WENTI
[博茨瓦纳] 贝西·黑德 著
李 艳 译

出 品 人 鲍观明
策划编辑 姚 媛
责任编辑 王 英
封面设计 林朦朦
封面插画 张儒赫 周学敏
责任印制 包建辉
出版发行 浙江工商大学出版社
(杭州市教工路198号 邮政编码310012)
(E-mail:zjgsupress@163.com)
(网址:http://www.zjgsupress.com)
电话:0571-88904980,88831806(传真)
排 版 杭州朝曦图文设计有限公司
印 刷 杭州高腾印务有限公司
开 本 880mm×1230mm 1/32
印 张 8.625
字 数 161千
版 印 次 2019年12月第1版 2019年12月第1次印刷
书 号 ISBN 978-7-5178-3572-1
定 价 39.00元

本书的版权购买和翻译出版获浙江师范大学外国语学院学科建设经费、浙江省“2011协同创新中心”非洲研究与中非合作协同创新中心支持。

总　序

非洲文学作为世界文学的重要组成部分，既拥有灿烂的口头文明，又不乏杰出的书面文学，是非洲不同群体的集体欲望与自我想象的凝结。非洲是个多民族地区，每个民族都有自己的语言。仅西非的主要语言就有100多种，各地土语尚未包括在内。其中绝大多数语言没有形成书面形式，非洲口头文学通过民众和职业演唱艺人“格里奥”世代相传，内容包罗万象，涵盖神话传说、寓言童话、民间故事、历史传说等，直到今天依然保持活力。学界一般认为非洲现代文学诞生于19世纪末20世纪初，五六十年代臻于成熟，七八十年代形成百花齐放的局面，迎来了非洲文学繁荣期。这一时期的一大特点是欧洲语言（英语、法语、葡萄牙语等）文学与非洲本土语言（阿拉伯语、斯瓦希里语、豪萨语、阿非利卡语、奔巴语、修纳语、默里纳语、克里奥尔语等）文学并存，有的作家同时用两种语言写作。用欧洲语言写作是为了让世界听到非洲的声音，用本土语言写作是为了继承和发扬非洲本土文化。无论使用何种语言创作，非洲的知识分子都在奋笔疾书，向世界读者展现属于非洲人民自己的生活、文化与斗争。研究非洲文学，就是去认识非洲人民的生活历程、生命体验、情感结构，认识西方文化的镜像投射，认识第三世界文学、东方文学等世界经验的个体表述。

20世纪末，世界各地的图书出版业推出各区域、各语种“最伟大的100本书”，如美国现代文库曾推出“20世纪最伟大的100部英语作品”，但是其中仅3部为非裔美国人所创作，且没有一位来自非洲本土。即便是获得20世纪诺贝尔文学奖的非洲作家也榜上无名。在过去百年中，非洲作家用不同的语言，以不同的形式和风格，创作了不同主题的作品。尽管这些作品被翻译成多种语言在世界各国出版，但世界对于非洲文学的独创性及其作品仍是认知寥寥，遑论予其应有的认可。在此背景下，在出生于肯尼亚、现任纽约州立大学宾汉姆顿分校全球文化研究所所长的阿里·马兹瑞（Ali Mazrui）教授的推动下，评选“20世纪非洲百部经典”的计划顺势而出。津巴布韦国际书展与非洲出版网络、泛非书商联盟、泛非作家联盟合作，由来自13个非洲国家的16名文学研究专家组成的评委会从1521部提名作品中精选出“百部”经典，于2002年在加纳公布了最终名单。这可以说是迄今为止最权威的、由非洲人自己评选出来的非洲经典作品名单。

细读这一“百部”名单，我们发现其中译成中文的作品只有20余部，其中6部为诺贝尔文学奖获得者所著，11部在20世纪80年代（含）之前出版。许多在非洲极具影响力的作家不为中国读者所知，其作品没有中文译本，也没有相关研究成果。相对欧美文学、东亚文学，甚至南美文学，非洲文学在我国的译介与传播远远不足。

非洲文学在我国的译介历史可追溯至晚清，但直到20世纪50年代才真正起步。这既有文化方面的原因，也有政治方面的原因。非洲虽然拥有悠久的口头文学历史，但书面文学直到殖民文化普及才得以大量面世。书面文学起步晚，成熟自然也晚，在我国的译介则更晚。中华人民共和国成立以后，非洲国家逐渐摆脱殖民枷锁，中非国家建交与领导人互访等外交往来带动了20世纪五六十年代的非洲文学翻译热潮。当时译入的大部分作品是揭露殖民者罪恶的反殖民小说或者诗歌，这和我国当时的意识形态宣传需求紧密相关。70年代出现了一段沉寂。自80年代起，非洲数位作家获诺贝尔奖、布克奖、龚古尔奖等国际文学奖，此后，非洲英语文学、埃及文学逐渐成为非洲文学译介的重心。进入90年代以后，我国学界开始从真正意义上关注非洲文学的自身表现力，关注非洲作家如何表达非洲人民在文化身份、种族隔离、两性关系、婚姻与家庭等方面的诉求。非洲文学研究渐有增长，但非洲文学译介却始终不温不火，甚至出现近30年间仅有2部非洲法语文学中译本的奇特现象。此外，我国的非洲文学译介所涉及的语种也不均衡。英语、阿拉伯语文学的译介多于法语、葡语文学，受非洲土语人才缺乏的局限，我国鲜有非洲本土语言创作的作品译本。因此，尽管非洲文学进入中国已有数十年，读者对其仍较为陌生，“非洲文学之父”阿契贝在我国的知名度也远不及拉美的马尔克斯、博尔赫斯。

不了解非洲文学，就无法深入理解非洲文化，无法深入开展中非文化交流。2015年初，浙江师范大学外国语学院策划了“20世纪非洲百部经典”译介工程，并计划经由翻译工作，深入解读文本，开辟“非洲文学研究”这一新的学科发展方向。经过认真研讨、论证，学院很快成立了“非洲人文经典译丛学术组”，协同我校非洲研究院，联合国内其他高校与研究机构，组织精干力量，着手设计非洲人文经典作品的译介与研究方案。学院决定首先组织力量围绕“20世纪非洲百部经典”撰写作家作品综述集，同时，邀请国内外学者开办非洲文学研究论坛，引导学术组成员开展非洲经典研读，为译介与研究工作打好基础。

2016年5月，由我院鲍秀文教授、汪琳博士主编的近33万字的《20世纪非洲名家名著导论》出版。这是30余位学者近一年协同攻关的集体智慧结晶，集中介绍了14个非洲国家的30位作家，涉及文学、社会学、人类学、民俗学、哲学等领域。同年5月，学院主办了以“从传统到未来：在文学世界里认识非洲”为主题的

"2016全国非洲文学研究高端论坛"，60余名中外代表参会。在本次会议上，我们成立了"浙江师范大学非洲文学研究中心"——这也是国内高校第一个专门从事非洲文学研究的研究机构。中心成员包括校内外对非洲文学研究有浓厚兴趣且在该领域发表过文章或出版过译作的40余位教师，聘任国内外10位专家为学术顾问，旨在开展走在前沿的非洲文学研究，建设非洲文学译介与研究智库，推进国内非洲文学研究模式创新与学科发展。

与此同时，我们从百部经典名单中剔除已经出版过中译本的、用非洲生僻语言编写的，以及目前很难找到原文本的作品，计划精选40余部作品进行翻译，涉及英语、法语、阿拉伯语、葡萄牙语与斯瓦希里语等多个语种，将翻译任务落实给校内外学者。然而，译介工程一开始就遇到各种意想不到的困难。仅在购买原作版权这一环节中，就遇到各种挑战。我们在联系版权所属的出版社、版权代理或作者本人时，有的无法联系到版权方，有的由于战乱、移居、死后继承等导致版权归属不明，还有的作品遭到版权方拒绝或索要高价。挑战迭出，使该译介工程似乎成了"不可能完成的任务"。但我们抱着"20世纪非洲百部经典值得译介给中国读者"的信念，坚持不懈，多方寻找渠道联系版权，向对方表达我们向中国读者介绍非洲文学和文化的真诚愿望。渐渐地，我们闯过一个又一个看似不可能闯过的难关，签下一份又一份版权合同，打赢了版权联系攻坚战。然而当团队成员着手翻译时，着实感受到了第二场攻坚战之艰难。不同于大家相对较为熟悉的欧美文学作品，中国读者对非洲文学迄今仍相当陌生，给翻译工作带来巨大挑战。在正式翻译之前，每位译者都查阅了大量资料，部分译者还远赴非洲相关国家实地调研。我们充分发挥学校的非洲研究优势，与原著作者所在国家的学者、留学生，或研究该国的非洲问题专家合作，不放过任何一个疑惑。译介团队成员在交流时曾戏称，自己在翻译时几乎可以将作品内容想象成电影情节在脑海里播放。尽管所费心血不知几何，但我们清楚翻译从来都不可能尽善尽美，译文如有差错或不当之处，我们诚挚邀请广大读者匡正，以求真务实，共同进步。

在中非合作越来越紧密的今天，人文领域的相互理解也变得越来越迫切，需要双方学者进行全方位、多角度、深层次的系统研究。我们希望在中国文化走向非洲的过程中，也将非洲经典作品引介给中国读者。丛书的出版得到了浙江师范大学非洲研究院的大力支持，长江学者、院长刘鸿武教授是国内非洲研究领域的领军学者，对本项目的设计、推进提供了十分重要的指导意见，王珩书记也持续关心工作的进展。杭州电子科技大学非洲及非裔文学研究院院长谭惠娟教授在本项目设计之初就给出了宝贵的指导意见。借此机会，我代表学院向他们一并表示衷心的感谢！

“非洲人文经典译丛”的出版是我们在非洲文学文化研究的学术道路上迈出的第一步。随着我们对非洲人文经典作品的译介和研究的深入，今后将会有更多更好的成果与读者见面。谨希望这套丛书能够为中国读者了解非洲文化、促进中非人文交流尽一份绵薄之力。

浙江师范大学外国语学院院长

洪　明

2017年12月于金华

寄　语

钦努阿・阿契贝

非洲大陆幅员辽阔，文化丰富多彩，语言种类繁多。非洲不是小菜一碟——人们常常想对非洲一目了然、一概而论，对非洲人民抱持一孔之见——可是，非洲包罗万象。全世界对非洲的了解才刚刚起步。过去五百年，欧洲人接触了非洲，产生了大量的文学作品，却只为非洲点亮如豆一灯！现在，是非洲人民讲述他们自己故事的时候了。

“企鹅非洲作家系列丛书”将给非洲文学的出版注入新的活力。企鹅出版社（南非）致力于全非洲大陆的既有声音与新声音的出版发行，以确保非洲故事吸引更多的全球读者。

这确实令我心向往之——全非洲的作家勠力同心，定义自己，书写自己，把自己的故事写进历史。文学最伟大之处在于，我们可以天马行空、异想天开，可以任意安排人物和场景，而不论人物出身何地、国别何异。通过该丛书，我们将打造一个平台，创造性地探索非洲独一无二的议题和经验，使其不仅遍布整个非洲大陆，而且传播到世界各国。

讲故事是对人类经验的创造性加工。为了和世界分享我们的经验，我们非洲人民需要认识到我们自己故事的重要性。著名的“海涅曼非洲作家系列”为此打下了坚实基础。基于此，我们启动了该系列丛书的出版工作。我很荣幸和企鹅出版社一起，邀请年轻的未来作家接受前几十年著名非洲作家传承下来的挑战，通过写作，继续探索、应对和叩问非洲生活的种种现实状况，考验非洲人民的能力，让非洲崛起，巍然屹立于世界民族之林。

献给

兰道夫·维涅和克莉丝汀·霍斯

肯和米拉·麦肯齐

以及波塞莱·塞娜拉

以爱祝颂

唯人，堕落之神

唯人，而已。

下坠，吊胆提心

堕落，永无止境

历经，缓慢腐化

经受，分崩离析……

分解，胆裂魂散

堕入，万劫深渊!

——D. H. 劳伦斯（选自《神》）

目　录

/ 上篇

色 乐

他恰好是非洲人。这些年来，他的眼界已经非常开阔，更愿意把自己视作一个人，而不是把自己的身份局限在某个特定的环境。而身为一个非洲人，他似乎已做出一个完美至极的声明：“我就是任何人。”好像他的灵魂是一幅拼图，又有一块放对了地方。一个靠社会学东西的人，每隔多久灵魂进化一次？但一个社会多久出一次错？每一个反社会潮流而行的人一命呜呼之时，就是结论得出之日。好像他生活的社会也不是没有邪恶，但是，在其他任何地方，他都无法习得这种谦逊，能够让他打心眼里认为自己完全无足重轻，彻底摆脱毒害自己灵魂的思想——自傲、自大、自我。一直以来，他都这般渴求灵魂本真，其他执念皆湮没尘下。所谓灵魂本真，多数时候是他对正确事物的直觉，不过这次他深信不疑，永恒的喜悦随之油然而生，静静地盈满内心。如若终能抛下撕啮内心的恶念，终能走出无法自拔的爱念（这也是一种恶），这时，人或许可以对极致的痛苦付之一笑。是这样吗？他又只能用直觉判断。他似乎一切都对，已然冲破灵魂的藩篱——孤独、阴郁、贫瘠、荒芜，热爱身边每一寸土地，热爱旭日东升，热爱莫塔本村的村民、牲畜。他可能热爱整个宇宙。那晚，他自言自语道："我可能还没找到这种心灵自由就死了。"这是他给出的另一个完美声明——爱，是心灵自由。

他叫色乐。莫塔本村有个女人，其思想变化与他如出一辙。色乐的内心经历也多发生在女人身上，他们恰似一对灵魂双生子，命运紧紧相连，而且都同样能在追求灵魂本真时压制其他执念。这次的追求失了理智。它可比不上人类的伟大教师的崇高言论，因为教师对一切的认识背后，都隐藏着对恶的隐晦陈述，而他们的内心却从来没有具体的、清晰的恶的化身。他们的确依稀说过，情感是万恶之源，战胜它们是明智之举，而揭示人与人之间微妙的权力平衡，就更难了——那些性格软弱、散漫又摇摆不定的人，轻而易举地就会被强势的或强权人士所掌控。女人最初有种天真的傲气，四年来逐渐增加，变得瞧不起男人色乐。他随意袒露自己的内心世界，一些细节让人既讨厌又恐惧，这在女人眼中，就把他定了罪，视为十足恶人。不过，有一次，她与男人耽·莫洛莫的感情关系，明眼人都能看出来，她又向色乐求助，伸出双手，说："感谢您！噢，上帝，感谢您将我拉出地狱！"他也回了些话，比如，“你明白了吧，你也不过如此”。似乎她现在在花许多时间解除她和耽的关联，而这种关联一直是狂热而永恒的感情，充满美妙的音乐、强烈的战栗和奇异的感受。如果耽不曾对他掌控之下的物事不屑一顾，冷酷无情地吐口水，以示轻蔑，她或许永远会为他唱歌给谁听找借口。正如她说的：“我可能早就死在爱他的错觉中了。”

女人叫伊丽莎白。男人耽不像色乐和伊丽莎白，他没有和死亡对话。这些日子他看起来也不那么傻了，尽管他样貌极其俊俏。他最想毁掉谁：伊丽莎白？色乐？这值得商榷。他们三人曾一起经历奇异的地狱之旅，互相都保持着亲密的关系。他们似乎在最初的时候达成了一致，检视内心的恶意，即终结所有恶念。伊丽莎白成了检视的中心点。俩男人都持续猛烈地恣意向她抛出不舒服的细节，她却没有时间检视自己的恶境。突然，她快速向自由迈出一小步，称恶境是耽。耽措手不及。他一直站在她面前，裤子如往常那般褪下，他一边翻弄他那玩意儿，一边说道：“嘿，我要让你看看我怎么睡了B……她真让我难忘。我睡一个女人，要睡一个小时。你不行，你那里没有……”他不停地这样说，四年后，伊丽莎白不再如火山般爆发。她慢慢晃着脑袋，治疗精神崩溃的药吃得她糊里糊涂，这时色乐突然说话了：“爱不是那样的。爱是两个人彼此哺育对方，而不是一个人如食尸鬼般寄居在另一个人的灵魂之上。”很长一段时间，她瞧不起色乐，心有憎恶，而这一席话，最先渗入她被痛苦撕裂的意识中。她先是一遍又一遍地重复这些话，然后，她把药片扔出窗外。一大早，她沿着尘土飞扬的道路飞奔，兴高采烈地问候每一个路人，喊声中洋溢着活力与喜悦。她的幸福极富感染力，路人们也不由自主微笑以待。耽惊慌失措，提起裤子，可惜太晚了。他说："欸，我裤子拉起来了，我改了。"她却再也听不到了。

回忆过去之后，伊丽莎白发现整件事源于色乐。事情的发展和方向他没有掌控多久，就让耽接了手；耽先是如同幕后那狡猾的、无形的幽灵，后来就疯狂地展示破坏与毁灭力。不可否认，伊丽莎白花了一年时间慢慢地想，痛苦思索，最后，她说："吁，真是一堆垃圾！"耽了解权力的运作方式，从他的手势来看，他无疑认为自己手中攥着一个萎靡的木偶，一旦确信这点，他就一点都不管自己的言行举止。这难道是一种蓄意的诡计，激得他完全暴露？因为伊丽莎白从精神病院回来后，他抛弃以前做一个完美的浪漫情人和保护者的姿态，说道："你现在要发生八次性关系，你会很松弛，导致两条腿像这样走路。"他边说边张开大手，在她脸上移动着，形容猥亵。什么事都没发生。他尝试又一个预言："明天中午十二点四十五分，你会自杀。"差点一语成谶，只可惜她儿子早就叫她买了一个足球，当时他和一群渴望踢球的朋友沿路走来。他们在房子外面设了一个足球场，她儿子急切地想给大家留下印象，不停把足球踢得老高，然后让球直接落在自己的背上。整个下午，她就在窗边看儿子，他太搞笑了。于是耽又试了一个预言，他说："我掌握你儿子的生杀大权。他两天后就会死去。"第二天早上，孩子醒来，发着高烧。她慌了神，赶紧把他送往医院。医生说："嗯，他几天后就全好了。以后，他摔倒了，你要更注意他的伤口。他膝盖上的一处伤口严重溃烂，引起了高烧。"耽的预言越来越恶毒。赤身裸体的女人们在她面前趾高气扬，昂首挺胸，还有耽，在那里发了疯似的摇晃着。她灌下六瓶啤酒，吞下六片安眠药，脑子突然一片空白。她觉得自己像待在散发着恶臭的厕所里，她肝肠寸断、锐挫望绝，甚至无力抬起一只手。她怎么摔倒在那儿的？她怎么就到了如此低贱的地步？这是比动物还低贱的状态，暗无天日，孤立无援，再没有任何孤独和痛苦能与之相比。她从床上半撑起身子，想倒一杯茶，这时色乐很大声地说："我从未见过如此野蛮的残酷行为！"她把头转向椅子，他以前总坐在那里，三四年了吧，他总如幽灵般出现，不停地评价她的所有想法、观念和经历。然后，他加了一句："爱不是那样的。爱是两个人彼此哺育对方……"

噩梦结束。耽没有结束。他还没有告诉整个人类他的抱负，他要如同希特勒和拿破仑一样统治世界。这件事他只跟伊丽莎白讲过一半。但她是谁呀？她又到色乐那里寻找答案了。像耽这种男人，不会再多看她一眼，她不是他的菜，魅力小姐、选美小姐、美腿小姐、美臀小姐，他说的七十一个美女——才是他的菜。她关心的是色乐，是她（原文是“his”，但根据上下文，应该是“her”，因此译为“她”。——译者注）与色乐的关系——色乐和他看到的人心。他先坦露自己的心声，低语轻诉，宛如完满天堂。伊丽莎白曾向很多人提出一些假设问题，以检验她的理智与这些人相悖。

“一天，您见到一个人很像上帝，您会怎么做?”她曾这样问过。

“哦，”问到的那个人说，“我应该爱这个人，不过这种爱很特别。”

“那您认为确实可以从上帝开始往下发起辩论了?”她问道。

“当然可以。”他面带微笑地回答。

当然可以，他曾经说过。他来自英国，是国际志愿者服务组织的一名年轻的成员。他不是非洲人。伊丽莎白脑中曾想象过一场完全非洲式的辩论，也许在印度，他们已经就万能的主及与之相伴而生的预言发起过辩论。其他什么都不必说。事实上，任何针对他们的神或万能的主的批判，都可能使他们满怀敌意。如果印度也有一个色乐，那些印度贫民会有勇气向他发起挑战吗？色乐之类的在那里就是印度种姓中的最高等级的婆罗门或印度教神罗摩之辈。

那么，有人可能提出一个论点，推倒所有正常的、传统的和理智的屏障，就像泳者在波涛汹涌的海洋里艰难奋进。而在博茨瓦纳，伊丽莎白的心里，正常和不正常完全融合。由于她的生活背景、受教养的自由与灵活性，在某种程度上，这点倒是可以做到。她母亲的故事纯粹是个事故还是有人策划的？它似乎让她更加喜怒无常，也增强了她忍受折磨的能力。她十三岁前，他们一直瞒着她有关她生母的事。她曾爱戴另一个女人，视为自己的母亲，那女人也和伊丽莎白一样，一半非洲血统，一半英国血统。原本有人付钱请她照顾伊丽莎白，她丈夫死后，她靠卖啤酒为生。时值战争时期，啤酒吧主要迎合那些不当值的士兵的需要。他们带着妓女去那里，整天雀喧鸠聚、闹闹嚷嚷。尽管伊丽莎白很爱那女人，但她在被带离啤酒吧，之后又被送去教会学校时，暗自有重生之感，因为她多数童年时光都坐在家附近的路灯下哭泣。每个人都醉醺醺的，他们既没有吃的，也没有谁想到孩子。

教会学校的校长是个高个子女人，骨瘦如柴，残忍至极。她可能根本听不到耶稣的“召唤”，不能救赎蒙昧之人。他们的呼唤，似乎到最后反而让他们愤世嫉俗，而他们声称对上帝的爱，从未唤醒他们内心的爱与怜悯。伊丽莎白一到教会学校，校长就把她叫到一边，爆出最令人震惊的消息。校长说：

“我们有关于你的完整记录，你必须提高警惕，你母亲是精神病患者。你如果不小心，就会和她一样疯掉。你母亲是个白人，由于她跟当地的一个黑人马夫有了孩子，所以他们不得不把她锁起来。”

伊丽莎白受到强烈打击，开始痛哭。在南非的生活与种种压迫几乎没有在她心里留下痕迹，这条信息对她而言也毫无意义，因为她曾一直把自己当作那个拿钱照顾她的女人的孩子。看到她流泪，这个瘦削的传教士稍有松动，以其自己的亲切方式，说道：

“现在，别哭了。你母亲是个好女人，她常想着你。”她停下来，在文件里翻找，然后读道：“请留出一些钱来让我孩子接受教育……”

这是伊丽莎白的母亲从南非一家精神病院寄来的信。不过，伊丽莎白怎么都不能把这封信和她自己联系起来。她从情感上真正把自己当作养母的孩子，这个故事不过是强加到她的生活里的。但这个传教士可不这样想，一旦伊丽莎白在争吵中动手打了一个小孩，就会下令：

“把她和其他孩子隔离一星期。”

其他孩子很快就从伊丽莎白的隔离时间看出不同寻常之处。他们可以相互打架、抓扯甚至撕咬，但只要伊丽莎白这样做，她就会被关禁闭。她坐在角落看书，他们就故意捣乱，踢她。但没有一个级长愿意听她的说辞。

“快点，”他们说，“校长说过，必须把你关起来。”

那时，她只恨校长，暗自愤怒，怀恨在心。不过后来，察觉到潜意识里她对一起分享爱与分担痛苦的渴求，她就开始怀疑这种虐待纯粹是校长把她的生活扭曲地解释成她死去的生母无声恳求的结果：

“现在你知道了吧。你觉得我会独自忍受疯癫的耻辱吗？和我一起承担吧。”

七年后，她成了一个小学教师，回到养母居住的小镇，对养母说：“和我说说我的生母吧。”

养母看着伊丽莎白，突然哭起来。

“这是个悲伤的故事，”她说，“它造成莫大的麻烦，全家人都让你外祖母的行为吓坏了。我丈夫在儿童福利会工作，你的情况一次次被提出来。最初，他们把你从精神病院接出来，送到一家护理院，但第二天，你就被送了回来，因为你看起来不够白。他们把你送到一家波尔人（荷兰裔南非人）那里，一个星期后，你又被送了回来。福利会的女人们说：‘我们该拿这个孩子怎么办？她妈妈是个白人。’那天晚上，我丈夫回家问我要不要收养你，我同意了。接下来，这家人开着小车从约翰内斯堡来到德班的跑马场。你母亲的兄弟走了进来，他气急败坏地说：‘我们想撇干净，我们想忘了这事，但老太太坚持要看孩子，我们只得顺她意。我们把她留在这里，过一会儿来接她。’每次他们让马参加比赛，老太太都要来。她是唯一想见你母亲和你的人。你六岁时，我们听说你母亲突然在精神病院自杀了，你外祖母把她所有的玩具和洋娃娃都带给了你。”

故事太唯美。故事里有外祖母，有她的反抗，有她在一个国民根本不是国民的国家里对子女孝道的坚持。伊丽莎白在这个她出生的小镇做的最后一件事，就是走到精神病院，久久凝望。高高的院墙，周围寂静无声，似乎院墙后没有人迹可寻。由于屋顶刷成了红色，人们称它为“红房子”。她小时候经常路过这里，这里是去鸟类保护区的必经之地，而鸟类保护区是镇子里所有小孩最爱的游乐场。她还记得自己说过“现在我们要经过红房子了”，却从未料到自己的人生与它的存在息息相关。她似乎有了宿命中那突如其来的、让人胆战心惊的暴躁脾气，并在很长一段时间里，丰富的幽默感与之相伴。

有几年时间，她秘密地在南非生活边缘徘徊。这倒是很有趣。她有时和亚洲家庭住在一起，有时又和一个德国女人一起生活，从德国女人那儿，她了解到希特勒、犹太人和第二次世界大战。结婚前一年，她试着加入一个政党，两天后该政党就遭到取缔，当局宣布处于紧急状态，搜捕她和其他上万名同党。因为在她手提包里找到一封有关被取缔的政党的信，她被暂时关押，并卷入一起诉讼案件，法官都困惑不已：“你为什么把这封信带到法庭上来？”他冲着负责这个案子的警察严厉地说：“你不会读英语吗？这封信涉及的两个人强烈谴责被取缔政党成员的行为。”很有可能就是这次诉讼，最终让她成为流亡博茨瓦纳的无国籍者。

她嫁给了一个刚出狱的恶棍。他说自己在监狱里已经深入思考了人生。真正让她和他聊到一起的是，他说他对佛教感兴趣，而伊丽莎白从她的亚洲朋友那里也对此有一点了解。一个星期后，伊丽莎白就嫁给了这个对佛教感兴趣的人。来自印度的人，似乎绝对没错。一个月后，隔壁邻居走近她，说："你丈夫让人不舒服，苏西站在家门外叫他，他径直走进去，两人就上床了。他几乎每天都和苏西这样干。我曾和他打招呼，他就说'打个啵儿如何?'，我说'滚开'。你怎么嫁了这么个东西?"

女人们总是抱怨遭到她丈夫的性骚扰。后来，还有一个白人男子成了他丈夫的男朋友。一年后，她带着小儿子走出了家门，再也没有返回。她读到报纸上的一则广告，博茨瓦纳招聘老师。她被迫领了一张出境许可证，这张证如同她的婚姻，上有"永不返回"的条款。她毫不在乎。她憎恶这个国家。尽管她无法喜欢，甚至不能理解政治意识形态，但她还是过着所有南非黑人过的那种生活，好像生活一直处于紧张状态，因为那里的白人花尽心思憎恨你，而你也不知道他们憎恨黑人的原因。他们不过天生如此——憎恨别人，而黑人，无论男女，生来就招人恨。社会进化类型不出其外，没有任何心灵的提升，只有两类长相迥异的人种之间激烈而凶残的斗争；还有，像耽的那种折磨，是会一直持续下去的。一旦你直视这个为权力疯狂的重要人物，你就会发现他眼里没有任何人，没有人性，没有同情，没有温柔。似乎他的视觉有盲点，只能看见他自己的权力、他的影响和他自己。权力的作用不是创造，而是死亡。那些当权者，在他们如同秃鹫一般吞食他人灵魂时，他们获得了什么？他们真的就如自我感觉的那样，是最至高无上、最像上帝、最完美无缺、最弥足珍贵的人吗？伊丽莎白觉得有些答案就在她在博茨瓦纳的经历中，这些答案通过她与两个男人完全不正常的关系得以呈现，这或许更多地缘于男人们自身的怪异，而不是她那让人怀疑的神志。

莫塔本意是“沙之地”。它是内陆一个偏僻的村子，坐落在喀拉哈里沙漠边上。人们定居于此的唯一理由似乎是这儿有丰富的地下水源。一个外地人要费些时间才能爱上它那荒芜的轮廓和光秃秃、黑魆魆的树木。火车上一个同去博茨瓦纳的乘客曾打趣道：“你要去莫塔本村？那里就是个巨大的泥屋村！”旱季，众多泥屋与那茅草盖的半灰色屋顶让村子呈现一片灰蒙蒙的颜色。雨季，莫塔本村下的是一种沙漠雨。雨落空中，细细长长连成一幕，可还没等落到地上，就已经干透。人们会把脸转向风吹来的方向，深深吸入雨的气息，但是，莫塔本村不常下雨。伊丽莎白不知在哪里读了一首诗，就私自给村子另起了一个名字：雨风村。村子里的生活节奏很慢，如同生性安静的牛儿那包容而空灵的眼睛转向新的一天。在伊丽莎白看来，那里的人每天问候彼此都要花半个小时。他们说，之所以要这么久，是因为在莫塔本村是近亲通婚，几乎每个人都有六百来个亲戚。伊丽莎白甫到村子，就通过翻译，有了一次典型的问候经历，像这样：

“日安，大娘。”

“日安，大娘。”

“你怎么样?”

“挺好的，你呢?”

“挺好的。”

（接着有一个短暂停顿，两人喘口气。谁都知道这不是故事的结尾。）

“婆婆的三女儿生病住院了。”

“天哪，你这是要去医院吗?”

“对呀，舅舅家的四表哥要娶叔叔家的五女儿了。”

“哇哦，我要闻到婚宴酒席香啦?”

“难就难在这里。叔叔的五女儿说你是闻不到了，你孩子结婚，你可从来没有邀请过她参加。说真的，我可不喜欢她那话……”

喏，她们可以一直这样聊下去。人们看着伊丽莎白，常常有种上当的感觉。她最多就学过博茨瓦纳问候语的前五句，没法提供让人津津乐道的家长里短。有人会伸手拉住她：“等一下，你这么忙，去哪里?”这真的是全新体验，让人难以置信，与“嘿，黑鬼，别挡道”之类的常在南非听到的招呼声截然相反。在这里，人与人之间真有真情流动？她最开始把家安在一个特别村区的中心。那里所有人都沾亲带故，而且，她非常吃惊地发现成人一直玩的一个游戏，而这游戏本是孩子们专有的：“我向你施法，你向我施法。”一个老师如此向她解释：假设有人恨他，那人会在晚上潜入他家院子，在门前放一捆巫医掺过药的干树叶。他受过教育，所以只会捡起那捆树叶扔掉。但是，普通村民会径直跑到巫医家要解药。这个社群里几乎没有秘密——有过失的一方总是会告诉别人——以致很快遭到报复。不过，人们似乎并没有因门外的那些树叶而死去，但可能会营养不良或遭受其他病痛。一旦遭遇这些，他们就会记起巫术。在伊丽莎白看来，这是唯一野蛮残酷的方面，不然，这里就是一个美好的社群。巫术是人们用来对付彼此的恐怖战术。这种恐怖后来占据她的内心，她会回顾自己在博茨瓦纳的早期生活，认为死死攥住她人生的风流人物，必是藏在巫术背后的心理学高手。

她到莫塔本村不过三个月，原本四平八稳的生活就开始磕磕绊绊，并从此磕绊不止。最初，她发现莫塔本村的夜黑沉沉的，令人恐慌。她原来一直住在小镇上，窗户外面街灯明亮。所以，她忙不迭地买的第一件东西就是一把椅子，上面立根蜡烛，摆在她的床边。她让蜡烛一直燃着，直到她昏昏欲睡，才把它吹灭。但往往是她已经睡着，而蜡烛还燃着。小屋里，那把椅子、一张床和一张小桌子是仅有的家具。不久后，她渐渐适应了乌漆墨黑，甚至相当喜欢吹掉烛火，任由暗夜张开黑洞洞的大口将她吞没。一天晚上，她刚刚吹灭蜡烛，突然感到有人进了房间。全部压迫感似乎都来自屋顶，而且如此强烈，让她在床上猝然一跳。风从屋内倏忽而过，不知什么随风而行，坐在了椅子上，椅子轻轻地发出“嘎吱”一声。惊慌中，她侧转过身，点亮蜡烛。椅子上空空如也。她这辈子从未见过什么鬼魂，老天也没有赋予她“看见”那些东西的能力。她的世界一直是水平和垂直构成的二维空间，里面的东西她都看得见、摸得着。

这件事，有好几个晚上一再发生，她简单推断，“无论什么鬼”，对她的生命都没有威胁。它想坐，就让它坐吧。嗯，不，“无论什么鬼”想在恰当时机介绍自己。因为某天晚上，她躺在床上，正在凝视黑漆漆的夜，突然，她的脑袋似乎充实起来，视野也开阔起来，她有种奇怪的感觉，觉得她内心的东西同时投射在她身外不远处。她不清楚自己是醒着还是在熟睡，往往在这之后，梦中的知觉与清醒的现实之间的分界线就变得模糊不清。

一个男人的身形出现在她面前，占满她的视野。他侧身坐着，镇定自若，从容不迫，双肩微微向前耸着，身着柔软飘逸的白色僧袍，不过式样有些奇特，就像囚犯的服装。他亲切的目光直盯着伊丽莎白，用饱含爱的嗓音说：“我的朋友。”

她看过去，没有回答。接着他说：“你会在这里待上一段时间吗？”

一种恐惧攥住她的心，她几乎脱口而出：“不。”她说：“我快死了。”他一言不发，不过友好的表情变得严肃起来。她脑海里直觉地跳出这个僧侣的名字。他是……他是……但这简直不可能。她一阵惊恐，双臂在空中一挥，从床上一跃而起。她惶恐不安地走来走去，突然的不期而遇，而他的问题也莫名其妙，她自己未经思考的回答同样匪夷所思，这让她心乱如麻。他长得像她在莫塔本村里见过的那个开绿色拖拉机的人，但他身着僧袍，这让她联想到一位受世人敬仰的神灵的名字。之后，似乎没有别的事发生，她终于平静下来，上床睡觉。她原本要弄清是什么东西如此吓唬她，但这一切又平息下来回归了表面的平静。结果是，她自己真的被彻底改变了，接受了完全不合自然规律的情形，并使之适应了自己生命的变化。对此只有一种方法可以解释。一所学校的校长手下的员工中，有一个老师喜爱白兰地，他拎着一瓶白兰地进了厕所，打算啜两口。不过，他不停地啜了好几口，还偷眼瞄着厕所门，窥测校长的行踪。不久，他就醉意醺醺，反其道而行之。他会打开门，啜上几口，又关上门，在厕所寻找校长。她的情况也差不多如此。和坐在床边椅子上那个穿白袍的僧侣魂之间的魂不守舍的对话快要结束时，她如梦初醒，没多久，讨论就无时不在。他的脸和那稍微带有银白色轮廓的僧袍，随时让她清晰可辨，而这种体验一开始就势不可当。一大早，她倒了一杯茶，还会倒上第二杯，浑然不觉地走到椅子边，说道："这杯茶给你。"然后，她会突然惊醒，回到现实，晃晃自己的脑袋："啊呀，我一定疯了！他是不存在的。"

然而，他却如此真切地活着！而且好像他早就来这儿待着了。他对人的兴趣和挚爱，比其他一切更让她神魂颠倒。每个到她小屋的访客都得到某种评价，常常是，"她是个可爱的女人，是吧？"

或者“我喜欢他稀奇古怪的方式”，极少说“我不喜欢他，他心胸狭隘”。他会毫不犹豫地加入每一场讨论，并在一旁评论，遇到特别高兴的事，他会点点头。伊丽莎白能说会道，说话时指天画地。如果某个想法让她兴奋，她会手舞足蹈。她常常会转向椅子，直接指着它，也包括坐在椅子上面的他，叽叽喳喳说个不停。她总是说：“不要坐在那张椅子上，椅背有坡度，对背部有伤害，坐床上吧。”在闲谈中，如果自己倒霉，忘了椅子上坐有人或完全把他排除在外，就会听到“叮”的一声响。有好的观点提出时，也会听到“叮”声。这种讨论似乎从未有人注意到，除了一次，一个来自美国和平工作队的年轻志愿者汤姆注意到了。（莫塔本村里到处都有国际志愿者服务组织成员和美国和平队成员，莫塔本村中学的教职员工差不多都由这些人组成）打从他们遇见的第一天开始，汤姆就永久地在伊丽莎白的生命中占据一席之地了。不久后两人就开始想着，要一起解决世间的一切问题。他们一坐数小时，低着头，一直研究深奥的哲学问题，这已然成为习惯。伊丽莎白后来还紧紧依赖汤姆恢复神智。但那天晚上，汤姆正要离开时，笑着转头对她说：“伊丽莎白，你是一个奇特的女人，这些东西会让男人离你而去。你要知道，男人不会真正和女人讨论深奥的形而上的问题。噢，男女之间只会谈情说爱，而男人最深的感受是要留下来和其他男人分享的。”

色乐说：“是的，没错。”然后从椅子上起身离去，发出“叮”

的一声响。

汤姆瞪大眼睛，警觉地环顾房间："你听到什么了吗？"他快速说道："我清清楚楚听到有人说'是的，没错'。"他屏住声息，眼睛好奇地转动着，环顾屋子四周。伊丽莎白一动不动，无法解释自己屋子里发生的疯狂事件。突然，汤姆说："见鬼，我累坏了。"他站起来，走了出去，身后他的声音却在回荡——"男人最深的感受是要留下来和其他男人分享的"。啊，是的，她想，这就是对她和色乐的关系的唯一合理解释。这层关系基于男子气概。打一开始，色乐就有种风度，一段长长久久的友谊在某个阶段短暂中断后，他又把它连上。就好像他说的："我们相遇、一起工作的场景，你还记得吗？"因为一大批引人注目的风流人物朝着她移动，所以她的脑海里塞满了对过去的回忆。他们都是工作时的色乐，人类的先知。她似乎不能清楚地记起自己的脸，她的脸总是朝着色乐，她曾经对他心醉神迷。至少，这是她内心觉醒的立足点。她似乎只是色乐的一个附属品，对此她能给出的最贴切的例子是一个老师和他最喜爱的弟子，这是很多宗教人士都有的经历。对色乐这个宗教信徒的各种印象纷至沓来，她有种感觉，当涉及这些事时，他有点像体操运动员，过去的人生经历已传遍全世界。她能阐述自己观点的最好方式是：比如说，在爱因斯坦灵魂混沌的初开之际，他就决定，科学是他最好的职业。几个世纪以来，历经所有前世今生，他都钻研科学，直到成为这一领域的专家。

色乐也有同样的经历，他选择了宗教，而宗教也为一直陪伴他的预言提供了一个尝试性的解决办法。

正如耽后来对她说的："没有预言，就没有他的出生。预言中也有你。"可能是为了自身的舒服与安全，她对色乐过于心服首肯。或许他习惯了所有与这些声明相伴而生的危险情况，因为让他惶惶不安的是，耽曾断定，掌管宇宙，他比色乐强多了。让耽烦闷的是，没有预言先他而行，而某种意义上，他早在1910年就获权掌管宇宙，但他执行得不连贯——自1910年监管以来。耽如同躁狂症患者一般，脑子里都是预言，伊丽莎白可以看到，他的主要目的就是让他们事与愿违，并成为全国的笑话。耽想出主意，用伊丽莎白作为这些预言的引爆器，一旦确定伊丽莎白厌恶色乐，他就不停说道："他动摇了。预言不会成真了。"

她可以看到，到一定阶段，所有预言都吹上了天，但她无法预见的是耽要把她和预言一起吹上天的巧妙方式。她日子过得相当恍惚，完全看不到公共或社会事务，以致她花了些时间，才把碎片化的信息用某种连贯的方式拼凑起来。当然，就博茨瓦纳而言，她百分之百是个外来者，他们的东西她永远不可能有份。她不得不回忆过往，对自己说："嘿，现在，他们为什么那样说，为什么那样做？"

回顾往事，她记了起来，有一天，莫塔本村所有人都转过身看着她，不出一声，带点若有似无的好奇心，却差不多毫无兴趣："那么，现在，已经说了些事。来审问一下这娘儿们吧。”几个大胆点的村民紧抿嘴唇走上前去，提出几个直截了当的问题。当伊丽莎白无所事事地站在邮局那里，等着信件整理出来时，他们往往就会这样做。这一次，一个年轻的女人对她说：“这里的人就在等大人物。”她笑着，弯下头加了句：“你愿意成为重要人士吗？”

她很容易回答后半部分：“哦，不，我自己就非常好。”“重要”这个词会让她头皮发麻。她不确定这是否在其他地方适用，但她自己本质上就是南非贫民窟和破屋子的产物，那里的人有一条不成文的规定：他们憎恨他们中间任何一个“重要”的黑人。他们会在这人背后对他嗤之以鼻：“哦，他认为自己‘重要’。”她已见过太多人因自视甚高而遭人鄙视，这已经深深刻入她心里：内心就和其他人一样，就是一个人而已。

但女人前半句让她有点心神不宁，而后的一个老女人则真正让她痛不欲生。毕竟，在她自己的屋子里发生着所有古怪的事。这个老女人看起来相当令人厌恶（原文是“disgusted”，但根据上下文，应该是“disgusting”。——译者注），她紧紧抿着嘴唇，看向一边，神秘地说：“现在，告诉我点什么吧。我想知道，你什么时候嫁给色乐？”

“什么？”伊丽莎白大声问道，装作没有听到，“你说什么？”

色乐已经娶了一个大个子博茨瓦纳女人，她的眼神实在让人无法理解，似乎只要穿好、吃好，肚子塞得满满地散步，她就心满意足。

就是这次，有一个男人走近她，问了个最不可能的问题：“你能和我说点有关色乐的事吗？”他说：“他完全不爱自己的国家。他热爱你的国家。”他说“你的国家”时轻蔑至极。她保持沉默，假装根本不知道色乐。她困惑地皱眉蹙额，男人就走开了。

伊丽莎白清楚，他们知道了什么，而且他们运用逻辑推出一个故事，就像她一样。这个故事不停地一点点地被披露，正如色乐心中所想，但她很确信一件事。色乐未曾开始把水变成酒。如果他这样做了，可能已经让人们的情绪极度失控了。事实上，人们只不过一直跟着，时时动摇，就像她一样。对于预言本身真正讲了什么，她根本不知道。色乐对此也保持缄默，大谈其他各种事情。倘若耽不是特别青睐这些预言，她可能也不会知道。

最初，她对还活着的色乐极其好奇，觉得他在某方面，是和坐在她屋子里的这个穿白袍的僧侣相一致的。而让她惊讶的是，他想方设法在他和自己之间竖起一道不可逾越的屏障。一次，她在楼角拐弯处，和色乐迎面相遇，他正在和一个矮个子男人聊天。她停下脚步，直直盯着他。但他慢慢转开脸。她大致瞥了一眼他的伙伴，一双眼睛很是漂亮，大大的、漆黑闪亮，睫毛也很浓密。这双眼睛让他的整张脸都显得无比单纯而友好。他立马向伊丽莎白鞠躬，无声地打招呼。是耽！她一下分了神，没有回礼问候。说出的话是她要问色乐的：“你为何坐在我家？”

那是他一开始就有的固定样子——头侧着，这很显眼。在一个问候彼此已然必须的社会里，这就是故作姿态了。或许她松了一口气。色乐说了些关于女人的怪事。他说他“杀”了她们。是纯属巧合？一个讨厌的男人，没完没了地在村子里截住伊丽莎白，目光幽深。他总是这样开始：“我想跟你说说色乐的事儿。”然后，他会回头看看。“我和你是从同一个地方来的，他们想告诉我们，我们不能打他们的人，我不管。我若是发现一个男人跟我老婆上床，我就要揍他。你若想知道这里人的事儿，我告诉你。”她很不喜欢男人眼中沉重的暗示，但后来色乐自己提到这事，让她大吃一惊：“这倒是真的。一个男人发现我和他老婆上床。我对这男人很抱歉，但不得不杀了他老婆，她像极了一头被激怒的野兽。她现在就不会惹什么麻烦了。”

她在一个场合遇到了这个女人，她让人讨厌，且极其势利，有强迫症。在莫塔本村这样的地方，没有人真正在意自己的穿着，她却会仅仅为了去商店买一块香皂，而打扮到牙齿。有人注意时，她很有夫人派头，似乎一切情况尽在掌握中。在没有人注意的时候，她看了看伊丽莎白，伊丽莎白发现她眼睛呆滞无神，显得疲惫不堪。她厌倦地抬起一只手，说：“这个国家糟透了，在这里生活，你只会干涸而死。我觉得自己很早以前就死了。”

色乐从未明言这种“杀人”业务。他说他曾“杀过”几个女人。说这话的时候，他一副冷漠、置身事外的样子，好像“杀人”

不过是他正在做的工作的一部分。

她对色乐知之甚微，这个现实生活中的男人，驾着一辆绿色卡车在莫塔本村里转悠。人们喜欢发表意见："你想了解牲畜啊庄稼什么的吗？去找色乐。他什么都知道。"色乐既是庄稼汉，又是牲畜饲养员。

他的名字时常出现在日常的交谈中。一个国际志愿者服务组织成员经常参加她家（此处原文是"his"，但根据上文内容，应该是"her"，指伊丽莎白家。——译者注）的聚会，一次，他转向伊丽莎白，热情地说："色乐有非常可爱的地方，我不知道是什么。"

一次，她正站在小路上，跟莫塔本村医院的一个年轻的博茨瓦纳护士聊天，色乐开着绿卡车经过。护士说："我爱那个男人。"

"为什么？"伊丽莎白饶有兴趣地问道。

"他是个顾家的好男人，"她简单地说，"他把家收拾得井井有条。"

这就是伊丽莎白所知道的现实生活中的色乐的全部。她内心的戏剧化事件在慢慢展开，从很多方面说，这比她在莫塔本村遭遇的任何戏剧化的事件都更引人入胜，更劳神费力。这些洞见、感悟、转瞬即逝的图像和印象，需要她付出比之前在任何工作中所投入的更多的注意力、反省和思考。主宰和导演整出戏的是色乐。与他共事，伊丽莎白发现他总是能展现出无穷魅力，仅仅因为他和伊丽莎白两人的性格大相径庭。伊丽莎白思维跳跃，以致错过很多细节。而色乐总在距她三步之遥的后面走着，平静而从容，他收集各种细节，所提出的观点会用独自沉思出来的长句子表达。这些都吸引了伊丽莎白。好像他在遇到她之前，已经想好整个故事，因为他在交谈时，会不自觉地点头，好像在说："我知道的甚多，但人们总喜欢反驳我。"

色乐的观点是未来的世界很美好。他坐在一部电话总机旁，连线所有漂亮人儿，随叫随到。呈现给伊丽莎白的良善一直保持着，这使她很快就接受了色乐，把色乐当作自己可以倚靠的舒适后盾。一次，色乐转向她，警告她要保持自己的思想独立："你的头脑善于分析，你必须分析你看到的一切。"她没有在意这个警告，所以有一天，色乐突然撤走良善的后盾时，她就在惊涛骇浪中拼命挣扎，危险重重。

"你在南非受了很多苦，"作为开场白，色乐说，"但你不能去憎恶白人。"

"为什么?"她问。

"多数神灵就诞生在他们中间，"他平静地回答，"他们中的一些人来这里片刻，然后又离开了。"

他的头转向莫塔本村中学的方向，突然，把一根电话线插上了。一个大块头的高个子男人，仅穿一条卡其色短裤和靴子，沿小路朝着伊丽莎白的屋子走来。他在门口站立片刻。当伊丽莎白转头看向他时，她猛地站起来，惊讶地叫了起来。阳光直直照射在他的脸上，光芒向四面八方散开。她听到色乐说：“他是圣父，是圣父。”

这个高个子男人在伊丽莎白的床上坐下来，抬起右腿，架在左膝盖上，看着色乐。他什么都没说，眼神让人难以捉摸。同时，他笑着，看上去很开心，好像在无声地说：“真想不到在这里遇见你，朋友。”这个男人给人感觉有用不完的劲，和色乐一样，他也有一个无意识的习惯，把头往后甩，仿佛一匹野马，能迎风飞驰，穿越平原，似乎丝毫不能忍受自己思想、行为和情感受到任何束缚。他和色乐的灵魂看上去交换起来很容易，只见色乐站起来，直直走进他的肉体，完全消失了。“圣父”凝视前方片刻，思考着，然后缓慢而高傲地转向伊丽莎白。除了色乐给他的头衔，他自己又加了两个。“我是冥界之王，”他说，“我的另一个名字叫彼界奇人。”

他停顿片刻，递给伊丽莎白一大堆资料，上面字迹小巧而工整，第一页顶部写着“贫穷”二字。然后，他转过身，拿起伊丽莎白床尾放着的几件衣服。这些不过是非洲穷人平常穿的破烂不堪的、脏兮兮的旧衣服。他站起来，把衣服穿在身上。之后又转向床，发现那里有一顶皇冠，美到极致，闪烁着耀眼的白光。他飞快地把皇冠拿到手中，斜睨了伊丽莎白一眼，说：“我们共事已久，这是我和你的酬劳。我们还要在一起工作，但你要为此做准备。”他转身离开，在门口又停下来，冷冷地、心怀敌意地对她说：“耽以我的名义四处招摇撞骗。”

最后一句话对伊丽莎白毫无意义，她未曾遇到耽，至少，没有遇见他的灵魂。

然后，色乐似乎同时插上了所有插头，而伊丽莎白发现自己面对一大群人。他们的脸死气沉沉、布满悲伤，遭烈火焚烧过。不久后，色乐告诉伊丽莎白过去的一件事，这才使伊丽莎白理解了那种死寂、悲伤和高度紧张的表情的意义——死亡。这是那些为了人类解放事业，却以各种理由被杀害的人们的表情。她那时在想："啊，一个至高无上的头衔已有人分享。有数十万的人都是上帝。"

在她看来，所有磨难给予人民与国家的，是一种对未来充满力量的声音和一片共同的集会地。因为那些被色乐所指的"神"一样的人们，根据观察，就是一群普通的、务实的、理智的人。似乎唯一的区别，就是他们曾有意识地专注于精神上的收获。所有的行动都指向灵魂深处人类的平等，好像如果不达灵魂，就无处安放；而伊丽莎白最深刻的记忆，就是那些灵魂，他们以最有影响力的方式声明了这一点。

一天晚上，伊丽莎白吃惊地看到一个亚洲人朝她走来，表情凶狠。和其他人一样，他跟她说话，一副很了解她的样子。这个亚洲人有一双漆黑的眼睛，表情狰狞。他绷得太紧，走路都在抽搐。他的气呼在她脸上："你从来没有真正支持过穷人。这次，你要真正地学学怎么做。他们会教你的。"他猛地把胳膊在空中一抡。随着这个动作，一群人无声地走进房间。他们都是非洲的穷人，每个人都把一只光脚踩在她的床上，侧身站着，好让她看到他们被剁去的双脚，鲜血淋漓。他们什么话都没有说，其中一个老妇人走出人群，对着伊丽莎白说："你会帮助我们吗？我们同属一个民族，都在受苦。"伊丽莎白默默地点着头。

他们转身看着色乐。和伊丽莎白一样，他们也看到一群先知，令人眼花缭乱，色乐达到了他的目的。他们转身背对着他，突然，一个人转过身来，指着远处，说：

"你还没有准备好。我们的王就站在那里，他已脱去衣物。"

他们对色乐的敌意如此猝不及防。伊丽莎白感觉到动乱甚至灾难即将发生，她转身对色乐说："可怕的事要发生了。"看来她因那个人的话而完全停止了思考。如果印度的穷人见过色乐，认为他也是他们印度教的克利须那神或罗摩神，他们是否早就告诉他脱掉衣物，与众生一样？色乐最爱的狩猎场就在印度，她私下责怪他是种姓制度的发起者，也不认同他关于极乐的其他见解。

他们接下来转向伊丽莎白，彻底剥光了她可能得到的任何衣物。他们说："你和色乐的关系是坏事，色乐知道的。他以一种错误的方式在控制你的生活，他不想放弃。"

伊丽莎白从一开始就明白，自己没有鲜明个性，这和色乐不一样。她曾一度认为要尽力达到一个杰出的高度，但每一次，她都半途而废。向上攀登似乎没有尽头，但那些人一边说着话，一边都转过身，看着那个穿着僧袍的男人缓缓下降。他双手在身前攥紧，直接往伊丽莎白的方向移动。他走近了，伊丽莎白目不转睛地盯着他的脸，看到他的眼皮耷拉在眼睛上，似乎因为专注度极高，竟有光呈微波状震动着，从他脸上源源不断地散射出来。他无声地走进她的肉体。伊丽莎白转身看着色乐。他侧过脸去，是佛陀相，也是除色乐的面相外，她曾获得的唯一一张面相。一幅幅画卷就在她面前展开。

她发现自己突然在和一个长得像色乐的瘦高个亚裔男人谈话。他谈及佛陀："他拒绝重生，我不得不使诈让他复活。我有事要做，而没有人能像他（原文是"you"，根据上下文，色乐在说佛陀和他的事，所以这里应该是指他和佛陀共事。——译者注）一样和我共事，我们分享一切。

场景转换。伊丽莎白站在一个长相稍稍有点像她的男人旁边，看到他手上拿着一条三角巾。他们面对的是一个怪物般的女人，她赫然耸现，伊丽莎白不得不后仰才看得到她的脸。她极其丑陋，牙齿有六英寸那么长。她龇着畸形的牙，朝伊丽莎白笑着，眼里闪烁着饱含爱意的温柔而忧郁的光。伊丽莎白对她身边的男人说："大卫，杀了她。"

男人摇着头："我爱她。"

突然，怪物女人的身体里，走出一个纤细的女子，她孤零零地站着，耷拉着头。她专心致志地盯着自己的心，只有眼白依稀可辨。慢慢地，她转头看向伊丽莎白，立刻吓得往后缩。

"你为什么这样做？"伊丽莎白问道。

像“圣父”一样，这个女子把一顶金光闪闪的皇冠戴在头上，然后说：“这是我和你的收益。”她指着伊丽莎白的心脏：“我制造了那颗同情之心。”她说完，就走进伊丽莎白的身体。

目睹这一切的人群指着那个怪物女人说：“你如何解释你手上的血？”

伊丽莎白说：“我杀的，是的，但从那天起，她成了上帝的仆人。”

他们转向色乐，说：“放弃你对她的生命的控制吧。”

色乐转向一面墙，墙上有个保险柜，他打开保险柜，拿出一个小盒子，递给伊丽莎白。他哀伤地看着伊丽莎白，说：“从现在起，你的来去皆由你定。”然后，他转向一边，泣不成声：“我仍然可以数数我拥有的人才。”

似乎因他的悲伤而伤心不已的这群人轻轻地跪了下来，头伏在地上。伊丽莎白的身上什么衣物也没有留下。是谁策划的恶已无所谓，策划始终存在。但更深的还是人类的激情，似乎没有什么防范措施能够预防，没有什么高尚的行为强大到能够与之对抗，也没有什么灵魂能够触及……大卫给约押[1]写了封信，并令乌利亚送去。他在信中声明：“遣乌利亚至酣战之前线，即弃其而去，其或遭重击而亡。”

① 约押：大卫王军队的元帅，见《圣经》。——译者注。

时光在压抑的沉思中飞逝。色乐有种预感，自己的末日即将来临。他的话越来越忧伤。

“你会帮助我吗?”他对伊丽莎白说，“我们一直是共同谋求发展的。我五年后就要死了。”

伊丽莎白同意了，尽管她不乐意知道别人的死期。第二天夜里，他似乎更加仔细地思考自己的死亡，因为他说道：“我会活得久一点，我想养大我的孩子们。”

他看着伊丽莎白，幽默感突然而至。

“你知道，我的灵魂已垂垂老矣。我的生命已轮回十亿次，你才轮回两次。”

他弯下头，老人仅有一圈稀疏白发，那一大片秃顶，就像抛光的红木，闪闪发光。她看向自己的投影，影像很小，是一个头发乌黑的小女孩。她双脚不稳，晃了一下。

“和我这般年纪的有一群人，你那个年纪的也有一群人。前者导致黑暗时代的到来，我们不得不怀揣更高尚的梦想，梦想中的人属于你们这个年纪。一切都是错，一切都是恶，直到我崩溃痛哭。你只有在最黑暗的绝望时刻哭泣时，善才会不期而至。我们有几个人哭成那般，然后，我们说：‘赐予我们完美吧。’他们就赐下你来。然后我们问：‘完美是什么?’他们说：‘爱。’”

“他们是谁?”她快速问道。

“总有一人控球，”他说，“注意身后，你会发现，有人的慷慨之心，比你更甚。”

这种语言她理解，没有人是造物主的唯一选择，没有人有权决断和操控，甚至剥夺别人的生命。这一论点总是遭受压制，她却打算一直为此努力。而人之灵魂是力量，是能量，是星星，是行星，是星系，是各种各样旋转的魔法与神秘物质；大家都有这种意识时，对自己力量的洞悉会使他们发狂，以致会剥夺他们生命中的天然壮美。正如达尔文对自然界模式的认知：“这种关于生命的观点有其伟大之处，观点认为，生命及其几种能力，原本有几种或一种形式，而这颗行星按照引力的固有定律运转时，形式开始得如此简单，却又层出不穷，已经或即将形成最美妙精彩的形式。”

伊丽莎白在和一个僧人交谈，僧人曾用异常结构表达理想生活的一千零一个基本原则，因为在生存的关键时刻，没有人会在臣服自己能力的同时，又顾忌其他人的能力。似乎到达一个十字路口，人们就会顿悟，了解自己的能力，不过这次是在一个更理智的世界里。要到后来，她才能对这个更理智的世界得出自己的结论，并在不断恶化的环境下，坚持自己的主张，因为其他对永恒之善的寻觅从未考虑到完全没有同情心的情况。没有任何如上帝般有名无实的首领，说见过她在这次噩梦似的灵魂之旅中的所见。

这次交谈说到很多美好的东西，因为她自己能力的觉醒与人类的爱的觉醒相一致。尽管它们很快就在随后而来的折磨中不复存在，但让她记忆犹新的是："哇，可以创造一个爱的世界！"色乐在某个时候，会转身对着她，给她指出一条细小却清晰的光之河。所以她完全顺着色乐指引的方向，却又万分无助，如同一个依靠医生活命的病人，以为医生知道他的工作。

这产生的影响犹如光照射到某个爆炸性极强的物质上。伊丽莎白的整个形态似乎变成河道，强大的能量流在其中汹涌而过。他不断地调节着能量流。这样静静地工作，大约得有一个月，直到有一天，她的头突然炸成一片浅白的、蓝色的光海。随之而来的感觉是如此确定，不容置疑：这里是所有生命的尽头。这里什么都没有。不是诸如泡茶、给小孩煮饭、吃喝、浆洗、工作等所需要的能量。她尽心竭力地生活、行动、呼吸。这不过只是一天。当天晚上躺下时，伊丽莎白的脑海里，似乎有一条宽阔的走廊开启，形状正形成时，色乐向前伸手，无声地拉起一帘薄薄的黑幕，把她和幕后突然爆发的行动隔开。他一直用拇指压着幕帘的边缘，最可怕的咆哮声突然迸发，声势浩大如万马奔腾，又如拖着东西在石子路上狂奔而发出的碰撞摩擦声。令人毛骨悚然的刺耳声音响彻云霄。整整一夜，她听着这些混乱的声音，片刻不能入眠。数个世纪的生活方式只在色乐面前展现。黎明时分，咆哮声渐渐平息，他移开拇指，黑色帘幕在微风中轻舞。

他微微前倾，陷入沉思。最终，他说："眼下，我不能让你知晓这些事，无论怎样都不可能。你只会惊恐地尖叫。在最可怕的环境下，他们会一次次把你杀掉。”

然后，他说，声音有些许恐惧：“我考虑自己太多，我是人类苦难的根源。”

没有警告。没有直言不讳的告知——我在这里，善良之高度你说不上来；我曾在那里，在人类历史某个不确切的时间，邪恶之深度你也说不上来。我在这里，准备剥去自己引人注目的衣物——他们说我就该这样做，还该让你看看我的恶之渊。这次你得吸取很多可怕的教训。上帝这一称呼，意味着无所不能的存在，对其所有者来说，却是一种灾难，上帝的全视之眼是最大的诱惑，它会把人变成野蛮地掠夺同胞、疯狂而任性地迫害同胞的人。这些话他都不说，只有在恐惧不受控制地占据她的心智时，他才走进来，说些此类帮助她恢复心智的话。

他默默地拉过来一个女人。女人衣着同样简单，一块白布松松垮垮地搭下肩膀、遮住身形，脸庞向上仰起，眼睛睁着，却一片茫然，无异于那些一直活在恍惚中的人。一头直直的长发又黑又浓，像湿毯子一样贴在背上，垂下肩膀。活脱脱一缕魂灵，让人难以靠近。色乐低低地说：“我妻子。”他走过去，拿起她的一绺黑发，拿剪刀剪了下来。他和这一神圣形象没有进一步交流。然后，他从自身之外，投射出一个男人，这是他的复制品，只是这个男人穿了一身棕色西服。女人渐渐消失的身形外，走出一个体型健壮的女人，身着一件简单的白色无袖裙子，胸部扁平，细腰宽臂，皮肤黝黑，长长的黑发蓬松地飘散着。一双漆黑的大眼睛圆溜溜的，泛着奕奕神采。她朝伊丽莎白走来，步子昂扬轻快，大腿擦着大腿，发出沙沙声，就像丝绸摩擦发出的声音。她停在离伊丽莎白几步远的地方，头昂得老高，说道："我比你善良得多。"

她把头转向一边，仔细打量伊丽莎白的脸，然后说道："你这次买什么？"

伊丽莎白回答道："佛像。"

她指着伊丽莎白的右手："这是什么？"伊丽莎白抬起手，手中是一个浅蓝色的玫瑰花结，是温暖的缎面材质做成的，还飘着两根缎带。伊丽莎白说："这是我此生必须获得的奖励，它是人类手足情谊的象征。"

女人垂下头，似乎在思考。她朝着伊丽莎白走去，重重地与她擦身而过，整个姿势都在叫嚣："闪开！"她的脸上露出一种刻薄的表情，在那个很像色乐的穿着棕色西服的男人旁边，她转过身来，像狂暴的美杜莎（Medusa）①一样看着伊丽莎白。她开始大吼，声音高亢尖锐："我们不想你在这儿，这是我的地界，这些都是我的子民，我们守住自己的东西，你却守不住秘密，比起你曾

① 美杜莎：奥维德的《变形记》中，美杜莎原是一位美丽的少女，因被海神波塞冬强奸，雅典娜不能惩罚波塞冬，一怒之下将美杜莎的头发变成毒蛇，而且对她施以诅咒：任何直望美杜莎双眼的人都会变成石像。美杜莎因此成了面目丑陋的怪物。——译者注。

为穷人做过的，我可以为他们做得更多。”

伊丽莎白看着穿棕色西服的男人，说道：“你错了，色乐。我也是造物主。”女人让她心有不安，她想的不是自己，而是他们曾经共用的头衔。男人龇牙低吼：“你不是造物主。”

这突然的变故将伊丽莎白完全惊醒，但她在内心世界的海洋里沉溺过久，思绪完全停滞于各种变幻的形象和陌生的争辩这一无形的虚幻中。她静静地躺着，在黑暗中凝视，为什么一切都这么尖锐，又引人深思？狂暴的美杜莎表现出来的是非洲社会的表面现实。它闭关锁国，唯我独尊。贯穿整个社会的强大的旋律是权力崇拜，有权人需要的社会是狭小而封闭的，而他们在一个广阔无垠、变幻无穷的宇宙中，从来没有安全感——那里有太多和他们对立的思想。这觉醒后的冲突搅得她心烦意乱。色乐曾直接向她敞开黑人的灵魂现实，他们站着，和她打招呼，灵魂彼此平等。她曾游走于其他国家，遭遇过恶劣气候，遭受过极度苦难，却竭力拼搏，这些都塑造了她的灵魂。他们与她和色乐的灵魂交流极其重要——那些曾遭受他人肆意虐待的人，总是更喜欢真理，无论他们会为此付出什么代价。她曾经历过某种修习，这种修习数百年来一直由僧侣们在人迹罕至的公路和偏僻的小路上进行，控制全场的说法是：“你还没有准备好脱去你的罩衣。”她曾热切地想要抓住这一修习，同时，又意识到这种平衡不过摇摇欲坠——还有乡村层面的生活、巫术及所有隐藏在黑暗中的恐惧。

这种尖锐的问题在多数发达的社会中会变得模糊，因为人民拥有自己的权力机构，这在一定程度上使他们免遭贪求权力的君王们的集权统治。非洲什么都没有。而暂时她所被告知的，一个民族对未来能做出的最完满的陈述是：成就平凡。任何宏图壮志都会引发一场“狗咬狗”的混战，导致莫大的痛苦。她那时并没有意识到这一点，不过潜在的巨大痛苦开始在她心里发酵。

伊丽莎白陷入沉思，渐渐昏昏欲睡。突然，一道可怕的雷电击中她的心。她能感受到一波接一波的能量传遍四肢百骸，在脚底消弭于无形。最后一波消散后，她才大喊出声。那个一直坐在她床边椅子上的模糊人影快速移动起来。他在半空中抓住她，把她塞回一个厚重的麻袋之类的东西里，把她推挤到麻袋下半部分，她感到极度痛苦，排山倒海的疼痛让她喘不过气来。

“天哪！天哪！”她想着，因恐惧而陷入半疯癫状态，“我怎么啦?”

美杜莎厉声尖叫：“你一直想拥有我的力量，现在你尝到滋味了吧!”

这种力量是什么？美杜莎在不同的层级上处理事情，她和一个穿棕色西服的色乐在一起。这个色乐与坐在附近椅子上那个穿僧袍的色乐没有丝毫瓜葛，因为他转向伊丽莎白，说：“你伤得如此重，我很难过。我无法将这股力量从她身上抽离，你得自己来。我和你说说理由。”

他对奥西里斯（Osiris）[1]和伊西斯（Isis）[2]的故事进行了简短介绍。他曾是那个奥西里斯，被美杜莎的雷电劈成碎片。而她就是伊西斯，把所有碎片又拼在一起。具体细节并没有展开，完全展开的是那个重新拼好的男人形象，那张已然死亡的脸上，有火烧过的痕迹，透着死寂和悲伤。就在那时，她才能把这种特定的表情和其他成千上万死得惨烈的人联系起来。

他如此努力而小心翼翼地压缩着人类历史的长剧，尤其是恐惧的黑暗，只有当她的生命遭受重击至斯，才获准窥视那沸腾的火盆。她竭尽全力，把这些简短概貌、色乐的陈述及思想上的折磨联系起来，形成某种连贯的、概括的、全面的模样，这和她观察到的人类神话有了奇异的相似点——他们开始变得鲜活真实。几乎每个民族都有这种神话背景——若隐若现的可怕人物即他们所谓的“神”。这些人物奠定他们对王权和阶级的态度的基础，他们的所作所为骇人听闻，但他们却身居要位，想来是因为他们拥有美杜莎一样的雷电之力。接着故事有变，朝着非常个人化的方向发展：一个人会因内心的黑暗而不知所措，而当他发现自己陷

① 奥西里斯：埃及最重要的九大神明之一。他生前是一个开明的国王，死后是地界主宰和死亡判官。他是文明的赐予者、冥界之王，执行人死后是否可得到永生的审判。——译者注。

② 伊西斯：奥西里斯的妻子，也是古希腊的女神。她被敬奉为理想的母亲和妻子，自然和魔法的守护神。她是奴隶、罪人、手工业者和受压迫者的朋友，她也聆听富人、少女、贵族和统治者的祷告。——译者注。

入美杜莎的怀抱时，他自己的邪念，对权力的渴慕，他的欲求不满、妄自尊大及那些彻底支配他、驱使他的灵魂走向死亡的一切，被直接而具体地表现出来了。

关于奥西里斯和伊西斯的故事，他只做出一个评价：“这是我们第一次并肩作战，也是你灵魂创生以来的首次生命。我在那一刻的死亡，打破了她对我的控制。”

这份工作是两方面的战斗，既要释放陷于可怕女妖死亡之手的色乐，又要对抗埃及祭司。无人知晓他们在这些与世隔绝的修堂里做了什么，如何孕育自己的力量、诸神或王室的力量。但一个恐惧至极的人记下了结果：“她的头发是嘶嘶作响的毒蛇，见过她真面目的人将化作石头……”灵魂之物，事实上已沦为阿尔·卡彭[1]那般极度残暴的流露。他们是被赋予“看透”事物能力的一族，能看透她灵魂的企图和结构，而她轻而易举就能进入拥有黑暗秘密的内殿。但她是新生的梦想。她主要扮演了一个“大嘴巴”的角色，因为她一走出来，到阳光下，就转过身说：“好吧，伙计们，你们想知道我们在那里干什么吗？我来告诉你们，这很容易。”而那些秘密仪式对他们而言太重要了！他们审问：“谁干的？谁泄露了秘密？”总有人说：“大嘴巴。”

那次，色乐对她说：“他们拿住你，把你扔进满是蟑螂的深

① 阿尔·卡彭：Al Capone，黑帮成员，于1925—1931年掌权芝加哥黑手党。——译者注。

坑，要你死在那里。于是我抓住其中一个人，把这个大活人扔下去喂虫子。”

他心里有什么在翻腾，是他的本性、灵魂之物、人类的道德秩序。在与世隔绝的修堂内，“大嘴巴”的所作所为给了他开启未来的钥匙：“‘大嘴巴’没错。宗教应该是人人可以参与的仪式。哈，我再次掌握神谕。”

这就像从众多疾病中得以解脱，突然从举行黑魔法仪式的垂死之地崛起一样，奇迹正在发生。与世隔绝的修堂，如同痴迷权力的法老们的疯狂世界。对伊丽莎白而言，色乐有一个选择。他曾见过妻子伊西斯的表现，但他更喜欢埃及神殿中“大嘴巴”的表现，并以此作为建立他们长期修行友谊的基础。在伊丽莎白的印象里，那个曾向她走来的朋友，他的行动、思维、生活和工作，都如同黑夜里的一点星火。似乎从最开始，他就已接过灵魂演化的根本秘密和线索。不过这次，各种理论是在新的背景下——路边的小旅馆与水井、树木成荫及穷富朋友的庭院——得以阐释的。新的一群人——一群僧侣，光着脚，披一块简单的布以遮身蔽体。星辰之下，他们亲热地问候彼此，在苏格拉底式的对话[①]中紧皱双眉，这完全不用花钱，因此路边的乞丐，也可带着满脸的疑问同行，并参与对话。人生哲学在人们生活的日常事务上打转，包括

① 苏格拉底式的对话：Socratic dialogues。一种通过对话以表达彼此观念和思想的方法。——译者注。

动物、花草及人类的消遣。然后人类说：“我们喜欢它。”他们记住并记录下人生哲学，是一种尝试，又有灵活性，因为人们可以不断对此进行思索和完善。他们忘记了过去他们曾称为“神”的可怕巨型怪物，那些怪物四处抛掷雷电，完全不顾他人安危，只顾彰显自己的威力，以致一个接一个的文明社会在他们的行径中消失殆尽。诸如色乐之类的男人的姬妾，不再狂暴地穿过城镇，从眼睛和嘴里嘶嘶喷射出雷电。她们都是些美丽女子，一边哭泣着，一边用黑色的长发擦拭男人的脚。她们似乎异常温柔和顺从，但消除她们的能力历经重重困难。

这段时期的情况，伊丽莎白很熟悉，人们对彼此满怀同情和关怀，探寻内在的不确定因素，没有独断专行。她无法理解美杜莎的突然出现，也无法理解他给她看的那幅画：正好是在人类从神性堕落之前的色乐的画像。她怀疑他曾经是神。他那时看起来倒像是长着两条细棍子腿、穿着小靴子的卡里古拉（Caligula）①，昂首阔步，俨然天帝一般。那时，他在追求一个女人——外表看起来令人目眩神迷，像个女神——这女人引发了第一次爆炸。他的全部注意力都在她男人身上，那男人没有棍子腿。而这女人则一门心思想着如上帝那般的地位带来的声望和权势。他们一分为

① 卡里古拉：盖乌斯·凯撒·奥古斯都·日耳曼尼库斯卡，为罗马帝国第三任皇帝，后世常称其为“卡里古拉”。“卡里古拉”是他童年时的外号，意为“小军靴”。——译者注。

二，肆行暴虐，毁灭一切。这个女人是第一个权力狂热分子，知道他们的交易，也知道他们成为上帝能得到什么。而他居心不良，城府更深。他会设置陷阱和诱惑，无人能够逃脱。各种堕落和邪恶存在于他们之中，直到今天依然挥之不去，就像法庭上一股令人恐惧的涌动的暗流。曾经，这是一种生活方式：大家一起公开生活。终于他失控痛哭，只因为这让灵魂的力量有目共睹。他稍稍揭开盖子，她听到有声音发出："我比你更强大，因为我的权力比你的更强大。汪！汪！汪！嘭！——你快滚吧，没人记得你，狗东西!"

灵魂之力不够上乘，才使他在这些情况下居于下风。这她是知道的，因为基本上她也是由同种物质构成的。灵魂在其最终状态，是消极的、怠惰的、失去人情味的。某种程度上，它连接创造力，是新梦想的逐梦者；而创造力的关键因素在于创造梦想，怀揣温柔的心，用轻柔的手放飞梦想。他遭到名人的反对，那些人的力量一旦被激发，便如隆隆的雷声碾过天际。在这样的战争中，他不能与之匹敌。到一定阶段，美杜莎就会进入。她可以劈雷驱电，威力前所未见，可以把一个受害者撕得粉碎。"谁在这里操纵全局？是我。谁对这里的一切无所不知？是我。谁在这房子里掌权当家？是我。"她似乎满足他们的所有要求。然后，色乐转身，让伊丽莎白看到地下开了一个深深的小圆口，她的灵魂曾从那里浮现。那是一个不成形的黑团，长着翅膀。几个伙伴陪着她，这样她就不会感到孤独。其中一个伙伴最终成了拔士巴（Bathsheba）[①]，她将其灵魂与释迦牟尼之妻的灵魂相连，将他从对遗忘与永恒的孤独沉思中拉扯出来。

似乎一切都好。他有一个保护者。然而一段时间后，似乎就不那么好了。某种黑暗、邪恶的东西扎根在他的灵魂深处，啃啮、啃啮、啃啮！这东西一直笑着，而他陷入一个又一个的旋涡，在不断坠落。它只是保持微笑，不停扭动它那宽大的臀部。最根部的腐化堕落和颠倒是非是它天然的栖息地。这样看来，一个人和谁睡在一起——是牛、马、孩子或是其他任何东西——又有什么关系呢？在这种状况下哭泣的人，已经察觉到自身的堕落，而且到了一个点，他就开始为自由而奋斗。粉身碎骨死去，才能拔出深埋的黑根。数百年紧张的戒律，给予她一个新的王国和灵性的高峰，强度之甚，让人看到她就心生畏惧。他们的关系早已走到尽头。他正要道一声永别。他发出的抗议，如同低低的、可怕的呻吟，持续了整整一年。他把责任推到伊丽莎白身上："你最开始把我从恶魔手中解放出来，现在你得把我从女神手中解放出来！"

伊丽莎白从未见过如此没有骨气的懦弱男人。他讨厌女人，同时又迷恋她们。那时，美杜莎向伊丽莎白大施雷霆之威，这让

① 拔士巴：《圣经》中拔士巴原本是乌利亚的妻子，大卫爱上了她，并借故杀死乌利亚，娶了拔士巴为妻。后大卫成为以色列国王，拔示巴成为王后，他们的孩子就是著名的所罗门王。——译者注。

他恐惧无比，飞快地扯出一张未来的照片：他走在路上，与一个新女友手牵手。他的笑容值得一看。如何跨越目前的障碍，享受未来的幸福呢？在不停讲述的喜剧与恐惧中，他似乎一直推动着过去的所有噩梦："如果我不放开她，她会用我们一起毁灭那许多文明社会的方法，毁了非洲大陆。"伊丽莎白没有机会发现这部真实剧作的辉煌了。美杜莎才是衡量他作为人类先知的伟大的真正标准。他曾将真正的污秽之物，变成一个闪闪发光的完美杰作。

美杜莎笑着，她要向伊丽莎白透露一些关于自己身体的绝密信息。完全不顾任何礼数，她张开黑黑的长腿悬在空中，最精妙的感觉自她发出，传向伊丽莎白，犹如一枚缓慢移动的感官炸弹，将伊丽莎白从头到脚包裹起来；好似坠入深深的暖暖的水域，懒洋洋地抬起一只手，倚靠在极乐的天堂里。然后，她看着伊丽莎白，笑着，高高在上地嘲笑道：

"近似这样的东西，你有吗？"

嘲弄的笑容一直挂在美杜莎的脸上。甚至伊丽莎白遭遇第一次精神崩溃时，这笑容都在，真要让人疯掉。不过，当伊丽莎白告知美杜莎她没有生殖器时，这种笑倒不会令人发狂。她或许曾经有过，但那并不是她身体上令人愉悦的部位，值得如此关注，可能只在需要时偶尔会注意到。然而，美杜莎的下一击，是一把扯掉伊丽莎白脚下的地，她掉进了极度痛苦的深渊。简言之，伊丽莎白彻底疯了。

美杜莎说："你知道，非洲是一摊浑水。我是浑水中的游泳健将。而你，只会淹死在这儿。你跟人们没有联系，你不懂任何非洲语言。"

伊丽莎白为此怪罪身着棕色西服的色乐，因为他们在南非曾对她的经历加以利用。在南非，她被严苛地划为有色人种。她无法逃脱，无法成为一个有人格的人，从中获得简单的快乐。任何在南非的人，都不可能就这样逃脱。他们是人种，不是人民。她在南非的一个地方住了很久，在那里，几乎所有的有色男人都是同性恋者，公然身着女性服装沿街游行。他们头上裹着女用头巾，涂着口红，挑动媚眼，挥舞双手，用假音尖声说话。对这座小镇的众多男人来说，这太稀松平常、随处可见了，他们完全不以为耻。他们和人民通常将其视为人不得不忍受的疾病，没有人会对这些穿着女性服装的奇怪男人评头论足。有时候，这些穿着女性服装的男人在大街上互相亲吻，人们不过笑笑而已。

一个非洲男子给了她最合理的解释："一个男人被叫成男孩时，他又怎能成为一个男人？我几乎保不住自己的男子气概。前几天，我和女友走在路上，一个布尔警察对我说：'嘿，孩子，你的护照呢？'对我女友来说，我是男人呢，还是男孩？另一个男人也叫我孩子，你想我会是什么感觉？"

突然，夜晚变得令人煎熬。她一闭上双眼，就看到所有这些有色男人都仰躺着，生殖器露在空气中，他们开始慢慢死去。其中有些人实在受不了这种缓慢的死法，直接跌跌撞撞摔入河中被淹死了。而美杜莎嘲弄的笑高高在上，睥睨着这些人。

“你瞧，那就是你们的样子，”她说，“那就是你们的人，而不是非洲人民。你说话太可笑了。你得像他们那样死去。”

压力压向了伊丽莎白，似有万钧之力，压得她直直地倒了下去。她就躺在那儿，几乎窒息而死。耳畔不断传来疯狂的吟唱：“死吧！死吧！死吧！”但是，一道电流接通，扼住了她的喉咙。电流值达到顶峰之时，她的脑子里充满了恐惧，这时电流突然断了。她看到一个穿白袍的僧人倾身向前，点燃一座类似于美杜莎的实心雕塑。房间里响起一个男人的声音，看不到人，声音却很大：“我告诉过他不要把玩偶带到圣坛来。”

伊丽莎白筋疲力尽，沉沉睡去。不料，第二天清晨醒来，恐惧更甚。有人打开了她脑袋里的录音，一直播放着一成不变的话：“丑女人，污秽的东西，非洲人会吃掉你。丑女人，污秽的东西，非洲人会吃掉你。”

洗漱穿衣后，伊丽莎白对镜梳头。她畏畏缩缩，转开脸去。那里有种莫名的恐惧，看到它会让她受不了。她的手抖得厉害。一个人怎能逃避自己的内心呢？那个录音一直在她脑子里回响：“丑女人，污秽的东西，非洲人会吃掉你。丑女人，污秽的东西，非洲人会吃掉你。”

耽后来承认是他打开了那个录音。他和色乐应该是可以分享一切（包括幻象）的朋友，而且耽声称他也和色乐同时了解了一切。他曾选择默默地隐身观察，但备受折磨，因为他疯狂地爱上了伊丽莎白，他说他们的灵魂“从根部连为一体”。所以当美杜莎把伊丽莎白推进刑讯室时，耽决定把录音加上去，他无法忍受自己这种压抑之爱的痛苦，认为伊丽莎白也应该受折磨。

伊丽莎白能看到的只有美杜莎和穿着棕色西装的色乐。除去第一次色乐怒吼自己就是上帝，他把其他一切事务都交给美杜莎管理。美杜莎乐在其中。她一边密切注意伊丽莎白，一边忙着和棕色西装窃窃私语。他们似乎在说：“啊，快到时间了，她坚持不了多久了。”

在南非时，曾和她住在一起的那个德国女人告诉过她，犹太人也像这样，一天早上醒来便遭遇了一场噩梦。希特勒的宣传运动开始之前，犹太人就和其他德国公民一样，有家庭，有生活，有工作。一天晚上她回到家，谈论起在她做打字员工作的办公室里发生的一件事。“我以为今天早上我是回到了希特勒统治的德国，”她说，“给我们供应茶水的是个年轻的非洲小伙子。我们办公室入口有一扇小小的双开式弹簧门，他总是从那里端着茶盘进来。嗯，今天早上，办公室里的一个南非白人走到他那儿，直接踢飞他手里的托盘。杯子、糖、牛奶飞了出去，散落一地。那南非白人转向他的同伴，纵声大笑。他们也都笑起来。我以为那小伙子会很生气。哦，不，他也卑躬屈膝地笑了。他说道：‘哈哈，先生。’那时，我在想：我在哪儿见过这样的事——希特勒青年团就是这样对待犹太人的。他们的志气全被宣传磨掉了，他们就像这个小伙子一样卑躬屈膝。他们开始相信自己确实低人一等。但是，一旦解放了，战争结束了，这种想法就在一夜之间消失不见了，不留丝毫痕迹。我就想，同样的事也会在这儿发生。一旦这些人摆脱屈辱，就不会再留下任何痕迹。”

于是，许多人逃离南非，为了忘记或是摆脱屈辱。那时，这似乎不可能，那句单一的话在她脑海里反复出现：“丑女人，污秽的东西，非洲人会吃掉你……”这立刻让她难过起来。她情不自禁地同情起那些虚弱的同性恋者，那些正在她眼前死亡的有色男子。像这样过了一天，她的神经系统都在尖叫。像这样过了一个星期，她彻底变成一个废人。她躺在床上，陷入深深的痛苦之中。她想不出有什么能与之对抗：“我不是那样的。我从来就不是一个种族主义者。当然，我承认我是有色人种。我不会否认任何事情。可能有色人种也相当不错，就像非洲人……”

没办法关掉录音。伊丽莎白未曾计划此事，她根本没有按这种思路考虑问题，所以完全无法选择任何明智、理性的回应。难道这就是为什么希特勒的宣传毁掉了整个种族的人？有人不过断言某件事，就以此针对一个受害者，全然不顾这是不是在理。譬如：“你低人一等！你是秽物！”断言的力量巨大之极，生命的全部流动和交替都在其面前止步。不过，她的境遇里，这糟透的噩梦有一个美丽的前奏。身着白色长袍的僧人在哪里？他一问一答的生活方式已成功地引起了她的注意力，让她心醉。现在，这里的世界，没有什么问题，只有预先计划的、令人无法抗拒的说法，让她喘不过气来；还有一个异常恶毒的男人，穿着棕色西服，和一个可怕得让人无法理解的女人。伊丽莎白无法分辨美杜莎是人是兽。美杜莎有着人的外形，而且，如果不考虑她的任何言行，可以看到她始终保有自己的决定权，充满自信，面带微笑。

到星期日傍晚，伊丽莎白身心俱疲，她暗自思量："色乐终究不过是个小丑，他看起来就像一只猴子。"

伊丽莎白疲惫地闭上双眼，美杜莎立刻发起攻击。她站在穿棕色西装的男人身旁，指责道："你看看，她说你看起来像只猴子，你打算怎么处理这事?"

伊丽莎白注意到，穿棕色西装男人的脸慢慢变成猫头鹰的形状，他说道："噢，不！我不是猴子，我是睿智的老猫头鹰。"

她猛地从床上跳了起来。这是什么情况？这表示她没有任何隐私了吗？她只不过想了想，并没有大声说出来啊！她全然崩溃，马上为自己辩护，大声地自言自语："当然是这样，他看起来像只猴子，他太丑了。我不是说我自己不丑。即便任何人对我说我长得很丑，我也不会介意，因为我知道这是事实。这是否意味着，如果上帝看起来很丑，人却不该这样说，说了就要受到可怕的惩罚？哎，我真的不介意我长得是否像驴屁股……"

一阵嘶嘶的话外音不断伴随她的想法而来："不错，你之所以会那么想，是因为你憎恶非洲人，你不喜欢非洲人的头发，你不喜欢非洲人的鼻子……"

她左右扭着头，拼命想逃离这种折磨。一丝微弱的光亮出现在她泥屋的小窗口，是黎明！她急切地跳下床，找个借口，打水、泡茶或做任何事，只要不窒息而死就行。她提起空水桶，朝门口走去，打开门，然后，呆若木鸡地站在原地，惊恐得睁大双眼——门阶上躺着一只死掉的猫头鹰。

她退回房间，关上房门，脑子里乱哄哄的。她马上将猫头鹰的死亡和夜里的事件联系起来，开始喃喃自语，语无伦次。一种无法抑制的邪恶感涌上心头，她不确定是不是自己杀了这只猫头鹰。不过，她渴望喝杯茶的想法，打断了恐惧的嘟哝。

"我觉得那猫头鹰一定是老死的，死得很突然，"她找着理由，"外面那棵树的树杈正好悬在我的小屋上，猫头鹰死的时候一定是在那根树杈上。"

于是，她提起水桶，打开门，跨过那只死猫头鹰。时值冬季，屋外很冷，她从头到脚都在哆嗦，抖得太厉害了，水桶不断撞到腿，水溢出来，洒到了睡衣上。直到她喝到第一口茶，牙齿才停止打战。人们只有在内心感到安宁而平和时，才能行使职责。她就像被赶出了自己的屋子，而恶魔在屋内肆意妄为，把一切搞得乱七八糟。学校假期刚刚开始，她除了前往莫塔本村中心买点东西，别无他事可做。儿子安静地醒来，他一手拿着玩具车，一手端着碗粥，在垫子上坐下来。之后，他完全不管粥，全神贯注地拿着小车在碗周围绕圈。

“快把粥喝了。”她无可奈何地说。

他抬头看了看她，一双乌黑的眼睛，透出毫不在意的神情。他继续拿着玩具车绕圈。

“我不会带你去买东西。”她说。

“我要跟你去！”儿子坚决地说。

她站起来，开始穿衣。儿子大声哭叫道：“为什么你不先给我穿衣服？你想抛下我走掉。”

她极度焦躁地度过无眠的一夜，头正阵阵抽痛。从椅子上抓起一堆儿子的衣服，她气冲冲地说：“你想死，是吧？闭上你的嘴，你这讨厌的家伙！”

儿子所有的情绪都从她那里学来，完全是模仿她。一天如果这样开始，会让他完全不知所措。突然，他似乎感到空气中有某种好笑的东西，就尖声尖气地模仿说：“你想死，是吧？闭上你的嘴，你这讨厌的家伙！”

“放下小车子，”她说，“你手里拿着车，没法穿衣服。”

一丝淘气的光芒在他眼里闪过。他紧紧攥住小车。“放下小车子，”他模仿说，“你手里拿着车，没法穿衣服。”

“你马上去死，儿子。”她气急败坏地说。

“你马上去死，儿子。”他尖叫道。

她跌坐在床上，失声痛哭。孩子站起来，看了她片刻，眼睛睁得大大的，神情变得严肃起来，似乎在说，真的出了问题。在过去的几个月里，这事要多久才会发生一次？在他家里，只有惊涛骇浪，他常常在暴风雨中颠来倒去，而母亲的注意力总是集中在别处。他挺了挺身子，流露出一种少见的男子气概来。

“我会让你看到，我知道怎样自己穿衣。”他傲然说道，“我会自己穿鞋，我会自己喝粥。”

他又往地上一坐，神情严肃地专心吃起粥来。有这样一个母亲的人，如果不懂得怎样好好照顾自己，就会迷失方向。伊丽莎白看着孩子，心有戚戚：“灵魂之旅并不适合带着孩子的女人，并不是所有黑暗的东西都会引起混乱。它们适合男人，而最不屈不挠的男人，可以立刻离开，进入森林的荒僻之处，在深隐之所和地狱做斗争。难怪他们隐匿在视线之外，因为他们的内心丑陋不堪。”

伊丽莎白不堪重负，快要崩溃了。她牵着小孩，走进村子的中心。折磨内心的丑恶突然被撕开，暴露在公众视线中。她拐进一家商店，心不在焉地站在柜台前。想买什么？她想着。她面前有些晶体管收音机。售货员问道：“女士，需要帮忙吗？”

她连问三次，伊丽莎白才抬起头看着她，傻傻地点了点头。她胡乱拿起一台小收音机，递给女孩包起来。女孩说：“您必须先到那边的办公室登记，才能购买。我们每卖出一台收音机，店员都得通知邮局，因为您得为广播授权买单。”

她走进办公室的那一刻，双眼就直勾勾地盯着办公室里的店员的脸，痛苦的感觉越来越强烈，精神开始跌宕。恐惧不停地发出“嘶嘶”的声音，搅得她的脑子乱成一团。“你看，”声音传来，“你并不是真正喜欢非洲人，你看到他的脸了吧？一脸茫然，一脸傻样。他慢手慢脚，仅弄清那台收音机的商标名就费了老长时间。你从来没有真正喜欢非洲人，你不过假装喜欢他们。这里没有你的位置，怎么不离开呢……”

办公室的空气让她喘不过气来。店员告诉她坐到他对面，一个激烈的抗议声自她内心升起，连续不断的“嘶嘶”声卑劣、恶毒、令人窒息。她能控诉谁，来终止这声音？她一跃而起，椅背“嘭”的一声撞在墙上，她大声吼道：“噢，你这该死的博茨瓦纳混蛋！噢，你这该死的博茨瓦纳混蛋！”然后她张开嘴，发出长长的、刺耳的尖叫。

人们从四面八方跑来，一群人堵在了办公室的门口。有人挤过人群，是个留着络腮胡的壮汉，他的脸因焦虑而扭曲。他一边和伊丽莎白说话，一边摇晃她的胳膊。她却听不见，冷汗浸透了她，眼前的一切变得越来越模糊，直到什么都看不到了。

这是小男孩不能解决的局面。伊丽莎白的儿子完全不理会，坐在地板上，继续拿小车在地上绕圈。人们看着他，难过地摇了摇头。那个留络腮胡的男人保持指挥姿态，对店员说：“打电话叫救护车，送她去医院，她病得很严重。”

她在莫塔本村医院里一间单人病房的病床上，此时她睁开了双眼。一个医生站在旁边，俯身轻轻地问：“你怎么了?”

她转开脸，极度痛苦地说：“我不喜欢人。”

“没关系，”医生说，“你可以在这里待着，直到你感觉好些了再说。”

她尽力想把昏沉沉的头从枕头上抬起来：“我儿子怎样了？他在哪儿?”

“他就在门外，和莫塔本村中学的校长待着一起，是校长送你到医院的。校长想和你谈谈，我要叫他进来吗?”

壮实的络腮胡走了进来，手里牵着小男孩。他犹豫地眨了眨褐绿色的眼睛，在床边的椅子上坐了下来。他把男孩抱在他膝盖上，男孩依然紧紧地攥着玩具车。伊丽莎白常在莫塔本村中心见到这个男人，但除了远远地打声招呼，她从未有机会和他交谈过。络腮胡极其寡言少语，性格孤僻、气质忧郁，常常四处转悠，脸上带着世界末日般的阴郁。他是从南非来的布尔人（Afrikaner），莫塔本村中学的创办者。他简单地说：“我的妻子会照顾你的儿子，直到你出院。我们俩都是难民，一定要互相帮助。”

她感动得不知所措，除了谢谢，什么都说不出来。

他眉头紧锁，说了点自己的情况：“我也受着折磨，因为我没有自己的祖国，我知道这意味着什么。许多难民都已精神崩溃。”

她试图抬起沉重的头。“我想跟你说件事，”她说，“有什么东西在拷打我，这里有怪异的潜藏的电流和活动……”

他迅速转开脸去。他不想听到任何关于这个国家抑或其他任何事的细节，只接受伊丽莎白仅仅是因忧郁而精神崩溃的事实。他站起来，把男孩放在地上。孩子转过身，静静地给了他妈妈一个同情的眼神，好像在说：“我知道你今天早上出了点问题。”他微微抬起一只手做了一个秘密的告别手势，和男人一起走了出去。一个护士端着一个托盘走了进来，把它放在床边的桌子上。她友善地微笑着，说：

“翻一下身，我给你打一针好让你睡一觉。”

世界似乎出奇的平静。她脑袋里的风暴已然平息。她用如此激烈的抗议让脑子里的嘶嘶声停了下来，但留下了一个可怕的伤口。她能感觉到伤口在流血，不停地流，没发出任何声音。她那所谓的善于分析的头脑被撕得粉碎。它依赖于源源不断的问题、尝试性的命题，所有在永恒中的时间和耐心都用来解开这些谜团，并从这些友好而亲切的交流中获得喜悦。无边无际的黑暗猛扑向她，她只能听到潜在的灭杀者在狂叫。她翻了个身，把头埋进枕头里。人们常常痛苦地呐喊，反对种族仇恨和各种各样的压迫。他们所有的泪水都好像在她的身上堆积，泪水涌出的源头因激烈而狂暴之力暴露无遗。她以为护士离开房间好一阵子了，但她床边仍站着一个白色的身影。伊丽莎白微微抬起头，是色乐。他的脸看起来平静而疏离，他说：“我得给你看些东西，来吧。”

伊丽莎白发现自己面对一个深深的污水坑。里面满是排泄物，都快要漫出坑沿。这个污水坑还在使用中，里面的东西咕咕作响。巨大而刺目的苍蝇群在上面嗡嗡作响。他粗暴地握住她的后颈，压着脸靠近恶臭，力气那么猛、那么强，头差点“咔嚓”一声从脖子上折断。她惊恐地呜咽着，听见他恶狠狠地说：“美杜莎成功了。我来清扫。来吧，我让你看看你干了些什么。”

突然，他变成一只巨大的飞鸟，双翼强劲有力，展翅翱翔。一个人，高度和深度都到达极致，以致二者毫无瓜葛，好像他们面对彼此时，眼里都是一片茫然，似乎再过几百年甚至几千年也认不出对方。会有这样一个人存在吗？因为色乐曾谈到——迄今为止她能忆起的——一个淡蓝色的天堂，它围绕人类的灵魂形成。而关于贵族与祭品的伟大戏剧响彻天堂，成为许多民族完美的蓝图。这是一个不属于任何人的世界，这里，国王们获得王冠，却从来不是为了王权，不是为了压迫和奴役他人。他们说，人们战胜了自己的感情，会有神那般雄伟的身材、闪闪发亮的眼睛、狂野而热爱自由的灵魂。他们只在生命的小岔路上去创造、去梦想、去歌唱，仿佛大家都已达成一致，避免如导致灵魂死亡的物什那般虚伪、浮华。爱就像一个在路上蹒跚而行的女孩，风儿拂过她的头发，爱就像一个眼里充满好奇的女孩，爱就像一个有着燃烧的心和热情的双臂的女孩。爱是一个主题，有千种内容，万重变奏。这个主题就是：谦卑和平等。这些人说："这可能吗？你会爱我吗？"此时，王位和王国完全无敌于爱的力量。

他们在欺骗，非常不诚实：从上帝之心，让爱进驻人心，以移除灵魂之物，抵达某一可见之神秘天堂。哦，不，已有一个天堂直接由人心规划，一点点地，随平面图逐渐展开，他们为其起了很多名字：民主、思想自由、社会意识、抗议、人权、探索、道德秩序、原则，以及为人类灵魂不断发展与进化而增加的一千零一个名字。

"智力支撑这一切。"人们说。人类普遍知道堕落而黑暗的时代，那时，文明在大屠杀中被吞噬，越来越多的邪恶势力拼命争夺他们那些自大、欲望和贪婪的小骨头。

她凝目所见的是，合作模式转变了，她从中形成了自己对上帝的广义上的理解：上帝是所有伟大的灵魂及其成就的总和，这些成就并非归属于某一个单一的、个体的灵魂，而是许多灵魂共同拥有的，他们共同作用，从而形成上帝的灵魂，这可能就被称为上帝，或神灵。她在这一股巨大的和平浪潮中，慢慢地漂回现实。

有人在碰她的胳膊，是值夜班的护士。

"我给你拿了些茶点，"她微笑着说，"你肯定饿了，你已经睡了十五个小时。"

伊丽莎白猛地坐了起来，甩开被子，两腿晃下床来。她头脑清醒，思维活跃。护士终于从惊讶中回神："喂！"她说的是茨瓦纳语（Setswana）[1]，“你觉得你现在能去哪儿?”她指指病床顶部的卡片：病人病情严重，请勿打扰。

“我已经好多了，”伊丽莎白说，“我想回家。”

护士摇摇头。“你差点把人吓死，”她说，“上早班的护士有你病倒的全部记录，她和我说她觉得你早上都活不过来。你不能像刚刚那样跳，你必须回到床上去。”

伊丽莎白看着护士，笑了。有人已经给她扔来一道强有力的生命线，似乎通过自省，她发现自己的头脑依然理智、稳固，而那些早就开始控制她心智的恶魔，却有了高涨的善良与之对抗。这似乎是最重要的，一份善良的保证，就像一团静静燃烧的火苗，稳稳的火焰永不熄灭。伊丽莎白激烈地争辩起来。没人照顾她儿子，她不能只躺在这儿去依靠别人，而她自己感觉很好了，各方面都很好。到十点时，她摇摇晃晃走出了医院的大门。冬日宁静的蓝天，带着柔和光泽的薄雾，正符合她此时内心朦胧的温暖和安宁。她站在一条尘土飞扬的道路上，等待出租车送她去离村子五英里之外的莫塔本村中学。

灌木丛生，长在村子的边缘地带，它的美与连绵的泥屋围成的寸草不生的村中心形成鲜明对比。灌木丛是野生的开阔景观，上面点缀着随风摇摆的伞形荆棘树，它向四面八方绵延了数英里。

① 茨瓦纳语：指茨瓦纳人说的班图语，与索托语（Sotho languages）为同一语系，在南部非洲有三百多万使用者。——译者注。

远处，低矮横卧的蓝色山丘，仿佛躺在那里永远沉睡的巨人。莫塔本村中学就建在这片孤寂与沉静的荒野中。出租车停在了校门外。她半转身看看入口，又回转身，低头看看长长的土路。这条路蜿蜒伸向远处，把莫塔本村和三十六英里外的一个村庄连接了起来。伊丽莎白感到前所未有的平静，并渴望尽可能长久地拥有这份平静。

她动身走下这条尘土弥漫的土路。学校的围栅绵延半英里左右。路的另一边，似乎一夜之间，冒出很多泥屋，形成一个小型居住区。一些村妇在学校里找到了工作，她们要么为学校职员管家，要么给他们的子女当保姆。伊丽莎白在围栅的尽头停了下来，抬头仰望——一只鸟在附近的一棵树上歌唱，悠扬深远的婉转旋律，在寂静中愈加美妙悦耳。一只灰褐色的野兔蹦蹦跳跳地穿过公路，一对长长的耳朵非常警觉，在空中摆来摆去。一些昆虫停在被风揉碎的毛糙的枯草中，沉浸在哀伤忧郁的独白中。

“总有一天，我要住在这里。”她这样想着，却从未想到，三个月后，这会是她第一个家的所在地。

她转身，走过围栅，穿过校园，抵达校长的家。房子建在一处稍高的斜坡上，从这儿能够俯瞰学校的建筑。白天，家就是他的办公室。他的妻子，一个安静而漂亮的女人，坐在一边的桌旁，打印他的大量信件和数不清的小册子，内容是发展中国家的教育方案。他抬起头，对她的到来大吃一惊。“我以为你得在医院多待些时候，”

他说，“你儿子不在这里，他和我儿子一起在外面的田里或别的什么地方玩去了。他们十二点左右会到家，如果你愿意的话，可以在这里等。”

“我去沏点茶，尤金。”他的妻子起身说道。

络腮胡男人，尤金，又把注意力放在工作上。他坐在靠近窗户的椅子上，只有啜茶时，他才转身和伊丽莎白简单聊几句。

“你似乎和当地人相处得不太好。”他评价说。

“不是这样的，”伊丽莎白急急地说，“这里的人不在乎外国人能不能和他们相处，他们只对彼此深感兴趣。”她停了一下，笑起来，“他们有句老话，博茨瓦纳的巫术只对博茨瓦纳人起作用，对外来者没效果。我很喜欢这里整体的氛围，因为我不在乎人们是不是喜欢我，我习惯了孤独。”

“孤独太过，对谁都不是件好事。”他说。

尤金放下茶杯，又回到工作中。伊丽莎白望着窗外那些用石灰水粉刷过的杂乱无序的低矮的建筑。这一个幅员辽阔的帝国，几乎全靠各种自愿劳动建成。他们挖出荆棘丛和野生的灌木草丛，取而代之的是果树、菜园、鸡舍及远处的玉米田，玉米在田里轻轻摇曳。在这所学校，各种各样的发明和即兴作品问世，因为一个异乡人总是会为任何出现的问题提供新的解决办法。诸如技能、工作、个性的充分发展及智力之类的字眼，在尤金笔下的小册子里反复出现，在所有老师中间流传的那些流畅而迅速写成的文件中，它们在书页上带着自己的生命在颤动。它们有一天会在又穷又饿的人的脑海里浮现。这一天，每张桌子上都堆满了美食：烤鸡、烤土豆、炖胡萝卜、米饭和布丁。它们无论从哪方面都能给人以食物、衣物和机会的感觉。在她（原文是“his”，但是根据上下文，应该是指伊丽莎白。——译者注）的国家南非就不是这样。那里，他们说黑人天生迟钝、愚蠢、低人一等，但他们一定要剥夺黑人接受教育的权利，让黑人无法发展个性、开发智力和提高技能。太多更深刻的顿悟的呈现，给她提示，是什么驱使那些像尤金一样的人，去反对死亡、罪恶、贪婪，同时又酝酿自己的创造力。正是从死亡本身发现了一道亮光。色乐曾说过：“一切都是错，致我崩溃、哭泣……”这个男人也曾看着一种罪大恶极或种族仇恨而崩溃、哭泣？伊丽莎白知道她自己的生活彻底出了问题。就在日前，她已经崩溃、哭泣，号啕只是源于内心的痛苦，但这并无二致。压垮她的灾祸听起来就像她逃离的南非。推理之人和恶毒之人都一样，不过这次的面孔是黑色的，不是当地人，而是巨大的、若隐若现的灵魂。

她无意识地说：“嗯，你知道色乐，对吧？他完全不是表面上看起来的那样——先进的博茨瓦纳农民，渴望讨论最新的农业技术。他真是一个‘化身博士’①。他向我透露过一些非同寻常的事，所以我敢肯定自己不再正常。我认为那些对他人进行心灵感应的人无论怎样都不正常，但我从未想过这会发生在我身上。我可以发誓，我一直处于一种清醒的死亡状态，穷我一生，直到现在。事实上，看到今天的蓝天，我着实吃惊。你知道我生活在一个什么样的世界里吗？一直是午夜。我未曾注意到它。我也未曾注意到那些真正活着的人，因为太多怪诞的影像环绕着我，他们一直在说话、移动，他们和我打招呼时，我竟然恰好能喊出正确的话，好像我和一个陌生的、我不太熟悉的‘另一个自我’生活在一起。你知道色乐？在他的潜意识里，藏着一个可怕的美杜莎，她对我来说如此真实，以至于我每天都活在对她的恐惧里，这就是我崩溃的原因。是美杜莎！从见到她的第一眼起，我就吓坏了。她不同于我之前见过的任何一个女人。她目中无人、狂傲嚣张，有些骇人的事情逐渐呈现出来……我惊慌失措……”

伊丽莎白打了一个冷战，她已经把最后的想法大声说了出来。

---

① 化身博士：小说《化身博士》（*Dr. Jekyll and Mr. Hyde*）中的人物。作者是罗伯特·路易斯·史蒂文森。故事发生在维多利亚时代，杰基尔博士为了探索人性的善恶，研究发明了一种特殊的新药，吃下去便会变成另一个自我，即海德，博士把自己所有的恶念全部赋予了野蛮残暴的海德。杰基尔虽然已有贤惠的未婚妻，但却被放荡的风尘女子勾起了变成海德的欲望。杰基尔博士行医多年，多行善事，名声极好；海德则无恶不作，杀人害命。杰基尔博士无法摆脱海德，最后选择了自杀。——译者注。

男人无声地抬起眼，简单地说：

“我会帮你。”

这是他表现出的对祖国具有强烈认同感的唯一方式。这句话他对许多南非难民说过。

伊丽莎白到嘴边的话只好咽了回去。何时她不是独自面对人生的种种不幸？她曾独自站在南非的街角，绝望地凝视无爱的人生，那时，近旁空无一人。在莫塔本村上演的精神酷刑的戏剧中，她孤独地承受折磨，无人靠近。最靠近她的孤独的，就是这个男人本能的同情和帮助。她可以看出，他行事基于一个简单原则，即南非人常常患有某种精神失常。因此，她仅仅点头表示同意他给予帮助。

两个小男孩笑着，气喘吁吁地跑上阶梯。她儿子径直走到她跟前，撞在她的膝盖上。他抬起那双乌黑发亮的眼睛——他曾追逐的蝴蝶，逮住又压扁了的毛毛虫，以及在灌木丛狂奔的画面，在这双眼睛里清晰可见。他兴冲冲地嚷道：“吉米是我最好的朋友！”事实是，对于任何与他交朋友的人，他都这样说，有一次甚至是一个六十岁的博茨瓦纳老人。她儿子也和他一起坐在地上，跟他聊灌木丛里的动物的奥秘。她听见另一个小男孩在厨房里和他妈妈大声争吵，他非常跋扈，抱怨说：“你一点儿午餐都没给我准备，我好饿！”

“午餐几分钟就好，吉米。”母亲说。

“嗯，快一点。”吉米顺口说道。

“不要这样和我说话，吉米!”母亲生气了。

小男孩吉米气呼呼地走出厨房。伊丽莎白能看出，这个小吉米就像她自己的儿子，在模仿家里的某个大人。他走路像矮壮的水手那样一摇一晃，漫不经心地挠挠头，迟疑地眨巴着眼睛，猛地坐在椅子上，像成人那样叉开双腿。他看着伊丽莎白，老气横秋地说:“我听说你病了?”

“是的。”她说道。

“听闻此事，我非常难过。”他说着，然后若有所思地点点头。

角落里，办公桌处，他的父亲突然“扑哧”一声笑了。

日落时分，她回到自己在莫塔本村中心地带的小屋。有人把那只死掉的猫头鹰从门阶上弄走了，此外，这个时节，她住的这片地方空寂无人。村子里的妇女们都离开了，她们在地里，把夏收的玉米都收拢起来。她们到月底会回来，她的一个叫托科（Thoko）的朋友，常常和她说些村子里的八卦，到时会给她带点西瓜和南瓜回来。伊丽莎白在莫塔本村已经住了不止两个雨季的日子，雨季的开始似乎总是那么神奇。妇女们把所有的衣物都裹成一个大布包，举在头顶，肩上扛着锄头，迈着坚定的大步向着她们的田地出发。

“我们去耕地了。”她们说。

伊丽莎白只能满怀惆怅，目光追随她们而去，这不是她生活的一部分，乡村生活的诸多方面她无法企及。不过，走到镇上的蔬菜水果店，拿起包装整齐的土豆、西红柿和洋葱是一回事，抱着托科的南瓜又是另一回事，这可是托科亲手种植的。镇上有谁在乎农民？哎呀，如果蔬菜从机器里出来，对镇上居民来说，这就是一回事，和农民种的菜没有不同。它们就在那里，已经弄好了。但在这里，是托科，是耕种季节，是丛林地带的十八场高潮迭起的戏剧，这些都蒙着一层神秘的面纱。一次，她曾问托科，在学校放假期间，她是否要陪她去地里耕种，而托科吃惊地睁大双眼看着她。

“像你这样的外国人一天内就会死掉，太危险了。”托科反对道，“你知道我拉犁时发生什么了？一条巨大的曼巴蛇跳出地面，从我身上碾过，哎哟喂，就像闪电一样！我吓得差点摔死在地上。牛也蹦得老高！夜里，胡狼在小屋周围出没、嗥叫，它们想吃我们挂在树上的肉。之后，还有一只大野猫，像一只豹子。我们都害怕在树下休息、睡觉。它悄无声息地来，用爪子一拍，就能拍碎我们的颅骨，吃掉脑髓。吃完后，它总会把皮好好地放回去，我们一看到这样的尸体，就知道野猫在附近……”

这些在丛林生活的细节令人毛骨悚然，吓得伊丽莎白浑身颤抖。她彻底打消了这个念头——当个农民，在与危险的野生动物殊死搏斗中，获得自己的食物供给。但是，土地和土地上生产出来的食物却激起了她极大的好奇，伊丽莎白慢慢对土地产生了亲近感。她住在泥屋里，但这种亲近感不断增强，因为小屋的环形泥巴墙和外面的泥土没有明显区别，在屋里生活也像与树木、昆虫生活在一起似的。而屋顶盖的是草，总是散发出草发霉的味道，各种各样的昆虫在草里安家，它们从容地把大便拉到床上、椅子上、桌子上和地板上。

于是，在大部分雨季的假期，伊丽莎白都在散步，带着孩子，横穿莫塔本村，走很长的路。沙漠雨飘洒着，打着旋，天空变成了一帘巨大的彩幕，让她沉醉。有时，绵绵雨丝带着柔和光芒，从村子上空飘落，阳光透射过去，将所有泥屋的屋顶都镀上了一层金。有时，狂风呼啸，卷起一团巨大的白色积云，暴雨横扫莫塔本村，突然，在一声震耳欲聋的猛烈巨响中，暴雨在村子上空戛然而止。这似乎让她内心那杂乱无章的迷宫更加漫无边际，就像莫塔本村夏季的天空，随着种种隐秘的动荡而摇晃、旋转。在如同那天晚上一般安宁的时刻，她幻想着自己把生命中的所有线都聚在一起，握在手中。她喜欢这样的幻想。而通过与尤金一家几乎一天的接触，她多了一份健康、坚定的心智。孩子睡着了，伊丽莎白把他放到床垫上，而床垫是直接摆在地上的；然后，她坐到床上，抿一口茶，沉思着，暂时封闭自己，开始反省。一种强烈的渴望在她胸中激荡，尤金这种实干天才型的男人激起了她的兴趣。这种兴趣非常宽泛，没有针对个人，而且随心所欲，无须忧虑，与逼得她崩溃的梦魇形成鲜明对比。伊丽莎白怀着一种简单的孩童般的喜悦，脑子里一遍又一遍地回想着这一天发生的事情。

不过，似乎无论哪种快乐她都无法马上拥有。她在黑暗中一闭上眼，善与恶在不毛之地就发生了激烈冲突，撞进她的意识。有美杜莎！她带着嘲弄的笑，手上端着一盘食物，递给伊丽莎白，说："你病啦？把这些东西吃掉。"

伊丽莎白接过盘子，刚舀了一勺送到嘴边，美杜莎一把夺过盘子，叫道：

"别吃太多，你太肥了。"

美杜莎的副手——棕色西服色乐，点着头，眼神刻薄。远远地，坐着僧侣色乐。对僧侣色乐，伊丽莎白会慢慢地生出一种深深的愤恨，而他显然透过她来观察美杜莎和棕色西服色乐。僧侣色乐坐在那里，目不转睛地盯着他们，一动不动，不发一言。没人会用那些非洲穷人曾走进来斥责他和伊丽莎白的方式斥责美杜莎。美杜莎声称那些非洲穷人是她的人，那他们为什么不在那里厘清她做事的道德逻辑，评价一下是善是恶？他们给了美杜莎一片广袤自由的田野，供她展示内心的执念，其中的头等大事就是除掉伊丽莎白。美杜莎还储备了大量雷电，虽不及她第一次的炸雷那么令人痛苦且有强大的杀伤力，但每次被击中，伊丽莎白都会失控崩溃，连续两天卧床不起。即便伊丽莎白有心报复，也毫无还手之力，她没有闪电、雷霆、灵力，抑或任何类似的东西，只有这松散交织、无序模糊的一团，即她的肉身。难道正是这样，美杜莎折磨她才如此不费吹灰之力？伊丽莎白原本对色乐的推理亦步亦趋，但后来，得出的结论却是他和美杜莎一样，也想除掉她。有一件事她很肯定，色乐最初呈现出的积极善意的形象，不过是对他人的灵魂的观察和初步试探。他有意控制那些接近伊丽莎白的人的言行举止，并将其呈现在伊丽莎白面前，教给她这些东西。而美杜莎一出现，他就什么都忘了，只会拷问自己饱受煎熬的心。他的思路是这样的：

“啊，她就是我的全部，没有她的未来无法想象。但现在，缘分已尽，到了曲终人散的时候了。或许会有回旋余地，让我能重续这段情，永葆这份缘。我耿耿于怀，我的此生是非洲人，这不过是进化过程中的一段，而我听到了一曲恢宏的交响乐的序章，它完整地陈述了未来人类的身份问题，没有高低之分，众生平等。但这里的难题是它没有大声而有意识地宣告非洲人的未来。我们的文明正在崛起。这里的生活表面上是狭隘的、令人窒息的，充满了少见多怪式的偏见；这个世界闭关自守，只保守自己的秘密。这就是黑暗时代下我们生活的世界，狭隘、排外、闭关锁国。食腐动物应时而生，见什么吃什么，不给普通人留下一点东西。我会在乎吗？那时，我身在社会顶层的皇室，她也是。这次就让普通人做一回我的老师，看看他要说什么。喏，看看吧，非洲是最糟糕的。他们一点儿不把我的精神超人身份放在眼里。这里就没有超人之类的东西，也就是说，如果我以人的身份活着，我就是个人，就和其他任何人一样会犯错。长期受歧视的人，深知恶之根源。就让我用人类的会犯错的方式，厘清与她的纠缠吧！而我神秘的圣母玛利亚啊，我根本不敢看她一眼，否则，我就迷失了自己。让我采一丝黑暗，掬一束光亮，合成一个我可能仍然爱着的女人……”

那一整年，美杜莎的回应言辞卑鄙，不断强调其错误想法。有人说及“我的人”，特别强调这些人的黑皮肤时，他们就排在人界之后，永生为奴。“人民”永远无法企及“人民”的身份。“母亲”和“父亲”会告诉他们，什么对他们是好的。而美杜莎把这各种不当的非难都加诸于伊丽莎白的身上。在全世界，混血的数量越来越多，他们的肤色从黑色褪到了棕色、黄色和奶油色。那么，美杜莎本可以选择伊丽莎白之外的其他任何女人，宣告自己在性方面的优越感。伊丽莎白命运多舛，从来都不是性的缘故，而是长期的牢狱之灾、死亡、失落、磨难和牺牲的缘故。要不然，爱究竟意味着什么呢?

僧侣色乐已明确指出一条抵抗恐惧的道路：让人们自由进化，什么都不要管，并重新创造一个和谐新世界——野花遍地，飞鸟满天，孩子们尽情玩，妇女们烘焙忙。他一直满怀希望地看着美杜莎。哦，不，美杜莎只想掌管非洲大陆，任何她讨厌的人——滚出去！僧侣色乐退出去，形容枯槁，身材不断缩小，僧袍开始在身上飘荡，如同稻草人身上披挂的破衣烂衫。棕色西装色乐发出一声痛苦的低吟。他似乎和美杜莎紧紧黏在一起，她那里实在和其他女人太不一样了，让他欲罢不能。兽欲的味道无孔不入，使一切都陷入停滞状态，而这如同拔河般猛烈又痛苦的抽动，还在不停地继续，全无结束的迹象。污物像火山喷发般飞溅到空中。

“我不能再顺着这些话想下去了。”伊丽莎白一遍又一遍地呻吟着。若是早有人承诺要帮助人，哪里还会有地狱之旅的警示？地狱似乎无边无际。路上，穿着蓝色丝裤的女孩们在跳舞，罪恶之都所多玛（Sodom）与俄摩拉（Gomorrah）[①]，以及魔鬼摩洛克（Moloch）[②]在她们身后发出各种咆哮声，混成一片。还有各种各样的变态，他们都已兴奋地跳到冒着邪气的乐队花车上。一个古怪的小女孩，故作天真地转动着眼珠，说着不堪的话。伊丽莎白拉起她时，她却转过身来，一口咬在伊丽莎白的手上。伊丽莎白怎么看都无法喜欢这群人，也不喜欢小女孩笑的样子！她无论如何也做不到，否则，她就从头到脚遭秽物浸透，这就好比将秽物整个儿吞下去一样，这样的话，那生活中寻常的乐事，比如吃东西，也就变得极度痛苦了。似乎满地都是粪便。触目之处太过恐怖，她试图压制，但内心的惶恐进一步打断了她的思路。她奋力

① 所多玛和俄摩拉：死海旁的两座古城，因其居民罪恶深重而被上帝毁灭。——译者注。

② 摩洛克：在古老的闪族文化中，摩洛克是一个与火焰密切相关的神祇，因而常被翻译为“火神”。因为与其有关的迦南及巴比伦信仰伴随着将孩童烧死献祭的习俗，故其被后世称为“邪恶丑陋的魔鬼”。现在多被翻译为“炎魔”。——译者注。

抵抗那股把她往下压的力量，然而尽管全力以赴也难以止恶扬善，就犹如一只肚皮朝天的甲虫，无助地扭动肢体，却翻不了身（原文是“flaying”，但根据上下文，应该是“flailing”。——译者注）。在这样的世界求助无门，就算哭到天荒地老，痛苦也得不到消解。只有美杜莎是这毫无人性的世界里唯一的异数，没有什么可以对她产生不利影响。这地方伊丽莎白恶心得要死，而美杜莎却甘之如饴，来去自如，无所畏惧。在邪恶当道、良知荡然无存的时代，天帝卡里古拉不可一世，而美杜莎倒真的得到了“天帝保护者”这一称号。向邪恶臣服，并亦步亦趋，这可没有色乐在本书最开始所说的看似真实的表态那么简单。邪恶千千万万，复杂难懂，一切都变成了一堆骗人的谎言。

虚无而闭着眼睛的善在何处容身？僧侣就是这样小心翼翼地保护各种道德准则和戒律的。他们坐在菩提树下，反思自己所有的前世。他们说自己曾和邪恶势力交谈，但这并没有吓到他们。灵魂的反主宰，使恶灵畏缩不前，战栗不已。然后，经过四十天作息有常的冥思，他们站起身来，聚在他们周围的都成了志趣相投、灵魂高洁之人。他们说：

“教友，我们在地狱看到一些事（从未直截了当地界定）。这些东西敦促我们给你建议，克服盛怒、自满、吝啬和贪婪之心。我们已经克服了自己的盛怒情绪，现在完全掌控了理智……”

他们有种奇异的能力，把自己在追寻上帝途中遇到的圣母玛利亚式的女子视为妻子。如果伊丽莎白接受色乐过去加诸于她身上的种种，并信以为真，那菩提树下的冥思，就如同人生中的任何一场冒险，充满危险和不确定性。上帝并非灵魂的保护神。她接受了色乐遮遮掩掩的信息。先知不断地感叹，给出了建议："上帝说过，生活必须这样。如今，上帝说，谋杀是一场罪大恶极的犯罪，它会造成因果报应。好吧，大卫，吞下你这一生所有的报应，承受一个又一个灾祸。"

先知的感叹让人一头雾水。上帝发出命令，当事女子犹豫不决，对女人狂热的爱恋，这些都带着一种被刻意安排的奇怪逻辑。目前这种和邪恶面对面时所产生的观点非常尖锐，以致潜意识中，伊丽莎白发现她对非洲现实主义的态度有所缓和：女人不过是长着腿的女人，男人也不过是长着腿的男人。如果他们善良而高尚，就会赢得尊重。真正的战场在于活生生的人，他们的个性，他们如何对待彼此。一场嫉妒、仇恨和贪婪之间进行的真实战斗，在压力的作用下会比灵魂在神秘翱翔时更容易得到理解和解决。

伊丽莎白外在生活的痛苦，与内心所受的折磨一起影响着她。三个星期后，她踏进学校，却丢了工作。校长是一个高高瘦瘦的博茨瓦纳男人，递给她一封校董事会的信。他咧嘴笑着，知道里面的内容："我们已经收到一份报告，说你在公众场合喝斥、咒骂别人，这种行为与教师身份不相称。我们怀疑你的精神问题，现要求你在收到该通知两星期之内，上交一份医生的精神健康证明。"

她把信放进包里，转身离开。校长追上她，攥住她的胳膊。他还在咧嘴笑着，但有些心烦意乱。

“你要去哪里?”他问。

“我不会在这里工作了。”她平静地说。

“你不能这么做，”他说，“你不能就这么走掉。拿到证明并不是什么麻烦事。为什么不去看医生?”

他不愿放开她的手臂，仇恨和焦虑在脸上交织。一方面，像伊丽莎白这样到处说“该死的博茨瓦纳混蛋”的人，活该丢掉工作；另一方面，空气中弥漫着一种可怕的丑恶气息。他们不能点破。他们不知道这是什么，除了她把他们吓得不轻之外。一群老师突然过来。校长变得歇斯底里，用茨瓦纳语为自己辩护。伊丽莎白则尽力要把手臂挣脱出来，几近流泪。她当老师这么久，怎么都不会这么做的。内心受到的冲击巨大，糟糕透了。

一个站得稍远点的男教师提高嗓门，声音中带着一种无声的命令：“放开她，让她走。”

大家小声表示认同。他们真的不喜欢她，宁愿与她没有任何关系。他们早就在小声议论这些秘密，几句公开警告后，他们陷入莫名的沉默之中。

伊丽莎白顺着学校的小路走了一段。上课铃响了，她停下来：她的课上没有老师了。孩子们是老师的天堂，而孩子们得到教育的机会太难了。他们对功课有极大的专注力与渴望。他们花钱到学校接受教育，但学校设备非常简陋，连教师都没有参考书，不得不在自己脑中拼凑有关非洲人的皮肤结构和非洲热带雨林的信息。英语作文是一天中最索然无味、最了无生趣的课。有人设定了模板，让孩子们最大限度地发挥想象：《博茨瓦纳的生活》——“下雨了，我们来到地里耕地。我们用牛耕地。奶牛是非常有用的动物。它身上的每一处我们都有用。我们售卖的牛皮可以制成皮革，售卖牛的骨头，胶水是由牛蹄制成的……”孩子们不相信别的，认为模板很可靠，对它也就了然于心。有些题目，比如《莫塔本村的玩乐时光》《我的父亲母亲》《气候》《日出和日落》《博茨瓦纳的鸟类》等，都是以几个散乱的英语句子开头，让人读不懂，接下来仍然是错得离谱的句子——“当雨下雨时……”，孩子们完全不可能把这种句式改成“下雨时……”。孩子是伟大的模仿家，但在她接手她所教的班级之前，孩子们的模仿力受到非常大的限制，非常有限。在伊丽莎白童年的记忆里，有一只叫弗兹·伍兹的小熊。它去海边度假，还吃了一个粉白相间的巨型冰激凌。她一口气读到最后一个情节，把小熊在假期的所有历险都读完，才停下来。儿童文学和写作常常是最奇妙的世界，但也有这般恶劣的生存环境，即所有魔力都已逝去，甚至从未存在过，一切东西都带有这种环境恶劣的痕迹。他们一大早不吃早饭，到中午就饿得嘴唇发白。其他孩子脸上有着他们应该有的柔软光滑（就像黄油一样），笑起来露出了酒窝。而她教的那些孩子了无生气、面容憔悴、骨瘦如柴，像歪歪扭扭的荆棘丛。因此，她若为一件事伤感，也会为其他事伤感。痛苦不只是痛，它从四面八方堆积起来，让你痛到头晕目眩。在这片废墟中，唯有一处有理智的中心，就是开展有意义、有拓展性、有希望的活动的莫塔本村中学。她走回家，让看顾儿子的年轻女孩离开，带着儿子上了出租车，再次来到尤金家，他不是曾说过“我会帮你”吗？

尤金确实做到了。他看完校董事会的信，不予置评，然后转过来问：“你有什么打算？”伊丽莎白什么打算都没有。尤金同时在处理很多事情，有一所中学，学生可以获得普通教育证书。学校顺利建成后，他就把教育网络铺开，让包括那些小学辍学没有未来的人接受教育。他们成立了学校青年发展工作小组，学习有关建筑、木工、电力、印刷、制鞋、农耕和纺织等技术；学校工作顺利开展后，他就把注意力投向了贫穷的文盲村民。他心里想的是地方工业的发展。他家里堆满了手工制品，垫子、毯子、篮子、木碗、木勺、粗线编的手提包，屋子角落里，还有一个纯手工编制的大篮子。他走到橱柜那里，拿出了一些奇怪的东西：一根粗制的蜡烛、一块未加工的肥皂、一小块羊毛脂、一块白色岩石和一瓶自酿的淡啤酒。他举起那块羊毛脂，骄傲地说：“我们还没有处理好皂化问题。”

他说道：“人们喜欢他们用的羊毛脂产生更多的泡沫。斯坦正在实验室里进行研发。他现在用的也是进口人造香料，但是他想试着从本地的树上或是灌木丛的野花中提取香料。他周末要和一群本地人出去，寻找一种新的香料。我们想让人们注意到他们的自然资源。这里除了腌牛肉，就没有其他的本地产业了。只要人们懂得在南非和罗德西亚（Rhodesia）如何利用环境，利用什么，我们就能成为独立、富裕的产品制造商了。”他顿了顿，举起一块白色石头。“这是马尼亚比利（Manyapiri）石，是我们建房子用的石灰原料，我们已经用石头做实验，我们想把荒野中的大石头用来建研究项目的房屋……”

他不住地眨着眼，视力不是太好了。

“你要不要加入羊毛纺织小组?”他问道，“我妻子正在组织。”

伊丽莎白还没来得及回答，他妻子一跃而起，从旁边的桌上拿起一个羊毛线球和一个未加工的羊毛线球。伊丽莎白几乎没听过梳理羊毛、纺线和印染羊毛的细节。两种矛盾的情感从心底升起，强压着才没有脱口而出。她想说：“我必须离开这儿。我快吓死了。我的内心完全乱了套，我在那里受到攻击，就会崩溃的。我承受了很多外界的磨难，但我承受不住内心的压力，而不是那种折磨我的变态磨难。”

还有托科的南瓜。托科几天前就回来了，给了她一份礼物——一个圆圆滚滚的橘色的南瓜。她煮了一部分，然后坐了一会儿，直赞叹南瓜亮眼的橘色。

“我更喜欢与庄稼有关的工作。”伊丽莎白说。

尤金点点头。“我们有大约一英亩的蔬菜园来进行这个项目。”他说道，“我们现在正在慢慢清理荆棘丛，已经好几个周末了。但我们需要一个人集中精力，把我们在农场介绍过的一些新方法用在村子的园子里。这件事你要不要做?”

在那之后，很多事都各归其位。她有了一些积蓄。学校围墙外，有一小块校园用地没有使用。一夜之间，那里突然冒出一座粉刷过的小屋，这是莫塔本村中学的建筑工作组建起来的。一条尘土飞扬的土路从门前蜿蜒而过。灌木丛在四周沉睡，入夜，昆虫对自己喃喃低语，念着悠长哀怨的独白。漆黑无比的深夜里，天空闪烁着无数柔和的蓝光，黎明时分，太阳宛如一个庄严的国王，伸出一副强有力的金色臂膀，从地平线上升起。天地间唯有这灌木丛、土路、昆虫、星星及金色的黎明，仍然是柔和的背景交响乐。她的学习中，没有美或柔和的东西：

爱是什么?

上帝是谁?

如果我哭泣，谁会感同身受，同情我呢?

这是邪恶的本性，这是善良的本性。托科的南瓜引着她沿着一条坑坑洼洼的石子路，走进灌木丛深处一英里的地方。树木枝叶蔓生，遮掩了小路。掩映在杂树密林中的是农民青年发展工作小组的农房。农场入口处，有一幢粉刷过的大公寓，屋顶盖着草，是给学生住的；还有一幢石头堆砌的圆形尖顶房子，是农场经理的，他是个英国人。他极其少言寡语，没有人情味，除了工作和庄稼，就没有别的可说了。过了好一段时间，伊丽莎白才对他稍有了解。真是够无趣的。伊丽莎白在奶牛场抽烟，这个经理就说伊丽莎白会让牛奶和奶酪变质，并告诉她吸烟是人的一大恶习。他说他不喜欢尤金酿的贮藏啤酒，因为博茨瓦纳醉汉成堆，而尤金还在助长这一歪风。他不喜欢任何音乐，除了磁带上放的英国大教堂的大合唱。事实上，他是一个极端保守派和假道学，令人扫兴的是，他被认为是该国最有农业头脑的人之一。他所有时间都用来研究通过改变农耕方式以保护水源的方法。作为博茨瓦纳研究者，他的名气很大，故而脾气也很大。即便他知道，托科的南瓜是伊丽莎白从事农耕的主要原因，他还是习惯于用粗俗挖苦的话回答她的每个问题。他的态度明显在说："是的，你现在想要什么？你看不到我很忙吗？"

与他相比，那些丹麦家庭更有吸引力、更不同寻常、更有人情味、更慷慨、更让人愉快，那一小组心怀不满的农场教官就由他们组成。这个农场项目好像完全是丹麦政府支持的，并且规模不小。政府给派来的人建了宽敞且具有现代气息的房子，并照顾他们生活的方方面面，细到柴米油盐。此外，他们还出资给菜园安装了复杂的供水系统，为奶牛场补充了昂贵的弗里斯兰奶牛。这些丹麦人普遍不满的原因，就是他们都是农科大学的毕业生，却要教一群几乎完全不识字的博茨瓦纳学生，而参加青年发展工作小组的唯一要求是略懂英语即可。否则，天才就会一夜成名。他们可不相信这一点。他们日落后的所有空余时间都花在贬低学生上了。看上去，他们在丹麦有很高的文化和文明标准。

而那个保守的英国人又很自然地解决了他们一直抱怨的问题。他挑选了最聪明的学生，他们迅速地掌握了科学术语和公式，于是他安排这些学生管理其他人。这些学生组成了第二梯队教员，用茨瓦纳语教授自己先于其他人学到的知识。那个英国人从不谈及他不得不一起工作的这群劳力有多么愚蠢和无知。伊丽莎白第一天找他时，他就说："去园子里，那里离这儿还有一英里。你去找那里的负责人小波（Small-Boy）。你想知道的我们这里引进的新方法，他都会告诉你。他是我们这里最好的实习生之一。"

这个英国人做的事都对，对进展却很不耐烦。他缺乏这个项目的创始人——尤金的人道精神。尤金在他的小册子里所写的，完全模糊了有途径接受教育的精英人士与没有途径接受教育的文盲之间的界限。教育是全民的。他总是找出人人共享的东西。在这方面，他是一个非洲人，而不是一个白人。这种微妙之处也影响到他的日常行为举止。伊丽莎白在他的屋子里待了一整天。午餐时间，一群实验员走进他的房子，和他一起坐在桌边。这些实验员是博茨瓦纳人。他们拿起勺子，静静地埋头吃饭，样子很谦卑。尤金的姿势和手势与他们如出一辙，伊丽莎白对此深感震惊，想着："他的一举一动怎么和非洲人一样？他内里已有深深的卑躬心理。这是一种无意识的谦卑。”

当其他地方的人们关注非洲大陆未来的伟大时，这种谦卑也总是有用的。和平工作队计划的一部分就是志愿者住在村民家里学习茨瓦纳语。一个非常年轻的女孩跟伊丽莎白说：

“他们让你觉得自己是一个女王。你的每个需要都得到满足，并受到殷切关注。没有什么好分享的，但分享如此美好。甚至给你一杯水，就好似给了你一杯最昂贵的香槟。这里人人都是国王和王后。”

那个早晨，伊丽莎白沿着坑坑洼洼、树荫蔽日的小路走去菜园，这似乎是她经历的一次最伟大的冒险。要当一个菜农，必然要同时接触人性那奇妙的陌生一面。每个人，平心而论，差不多就是业余的菜农；而蔬菜，又是日常饮食不可或缺的，即便是沙漠地区的人们，也要千方百计地弄到蔬菜。每个人都懂点种菜的事，急切地想把自己知道的东西告诉一个焦虑的菜农，如果他们的祖父没种过蔬菜，那他们的姑姑就种过。但半数是怀着喜悦的心情走在田间，看着田里绿油油的叶子泛着的微光，露出惊奇的表情，随手伸进口袋或手包里摩挲硬币。这一切真的是小波和丹麦人卡米拉（Camilla）发起的吗？啊，卡米拉也得算在内，尽管她让人心生厌恶。

伊丽莎白推开园子入口的小门。三个学生正在看顾园子，他们弯着腰，静静地投身到工作中。他们都穿着绿色的工作服。

“先生们，你们好。”伊丽莎白站在门口喊道，“谁是小波?”

正在地里翻土的一个学生直起身来，挥了挥手。伊丽莎白走近时，那个学生的脸上露出了喜悦的、带点淘气的笑容。他小小的眼睛亮晶晶的，非常友善，小小的鼻子向上翘起。寒暄与介绍是博茨瓦纳最重要的礼貌习俗。

“那是凯波索（Kepotho)。”他指着一个正弯着腰在胡萝卜苗圃疏苗的年轻男孩说。“那是丁特（Dintle)。”他指着另一个蹲在培育幼苗的遮阳棚旁边的年轻男孩。然后，他很自豪地加了一句：“丁特是我最好的朋友。”

他们都大声回了招呼，然后继续他们的工作。伊丽莎白说：“我叫伊丽莎白，格雷厄姆（Grahame）先生派我来这儿做记录。他说你会把一切都告诉我，我也想做些实际工作。你有听说尤金将要在学校附近的村子开展的本地产业项目吧？该项目中有个菜园，我们那里想借鉴一些你们这里使用的新方法。”

小波点了点头：“那我就一边工作一边和你说。”他说着，继续用叉翻动沃土。伊丽莎白在田埂上坐下来，把笔记本摊开放在膝盖上。随着水滴轻轻渗出的“叮咚”声，空气都灵动起来。每个苗圃中央都铺设着长长的有孔管道，水源源不断地从孔中喷洒出来，就像一个个微型瀑布。纵横交错的水管像迷宫一样布满整个菜园，而且这些水管全部连通，一旦打开中央阀门，菜园便能全天自动浇灌。伊丽莎白旁边的菜地里种着甘蓝，她以前从未见过如此巨大的甘蓝。她一脸惊奇地盯着离她最近的那棵，有满月一般大。

“这甘蓝是什么品种?”她问小波。

“早熟巨型鼓面。”他很有派头地说。

“它们好大!”她惊愕道。

“那当然，”他说，“我们这里什么都有，蔬菜都按照恰当的比例种植。我觉得它们很喜欢这个菜园，还有我们的灌溉系统——冈纳（Gunner）总是说，蔬菜可不喜欢天天被水乱喷一气。”

“那它们介意让人吃掉吗?”她傻乎乎地问道，小波把蔬菜说得跟人一样。小波朝她笑了笑，就像笑一个白痴一样。

“它们可不介意，”他摆着派头，“一盎司重的一包种子，可以种出成千上万棵大甘蓝。”

她喜欢这样子的谈话，不过小波对待自己的工作和职务非常认真。他低下头，开始用老师那种正式而严肃的口吻说话。

“苗圃一经使用，”他说得很慢，“所有的作物都要清除，之后，我就拉三车牛粪过来倒在土里，然后再施一磅化肥，其中氮、磷、钾的比例为2∶3∶4。”

他转身指着他正在忙活着的菜地，那里基础的准备工作都已经完成了。

“我又需要这块苗圃，”他继续说，“所以我用挖掘叉把土彻底翻了一遍。我很小心地把挖掘叉全部推进土里，然后翻起来。这种方法能保证土壤、化肥及粪肥充分混合，肥料也能埋得尽量深一些。”

他顿了一下。

“我们菜园的根基，”他继续说道，“就是这挖着深沟的苗圃。使用这种苗圃，能够促进蔬菜快速生长，提高其质量，对农作物还有其他好处呢，比如苗圃内的空气流通良好，作物根系发达，还能涵养水源……”

突然，门口一阵刺耳的声响打断了他。一个女人高亢尖锐的嗓音席卷了整个菜园，是卡米拉。

“这儿谁在玩骰子?”她尖叫道。

她急速朝他们走去。她的双眼、双手和步态让人心烦意乱，打破了菜园里细流低语的清幽宁静。

一切生命只得停下来，转向她。她的声音带有毋庸置疑的命令，但她无权对生命发号施令，这不过是不知自己几斤几两的妄言。她在一块苗圃边停留片刻，冲着小波吼道：

“小波！我难道没有告诉过你，不要把粪肥摊在苗床表面？你必须马上翻土！氮都挥发了!”

她飞快绕到伊丽莎白坐的地方。

“啊!”她爽朗地大叫，“你肯定就是伊丽莎白了。格雷厄姆告诉我在这儿可以找到你。”

她弯下腰，猛地从伊丽莎白手中抽出笔记本，眼睛扫过笔记，惊叫道：“啊，那个，深沟菜园。”她从宽松的直筒连衣裙的口袋里抽出一支铅笔，快速地写写画画，然后把笔记本塞给伊丽莎白。本子上写了三行字：

一、地表；

二、挖掘；

三、用粪肥替代土壤。

完全没有涉及深沟菜园，也不管伊丽莎白能不能理解。她快速说道：

“我协助冈纳，他是班导。他现在去度假了。在我的祖国，我可是一个真正的园林学家。如果实践工作的时候没人来这里，这些实习生就会坐在树下掷骰子玩儿。来吧，我带你看看移植幼苗的准备工作。这是目前最好的移植方法，是格雷厄姆从南非引进的。他很了不起吧？哈！”

伊丽莎白不得不跟在卡米拉后面，在这种情况下，她的脑子一下子不够用了。卡米拉这个疯疯癫癫的女人突然走到丁特那儿，丁特一直在把给幼苗准备的土壤装到小塑料袋里。遮阳棚下，一排排的塑料袋里长着卷心菜和番茄的幼苗。卡米拉瞥了一眼，就开始咆哮：

“丁特，你怎么还没有给幼苗浇水？切！我就搞不懂这些人！”她在伊丽莎白身边绕来绕去，“你必须要会感知植物什么时候需要浇水，绝不能等到别人来告诉你。”

突然间，菜园成了世界上最悲惨的地方。任一个歇斯底里的白种女人使唤来使唤去，这些学生感到羞耻。她从来没有把黑人当人，而是当成永远的白痴。她甚至从来都没有看到，这次实践极其棘手，危机四伏：这些年轻人原本没有未来，突然就有人给了他们一个未来，他们非常审慎地对待尤金提供给他们的机会。知道伊丽莎白比那些实习生有文化，卡米拉也要打压她。卡米拉将信息一股脑儿地扔给伊丽莎白，这些信息让人不知所云，且毫无意义。卡米拉在隐隐约约地示威：要达到她的教育水平，伊丽莎白必须要听懂语无伦次的话。卡米拉自有办法，夺过伊丽莎白手中的笔记本，用草图胡乱地记着。事情一件接着一件，她忙个没完。初次见面就这样真的让人讨厌，但这个喋喋不休的蓝眼睛女人似乎完全没有意识到这一点。

“天，我真看她不顺眼。”伊丽莎白想着。正当卡米拉冲着小波大呼小叫，说着水管破了，水都浪费了之类的话时，她艰难地问离开菜园的路。

“等一下，”卡米拉说，“我也要回家。”

然后她继续在这条树木成荫的崎岖石子路上占据主动地位。伊丽莎白天生就不懂大自然的奇观，而这个卡米拉要在一千米的回家路上对她补救一番。

“啊！这是我最喜欢的树！看看它的树芽！还有树的形状！看！快看！你看到那只窜进灌木丛的小灰鼠了吗？哇！太妙了！快看！快看！你看到那只鸟了吗？格雷厄姆说博茨瓦纳人叫它钱

行鸟，你不觉得它很可爱吗？”

伊丽莎白竭力屏蔽掉这没完没了的唠叨，因为这吵得她头疼。她怀着崇拜的向往之心，想着年轻的小波，他传授知识时，显得安静、权威，又具有男子汉的沉着冷静。他对自己所讲的成竹在胸，讲起来有条不紊，所以伊丽莎白从一开始就知道他背后有一个好老师，肯定就是那个未露面的冈纳先生。

“冈纳什么时候回来？”她问。

“他回丹麦了，要和家人待三个月。”唠叨的卡米拉说道。

伊丽莎白的心沉到谷底。三个月正好是她在菜园学习的时间。以后每天都会这样吗？只有卡米拉？

她们走到了去卡米拉家的岔路口。

“来喝点茶吧。”卡米拉说，脸上的笑容愈加灿烂。

“噢，不了，”伊丽莎白慌忙说，“我还要去托儿所接我儿子。然后，我想去查看一下我的房子，施工队差不多要完工了。之后，我还得在一点钟打车回莫塔本村。”

卡米拉大大地摊开双手。毕竟，她是来这里帮助当地人的，可不能错过这个绝佳的机会。

“这是我的‘路虎’，”她说，指着大树下的那辆车，“我半个小时就能搞定你说的所有事。”

伊丽莎白苦恼地看着她。于伊丽莎白而言，人与人的关系绝对泾渭分明，要么恨之入骨，要么爱之入髓。她穷极一生逃离卡米拉这类白人，因为他们贪婪而热切地想要成为全世界关注的焦点。伊丽莎白的内心非常渴望他人的公平相待，而卡米拉的陪伴，让她很有压力，所以她一直蔫蔫的。夏日将至，酷暑所趋，她糊里糊涂地接受了卡米拉的提议。就卡米拉来说，这事就算敲定了。她怀着强烈的友好态度，和一个当地人交往。她总是这样，伊丽莎白的当地人身份就是卡米拉评判的基准。她们走上一条陡峭的小路，来到一幢屋子前，屋子建在一座多石的小山边上。山坡上的岩石拼成一条石梯，通向宽敞的入口门廊，然后，往下另起一段，通往一个下凹式的大餐厅。这房子美得让伊丽莎白倒吸了一口气。卡米拉带来了她所有珍贵的家居小饰品。照明用的是雅致的中国式灯笼。一面墙上垂下一幅日历，印在一块大红布上，布料周边印着丹麦村庄数不清的日常生活细节。精美的浅金色窗帘在微风的吹拂下轻轻摇摆。卡米拉非常喜欢红色。红色的沙发、红色的靠垫，还有地板上炫目的红色地毯，这些使整个屋子如同笼罩在火光之中一样。

“我们非常喜欢这个房子，所以续了一年约，”她说，“原本我们上个月就该动身去丹麦。”

伊丽莎白转过去，难以置信地盯着她。房子是喜欢的，却不是那些人。她把一盘油腻刺鼻的蛋糕塞给伊丽莎白，立马打开了话匣子：

“我真搞不明白这些人。他们什么都不知道，而且太懒了……”

不需要伊丽莎白做出任何评价，话匣子一直在继续。当她终于把“路虎”停在伊丽莎白位于莫塔本村的土屋外时，她说：“嗨，现在我知道你住哪里了。星期日，我来接你吃晚餐。”

这一天发生的事情让伊丽莎白很不开心，以致隔天早上，她快到停着那辆白色“路虎”的那棵树时，就停了下来，往四周仔细张望了一番。前面是一小块空地，还有树荫遮着。她受不了跟多嘴的卡米拉走在一起。房子的前半部分似乎无人居住，她开始穿过那块空地。才走了一半，她听到一声刺耳的尖叫：

“伊丽莎白！”

卡米拉从石梯上跑下来，她依然把头发绑成一个发髻，宽松直筒连衣裙的纽扣都没扣好。

“伊丽莎白，”她气喘吁吁地说，“你怎么不等等我？我可是一个早上都在留意你。我在想：‘嗯，现在她随时会来。如果她来得早，就可以一起喝杯茶，然后一起走去菜园。’”

她看起来疯疯癫癫又可怜巴巴的样子，惹得伊丽莎白笑出声来。卡米拉使劲点着头，也跟着笑了。

“我有很多孩子，”卡米拉说，“我早上总是迟到，因为他们都去学校后，我才能打理自己。我老公倒不用我操心。他是个农民，每天早上五点半就起床了。”

她踩着伊丽莎白的步调，突然本能地开始惊叫：“看呀！”

这种情感上的突变——前一分钟，她是真喜欢这个半疯癫的女人，下一分钟，她又真的讨厌她——倒和她在笔记本上做的笔记有一种奇异的相似。笔记完全失了控，小波平和而冷静，卡米拉则反复无常，令人捉摸不透。星期日的晚餐让伊丽莎白迅速地明白她为何喜欢卡米拉捉摸不定的性格。

那里有一大群丹麦人，是养羊、养牛、养鸡和种庄稼的专家。谈论的话题一直围绕着他们的文化和文明，以及他们对不得不教这些文盲的失望之情。谈到一处，卡米拉笑了，转向伊丽莎白，马上主导了话题。她大声说道：

“在我国，文化已经非常复杂，在我们的那些文学作品中便可见一斑。要弄懂我们的小说家，你得有点文化。一般人可懂不了……”

卡米拉蓦地转身，向坐在房间角落那个沉默寡言的年轻女孩求证这件令人震惊的事。那个女孩未婚，是个数学老师，从中学派下来的。

“贝尔格特（Birgette），”她说，“你是知道这事的。你可是这里的书迷。好多小说家都没人懂，他们的思想反映了我国文化的复杂程度，有……”

她一口气报出一大串作家的名字，还自鸣得意地笑着。她从来没有意识到，这些作家对于他们的社会早已毫无价值可言，或者说，难道文化的至高无上就在于无法理解？伊丽莎白饶有兴趣地看着这个叫贝尔格特的女孩。在这之前，女孩一直没有张扬，隐藏着自己，不出一声，她的存在完全没人注意。突然成为关注的焦点后，她一时有些畏缩。她用那双黝黑深邃的眼睛盯着卡米拉，难为情地摊了摊手，轻轻地说："我一点都不知道。"然后突然就缩回自己的"壳"里。她的皮肤太白了，连头发都是雪白的。当她转过头去，躲开众人的视线后，那短发就像丝绸垂下她的脸庞。仿佛在这个充斥胡言乱语的房间里，这张脸是唯一神志清醒的中心。伊丽莎白注视着，这张隐藏的脸像磁铁一样牢牢吸引了她。卡米拉站起来，碰了碰她的手臂，在她耳边小声说："别担心贝尔格特，她胆子很小，很怕人。"

莫塔本村中学项目中的人际关系太奇怪了！因为伊丽莎白记住了白皮肤女孩那张极其痛苦的脸，她的脸上布满阴影，似乎在默默地忍受那难以忍受的悲痛。伊丽莎白记起自己和小波在菜园的一段谈话，当时卡米拉在菜园另一边，正冲着丁特大喊大叫。伊丽莎白转向小波，说："我不喜欢她，她只会到处说人愚蠢。"

"我们知道，我们也不喜欢这一点。"小波愤愤地说。

"不仅仅是她，其他在这儿工作的人也这么说呢!"

小波若有所思地低下头。"你还没有见着冈纳，"他说道，"他是世界上最好的人了，他热爱人民。"

伊丽莎白即将和贝尔格特开启一段短暂而不可思议的接触，和冈纳建立长期亲密的工作关系，还得出一个有关那些丹麦人的荒诞结论——他们要么坏透了底，要么好上了天，所以他们在人道方面比其他人做得更好。

大约一个月之后，伊丽莎白刚在新居安顿下来，她看到贝尔格特走上那条土褐色的小路。正值黄昏，伊丽莎白在园子里忙活，房子周围的土地分成了许多小块，她正在浇水。女孩停了下来，笑着，走到栅栏边上，往里面张望。

“一个月前，这里什么都没有。”她说，“我路过这里，只看到岩石、小石子和灌木丛。现在，你拥有一个十足的园子，里面应有尽有。”

“我这是蹭工作之便，”伊丽莎白说，“有一群女人和我一起工作，我教她们在塑料袋里培育幼苗，却没有地方移植这些幼苗，因为村子里的园子仍然是用篱笆圈起来的。”

“那些是什么？”贝尔格特指着一些矮矮的灌木丛问。灌木丛绿绿的、毛茸茸的，顺着水泥小路排成一条线，一直延伸到前门。

“那是灯笼果，”伊丽莎白回答道，“我们打算用果子来做果酱呢。”

“太神奇了吧，”贝尔格特道，“提前就知道那些小小的绿色灌木最终能结出果子，最后制作出一瓶瓶果酱！”

伊丽莎白笑着摇摇头：“我也不知道。我可看不见那些果酱，不过格雷厄姆可以。他给了我种子，告诉我灯笼果是做果酱的水果之一。”

贝尔格特抬起头，朝伊丽莎白的房子大门看过去，轻轻吸了吸鼻子。

“那里面正在烧什么好吃的?”她问道。

“是晚餐的肉饼,”伊丽莎白说,“你愿意进屋一起吃点吗?只有我和我儿子,食物总是会多出来。”

贝尔格特一反羞涩妩媚的气质,迅速而果断地走了进去。臀部节奏感十足,随着她的步子,短裙在她身上来回旋转、摆动。丝绸一般浓密的头发也在上下跳跃。“我所有决定都在半秒钟内做出,”她那认真的小脸透着一丝骄傲,“而且我知道它们都挺崇高的,我可没有其他的人生准则。”

她推开小门,沿着水泥小路走上去,在大门前停了下来,她转过身,安静而又专注地盯着伊丽莎白。她一边走,一边打着手势说道:“生命如此高尚、如此珍贵,我无时无刻不在领悟,我对它的思考非常深刻。”

她对他人的情感如此体察入微,伊丽莎白差点兴奋地叫出声来。太阳可能要下山了,星星快要出现,她面前的这个漂亮女孩,逐渐由明转暗,直到全黑下来。她跑着绕到房子后面去关园子的水龙头。小男孩沿着尘土飞扬的褐色土路慢慢地走回家,仍然沉浸在自己想象的玩耍的世界里。他在她们后面,悄悄地溜进房子,把自己塞进一个角落里。对来访者除了低低的一声“嗨”,他一个多的字都没有。

“他怎么这么安静?”贝尔格特问道。

“他才不是呢。”伊丽莎白笑着说，“他多的是危险、绝密的消息，但他在陌生人面前可不会和盘托出。每天，他把所有人家都逛遍，一回来就事无巨细地告诉我他们的所作所为。每天晚上他都喋喋不休，到他睡觉了才会消停。”

“你的房子真漂亮。”贝尔格特一边说，一边环顾室内。

站在前门入口，房子里的一切尽收眼底。房子进深差不多有二十英尺，三扇房门都大开着。一间是小厨房，里面有一个水槽和一只炉子，还有几个壁橱，里面放着盘子和杯子。右手边的房间是伊丽莎白的卧室，左手边的房间是小男孩的卧室，外加餐厅，正对前门入口的是浴室。

伊丽莎白燃起蜡烛准备晚餐的一应事务，贝尔格特就斜靠在厨房的水槽边。

“你总让卡米拉陪着，”她留意到了，“你很喜欢她吗？”

伊丽莎白把装饼的盘子放进水槽，半带微笑、半带愤怒地说：“是我总让她陪着还是她总让我陪着？那个蠢货对生活有很多错误的见解，我根本没法插进话去。说我不喜欢她，她完全听不到、看不见。她理所当然地认为黑人低人一等，所以她想也不想地劈头盖脸就说我们是笨蛋，什么都不知道。有很多像她这样的人，他们看不到生活投下的阴影印在黑人脸上。她从来不会停下，哪怕一分钟，驻足端看一下菜园学生们脸上那严肃、专注的神情。他们身后是饥饿，是连年旱灾的凄凉生活，没有食物，没有希望，什么都没有；他们前方有一个神奇的世界，知识消除了人们对耕作半荒漠土地的绝望和苦苦挣扎。一旦人们碰巧发现了这种奇迹，他们就会刻苦地钻研，因为所有活着的人，本质上都是业余科学家和发明家。为什么种族主义者必须把黑人排除在外呢？为什么她来这里‘帮助’黑人，必须用一种特殊的方法：哈，哈，哈！你们永远也达不到我们的文明水平？”

贝尔格特双手抱臂，好像突然寒气逼人，使她说话的声音瑟瑟发抖：“南非太危险了。”

她是什么意思？难道说只有在这儿可以放任白人诉说对黑人的憎恶，只因为这一点在这里已经成为既定事实，人们习以为常？她抬头看着伊丽莎白，声音怪怪的：

“我最早自愿去阿尔及利亚教书，然后我回家过了一段日子。以前的朋友们拒绝和我交谈，就好像我遭到污染了似的。等我再次回国时，我预料到又会多失去几个朋友……”

她微微低着头，若有所思地盯着地面，似乎在找什么；然后，她抬头看向伊丽莎白，以指责的口吻说：

“你为什么不告诉卡米拉，她是一个种族主义者？你应该告诉她的。”

这突如其来的指责让伊丽莎白始料未及，只能干瞪眼。这在现实生活中怎么解决？一个人真的要到处跟白种男人或女人说“你是种族主义者”吗？问到哪里才算完？一个人遭受着无穷无尽的深深的痛苦，比如在南非要经历的苦痛，一旦公之于众，这人会彻底疯掉。内心隐藏的是十分强烈的愿望，巴不得所有白人都绝种。这引起了白人极大的仇恨。

“他们知道，”她无助地说道，“他们知道自己是种族主义者。如果真告诉她我的想法，我宁可跳出来给她脸上狠狠一拳，让她倒下，死在我脚边。”

年轻女孩猛然转向一边，动作迅速而坚决。“好吧，”她斩钉截铁地说，“我要告诉她。我去告诉她，她是个种族主义者。我要去告诉她你所说的一切。”

伊丽莎白盯着她，完全入了迷。她爱极了这样无拘无束、不顾一切的姿态。对真理的追寻常常就是这般不顾一切。

“谢谢，”她温柔地说道，“之前从未有人想过那样做，至少，我从来没有想过。种族主义的受害者无法想出最一致、最正确的东西来改变邪恶的心。受害者可以用暴力来吓唬他们，可以屠杀他们，但他不是罪魁祸首。这就如同两个不同的头脑在同时运作。受害者的确是世界上最有韧性、最空闲的人了。他不用去设计没完没了的律法，想出不计其数的谎言。看守他的狱卒做这些事，狱卒创造出镣铐及镇压的手段。他只不过需要面对这些，承受一千零一次的炼狱，而他总是能承受所有的折磨。受压迫人民的面孔并不丑陋，只不过在苦难的折磨下变得伤痕累累，而折磨者却会一天天地愈加丑恶。他们耽于恶行之中，毫无节制。灵魂的黑暗与死亡没有止境。坐牢的受害者总是能望见一缕阳光照射进来。他坐在那儿，梦想着美好的奇迹出现。他失去了孩子，失去了妻子，失去了一切。什么让眼泪流不尽？而谁是更伟大的人——是痛得碎了心而哭不停的他，还是嘲笑、挖苦、奚落他的压迫者？”

贝尔格特有些触动，她笑着转过身，双手轻轻地放在厨房水槽里。“你说出了我所有的心里话，”她说，“但我无法把意思表达得这么清楚，因为我从未经受这些折磨。但我亲眼目睹了这些折磨，我很心痛。”她顿了一下，很信任地靠向伊丽莎白：“我想跟你说点事，我的合约到期了，下个星期我就回丹麦。但我有些烦躁，每天晚上睡觉前，我总会坐着看会儿书，不过前几个晚上，我都没有做到。我心里很烦很乱，思想根本无法集中。我把书搁在膝盖上，枯坐几个小时。我的心在哭泣，我都不知道为什么……”

然后，她吃惊后退了一点，似乎警觉到自己已经吐露了一个极其重要的秘密。除了说她们俩很像，伊丽莎白想不到该说什么，但贝尔格特太孤独、太寡言，完全把自己隔离开来。

“我想一定是因为莫塔本村中学和我们在这儿做的一切，”贝尔格特补充道，“它是一个特别的男人的特别的梦想，满足怪人的需要。那些先人后己的人都是怪人。这个世界充满着仇恨……”

伊丽莎白几乎是摸黑走动着，把食物和盘子摆在桌子上。另一个女人的力量，未加修饰的善良，瞬间就做出决定去做最高尚的事，这些都好比俗话说的扔给溺水者的救命稻草。伊丽莎白对自己内心的混乱十分恐惧，邪物侵入她的心，扰乱了她的思绪和灵魂。

“对我来说，上帝不是神奇的秘药。”她突然喊道，“上帝并非一条接通的、神秘而未知的电流，可供我求助，而且在我求助时，对自己的高尚有足够的把握。奇怪的是，你让我觉得很安全，似乎我们还会在人生的其他某个阶段遇见彼此，没有任何东西能撼动你的高尚。但我呢，我的命运充满了不确定，充满了厄运。尽管心不甘情不愿，我仍被扯进恐惧的旋涡。我更喜欢高尚和善良，但仅喜爱是不够的，有些力量对我的喜爱嗤之以鼻。”

伊丽莎白顿了一下。年轻女孩抬头看着她，严肃中透着专注，觉悟中显出稳重。

“我设想过某段未来生活的一个场景。”伊丽莎白继续说，“我设想，贪婪和仇恨扭曲了我的脸。我设想，我故意攫取不属于我的东西。在这般黑暗的灵魂中，你会在某一天朝我走来，让我想起我的高尚，那将是我的神奇秘药。我会听到你的声音，远离黑暗。你会为我这样做吗？”

贝尔格特不假思索地点了点头，说：“我会。”

伊丽莎白笑了。她就像是一只畏缩的水母，对没影儿的美杜莎、穿棕色西装的色乐怕得要死。他们的邪恶联合起来，十分强大，把她仰面抛在地上。邪恶的根源，如同创生出来的推动力，已经近如她的呼吸。她早先把色乐想成什么——一位神？

"我在这儿发生的事，"她说，"就是完全揭开所有幻觉的神秘面纱。在生命之战中，人类的灵魂无依无靠。我认为，诸如摩西为犹太人建立的深刻的道德社会秩序已经改善了这一点。但它们顶多算作外在的指导原则和提醒。温柔、情爱、吸引、同情、真理，这些问题仍然存在。我可能会精神错乱。"

贝尔格特微微摇了摇头。"我觉得你说的有些东西和我的生活不太一样。"她说，"你也许没有意识到这一点，但你太看重自己的生活了。我对自己的生活，从来没有你那样的感受，我的视线只局限于自己执着的事。我可以把一切都告诉你。我看书，我工作，我旅行，而且我没有恋爱。"

这自然而然地把话题转向了爱。和对面的女孩一样，伊丽莎白没有经历过爱情，但她对爱情满怀憧憬，爱情就像一首深埋在心底的交响乐，品质上乘，优美动人。

"有什么东西困扰着我，"她说得很慢，"往昔，我爱过很多人，爱得很纯粹，那些记忆和画面在脑海浮现，一张张面孔温和而不苛求。那些朦胧的身影似乎全然满足于安然地躺在我的臂弯里，毫无戒心地睡去：这里我很安心，这里我很安全。那么多人在我的臂弯里沉睡，我有一种奇特的感受，就好像自己是一个伟大而永恒的母亲。我想，爱的力量是多么强大啊，如同你行走时，脚下步步生花……"

她说到最后几句话时，贝尔格特把头埋在胸前，深邃的双眸布满悲伤，似乎已经落泪。

那个美好的夜晚有个简短的后续。两天之后，伊丽莎白遇见了卡米拉。她遇到了一个彻底改头换面的女人，带着一种温和柔顺的气息，好像她这种类型的女人突然陷入了沉思反省中。她瞪着伊丽莎白好一会儿，那双大大的蓝眼睛里带着探究的意味。她抬起一只手，漫不经心而随意地说："我一开始就告诉过你，种菜真不是我的专长。在我的国家，我是园林设计师。"

她们一同走下菜园。卡米拉再没有对大自然发出惊叹。她安安静静地穿行在田垄间，小小的水瀑发出轻柔的"叮咚"声。学生们都低着头，专心致志地做着自己的工作。

那一年在疼痛的嘶吼声中结束。剧烈的头痛突袭而来，那段时期的种种细节都失了踪影。关于美杜莎或者色乐的印象和画面，还有他们干了什么，全都荡然无存。伊丽莎白似乎身处一片淫秽肆虐的黑暗之海，美杜莎从海浪高潮处缓缓升起，高高在上地睥睨着她。白天，伊丽莎白痛苦地来回打转。夜晚，她躺在床上，就像被钉住的祭品，向死亡靠近。美杜莎擅长进行娴熟老练的谋杀。她似乎在对自己说：

"我来这里劈一道闪电，那里劈一道闪电。哈哈，瞧，她摇摇欲坠了！"

她要毁灭的，不是伊丽莎白的肉体，而是她的灵魂。这些闪电瞄准的是她的灵魂。这似乎使死亡更缓慢，只让它一点一点地发生。棕色西服色乐那双细长而刻薄的眼睛，越过美杜莎的肩膀，注视着她。脑子里混乱的思绪咆哮而来，伊丽莎白想：

“我应该找个人来照顾我的儿子，他不必和我一起死啊。”

托儿所里，他们教了她儿子折纸飞机、纸船和纸汽车。他全身心地专注在这些东西上。但美杜莎已经想出了解决办法。她看着伊丽莎白，平静地说：“你知道的，你快死了。你死的那天必须带上你儿子，我们可不想只留他一人在这儿。”

她们瞪着彼此，陷入一场殊死较量中。伊丽莎白向后倒在了地上。一天，曙光初现，是圣诞节前一星期的那天。伊丽莎白躺在床上，迷迷糊糊地盯着清晨的阳光。突然，有人敲门。她从床上爬起来。一个和她年龄相仿的女人站在门口，她叫肯诺西（Kenosi），是当地产业项目纺织组的一个成员，不过有几次她被指派给伊丽莎白，和菜园组一起干活。这个项目出了点问题，人们关注这个项目，结成一个工作组，才一个星期，很多人就跑掉了。这个项目需要不停的义务劳动，而且没有经济报酬，那些一贫如洗的人倒是很适合这份工作，但他们不愿意白做工不拿工钱。大约三个星期后，除了肯诺西，没有别人和伊丽莎白一起工作。她曾经请求肯诺西加入菜园组，被断然拒绝。

“不，”肯诺西说，“我更喜欢弄羊毛。”

她就是这样一个女人，只会闷头干完自己面前的所有活，干活时沉默无言，专心致志。她表现出一种非凡的威严和果断，像猫处理日常事务时表现出来的样子。她走路的步子轻柔，抬脚离开地面的方式和猫一样，随着步伐，她弯着的头也有节奏地一点一点，也和猫一样。她的脸上永远是一副严肃的表情，而且总是抬头盯着某个人，神情莫测，可能是不信任，也可能是在暗暗思量对方的秉性。

“怎么了？”伊丽莎白勉强压制咆哮的疼痛，她的头在旋转。“你想要什么？”

“我来加入你的工作。”肯诺西说。

伊丽莎白晃了一下，头疼缓解了点。

“进来吧。”她说。

小男孩被放在地板上，忙着折纸飞机。肯诺西进来时，他抬头看了一眼，立刻让她参与他的复杂发明。他早已深谙乡村生活之道，大人会抚摸孩子、关注孩子，还会亲切地倾听他们的对话。所以肯诺西一坐下，他就站起来，推推她的膝盖，把纸飞机放到她手中。两人开始用茨瓦纳语愉快地交谈起来，伊丽莎白插不进话。这样分散了一下注意力，人倒恢复了些生气，伊丽莎白笑着，然后烧水泡茶，又梳洗打扮了一番。

半小时后，他们走去本地产业项目所在地，那条尘土飞扬的褐色小路对面，一条小路通向低处一个无人居住的宽阔谷地。这里有几棵大树，一道干涸的小河床蜿蜒穿过山谷，一英亩的园区就和干涸的溪流平行而建，园区周围是还没有完全建好的项目建筑：酿酒厂、制陶坊、一间厨房的地基、织布房、洗手间、抽水马桶，还有一家大型商店的部分墙体——这家商店用于存放和分发他们生产的产品。大家都去度假过圣诞节、迎新年了，所以这里空寂无人。园区内平放着六十根木桩，园子周边一圈已经挖好坑，这些木桩要立到坑里，做成园子的围栏。

肯诺西和伊丽莎白抬起一根木桩，各执一端，把它插进一个坑里。她们先用石头填满木桩周围的空隙，接着伊丽莎白抱紧木桩，肯诺西用铁撬棍让石头在坑里紧紧卡住以固定木桩，然后她们用土填平坑口顶部。到中午时分，她们一共立起了六根木桩。伊丽莎白靠在肯诺西身上。她和死了差不多，似乎没有别的理由让她再活下去。

“我们走吧，去我家吃饭。”到了饭点，伊丽莎白说。

肯诺西放轻脚步走在她身边，一言不发。小男孩跟在她们后面。他的胳膊下面夹着一个盒子，盒子里装的是他一早上用纸做的所有发明。没人开口说话。别人都外出度假，她俩却突然开始拼命劳作，不过，不管是伊丽莎白还是肯诺西，都没觉得怪异。对伊丽莎白而言，她会回忆起这个奇怪的星期，肯诺西的突然出现要么是一个偶然，要么是一个奇迹，她救了伊丽莎白的命。

没有一个女人和肯诺西一样，举手投足像极了一只猫。她的动作出奇的安静、轻柔、极度克制。吃饭时，伊丽莎白用眼角一瞄，就完全移不开视线了。肯诺西把食物切成小块，十分优雅地用叉子递进嘴里。咀嚼的样子和猫一样，发出清晰的吮吸声。肯诺西非常严格地约束自己，只埋头看着自己的餐盘。还有三天就是圣诞节，伊丽莎白问道：

“圣诞节你怎么过？”

“我是罗马天主教徒，”肯诺西回答，依然埋着头，“平安夜，我和朋友们会一起走到莫塔本村，在教堂做子夜弥撒。圣诞节那天，我会去参加一个筵席。总有人会宰杀一头牛，他们会告诉大家，于是大家都去这户人家里吃饭。今年听说是村里小店的老板，去年是修车铺的老板，非常好玩，他们放音乐，大家伙儿跳舞，我和朋友们一大早去帮女主人烧饭。你怎么过？”

“我要给儿子做个蛋糕，再烤只鸡。”伊丽莎白说，这种寒酸的过节方式，让她很是难堪。

“你们不和其他人一起过？”肯诺西惊讶地问。

“我没有朋友。”伊丽莎白说。

“老公在哪儿？”肯诺西直截了当地问。

“我不知道。”伊丽莎白说，“一天，我走出那房子，就再没见过他。”

肯诺西静静地抬起头，视线从盘子移到伊丽莎白身上，不解地盯着她，但她还是把想说的咽了回去。

“你结婚了吗？”伊丽莎白问道。

“没有。”

“找个老公很难吧?”伊丽莎白追问。

“是的。”

“那你有孩子吗?”

“我有一个孩子。”她说。

她真的是个极漂亮的女人，无论是脸上流露出的自信和真诚，还是领悟了生活有喜也有幻灭的睿智。她把房子收拾得干净整洁，让一切井井有条，她会默默地爱丈夫和孩子，不露声色，是真正绝佳的妻子人选。

“我要是个男的，我肯定娶你。”伊丽莎白不假思索地说。

第一次，肯诺西露出了笑容。她极是开怀，眼角都笑出了褶子。她立刻放下叉子，双手轻轻放在桌上。

“我有手干活。”她自豪地说，“我一直都在干活，什么活都干。”

小男孩一直听着两个大人聊天，眼睛明亮，眼神专注。肯诺西说话的节奏抓住了他的注意力，他也把两只手无意识地放在桌子上，模仿着说：“我有手干活。我一直都在干活，什么活都干。”

伊丽莎白从来就不喜欢他模仿自己。她生气地看着他，说：“天哪，这个孩子太不乖了。”

小男孩顽皮地重复道：“天哪，这个孩子太不乖了。”

又一次，开怀的美丽笑容绽放，眼角出了褶子。但笑容极短暂，而后小心地收敛，似乎她个性的全部力量就有赖于严谨与矜持。

她们再次走下山谷，进入园子。天气酷热难耐，这个夏天还没有下过雨。蔚蓝炽热的天空下，甚至没有一丝下雨的迹象。伊丽莎白就像一个晕晕乎乎的机器人，在肯诺西身旁干着活。小男孩自己坐在一棵大树下，继续捣鼓他的发明。太阳下山，宛如地平线上燃起的一团地狱之火，这时她们才分开。肯诺西转过身，双手合十，屈膝行礼，说："谢谢你的食物。"然后，她静悄悄地往自己远处的家走去。一种突如其来的沮丧袭上伊丽莎白的心头。她拖着灌了铅似的双脚，走向坐在树下的小男孩。他的第一千架纸飞机就要完工了。伊丽莎白从衣服口袋里掏出一包香烟和一盒火柴，她把火柴盒递给他，总是他点烟。

"如果我死，你也愿意死吗?"她疯了一般地问。

"什么是死?"他很有兴趣地问。

她静默片刻，这太难解释了。他从没见过任何死掉的东西，脑子里还没有"死"的概念。

"就好比我们离开了，"她说，"没有人做饭，或者洗衣服。房子就空空的了。"

"那我们去哪里了?"他有点眼巴巴地问道。

"我不知道。"她说。

小男孩立即对这个话题失去了兴趣。他曾经坐火车去过另一个村庄。全程下来，他都坐得笔直，瞪着警惕的大眼睛，静静地注视着路上的风景。显然，他觉得这次她没有任何具体的计划，没有打包行李，不过随便说说而已。

母亲，黑人母亲，如何告诉自己的孩子，他们的父亲已经让美国三K党[①]私刑处死？她有一张美国南部私行绞刑的暴民的照片，上面是一群白人男女。两个黑人男性被吊死在一棵树上，那些私行绞刑的人却在笑着。在她脑子里的画面中，美杜莎就是那样笑的，但美杜莎近得就像她自己的呼吸。每天晚上，她都会直直地望进美杜莎摄人心魂的黑眼睛，探寻邪恶的根源。实施私刑的暴民的眼睛里流露出难以捉摸的邪恶。透过美杜莎的眼睛，看到的是一目了然、大胆放肆、不知廉耻、无良蓄意。“我要邪恶。什么都无法阻止我的力量，我创造邪恶，我陶醉于此。我没听说过其他生活，从我身上流出的，是恐怖和毁灭的暗流。”

在人类历史的黑暗时代，多高的地位她还没得到？她把种子播撒在人类潜意识里多深的位置？无论无情的残酷与仇恨在哪儿爆发，都如同美杜莎灵魂的黑暗的间歇泉在喷涌。她的追随者们都糊涂了。还没有人把她认出来，没有把她和创世力量分开。他们称自己是耶稣基督的信徒，却动私刑绞死民众，他们犯下了众多的罪行。

那天晚上，美杜莎和棕色西服色乐急不可耐地窃窃私语。一度，

① 三K党：Ku Klux Klan，缩写为K.K.K.，是美国的一个奉行白人至上和歧视有色族裔主义运动的民间排外团体，也是美国最庞大的种族主义组织。Ku Klux来源于希腊文KuKloo，意为“集会”。Klan是“种族”。因三个首字母都是“K”，故称“三K党”。——译者注。

美杜莎向伊丽莎白转过头去，耀武扬威地笑着。色乐正指着远处一个男人的身影。她无意中听到他对美杜莎说：“别担心，他会杀了她。”

这时，美杜莎向伊丽莎白走去，她的双手各握一道闪电。这些闪电似乎要从她的手里流出。她把它们搓成一个个圆球，手臂猛地举起，把它们直直地扔向伊丽莎白。它们就像闪电一样在她身上爆炸。她一次次地陷入昏迷，而咆哮的头痛又一再地把她唤醒。

美杜莎抬起双臂。“我——们——要——，”她说得很慢，一字一顿，“我们给你带来真正的魔力——这次。”

伊丽莎白无力地举起一只手阻挡，她说：“我实在受不了了，我的身体快垮了。”

美杜莎摇头晃脑，笑着，施着魔法。“哦，你会喜欢的，”她说，“耽太漂亮了。”

然后，她的嘴呈咆哮状：“给你最后一道——”黑色闪电朝着伊丽莎白劈去，就要在她脸上爆炸。她伸出双手挡在身前，尖叫一声，猛地清醒过来。她抖得太厉害，整张床都跟着晃动起来。不知要干什么，她挪动双腿下了床，试着站起来，两条腿却像橡胶一样软绵绵的，直打晃。她一下子跪倒在地，开始从地上爬过去。僧侣色乐一直坐着的那把椅子在她儿子的房间。她爬到椅子处，抬起头来，她能清楚地看到他穿着白衣的身体轮廓。

“色乐，”她痛苦地呻吟，“给你的女伴另找一个沙包吧，我不是她的对手。”

“好。”他平静地说。

她转身爬回她的床，一股黑暗的巨浪翻涌而上，把她卷入浪谷深处，她一下坠落到地板上。

她睁开眼睛，已经是白天了。她的儿子正躺在她身旁的地板上，使劲盯着（原文是“pee”，意思是“撒尿”，根据上下文，译者认为应该是“peer”，“凝视”之意。——译者注）她的脸。

“你为什么睡在地板上？”他严肃地问道。

她想不出原因，一声不吭。

“昨天晚上你在烧什么？”他指着她的房间，问道，“地板上都是烧过的东西。”

她吓得跳了起来。啊呀，任何事都可能在她的噩梦中发生，她可能丢了一根点着的香烟。她走到卧室的门口，然后呆住了，地板上显示出抵死挣扎的痕迹。满地板都是黑炭般的脚印，相互重叠，在房间的中央是一大堆炭灰。她喃喃自语：“这是美杜莎的终结吗？”

从她身后的房间传来色乐的声音：“是。”

“你在说什么？”小男孩问道。

“诗。”伊丽莎白说。她早就发现“诗”这个字能够成为任何疯言疯语的借口，而他听懂了。他这时应该大声念“杰克和吉尔爬上山”的童谣。她说这一切都是诗，只是她的好难懂。

小男孩有点烦了，站起来抬头看着她。奇奇怪怪的事情——

他妈妈能制造很多——常常让他很有兴趣。但她在地板上做什么呢？伊丽莎白绞尽脑汁想找出一个解释。有人敲门，这让她松了一口气，又是肯诺西来“和她一起做活”。

“你好。”伊丽莎白微笑着说。

她回了一声问候，不苟言笑，神情严肃。她们注视着彼此。肯诺西若有所思地抬起头，一波想法从她脸上掠过，明显在说：“如果你觉得，你的微笑表明我们之间可能建立友谊，那我必须告诉你，我是那种先研究别人的人。”

但小男孩从伊丽莎白身边一探出头来，肯诺西就立马向他转过身去，温和地笑起来。他急切地把一架纸飞机朝她推掷过去。

“这是喷气式飞机！”他说。

她接住了它，仍然带着笑。显然，这里的人对待成人和小孩有着天壤之别，而敌意只局限于对成人。

“它是一件礼物吗？”她问道。

“它是要在天上飞的。”他气愤地说。

伊丽莎白还穿着她的睡衣。

“我还没清扫屋子，”她说，“但进来吧。”

肯诺西摇摇头。“我就坐在这里等你弄好。”她说着，然后转身，在门边的地上坐了下来。小男孩爬上她的大腿。

她一边清扫木炭灰，整理床铺，准备洗漱穿衣，一边听着他们在外面喋喋不休的唠叨。小男孩的声音变得沉重而有影响力，他真像一个在施工中被遇到的问题难住的工程师。

“在学校，他们告诉我很多关于喷气式飞机的事情。”他说，“他们说喷气式飞机比其他任何飞机都快。”

“是呀。”肯诺西说。

“我担心我的喷气式飞机飞到地球边时，会出什么事儿，”他说，“我会掉下去的。”

“对呀。”肯诺西说。

“那你觉得我让它飞的时候坐中间会不会好点?”他好奇地问。

“会呀。”肯诺西说。

“我害怕边沿，”他说，“我想到有很多东西从边上掉了下去。那个边是太阳升起的地方，而另一个边是太阳落下的地方。我问我妈妈，那是不是边，她说是的。那些山羊一直走到边上，还在走，于是就掉了下去。我妈妈说，一旦它们掉了下去，就会一直掉一直掉，因为边是没有底的。我可从来不会离家太远，免得我也掉下去。”

她听到肯诺西咯咯地大声笑起来。

一整天，他们都在园子里立木桩，到了傍晚，这些木桩就像安静的哨兵一样站在那里。只有角桩和门桩边还空着，因为这里要涂上水泥加固。像前一天一样，就在分开前，肯诺西转过身，双手合十，屈膝行礼，说：“谢谢你的食物。”

一整天，伊丽莎白都在琢磨。她感受到了一股强烈的光亮和解脱感。她曾在死亡与毁灭之崖上命悬一线，却又被抛回来，捡了一条命。这条命静静流转，节奏缓慢，迂回行进，温柔恬淡。在那种她经历过的死亡中，她完全身不由已地去注意美杜莎霸道的刺耳的要求。花儿会不会生长，女人会不会生小孩，这都不重要。除了美杜莎的权力和计划，其他什么都不重要。她意识到，色乐控制着美杜莎的言行举止，并研究这些对伊丽莎白的影响。他早给未来下了定义，用非洲话来说，就是一种坚定的善良。对伊丽莎白而言，在色乐早先的态度中，这一点是牢固不变的，然后他设法把美杜莎置于这种安排中。而美杜莎的个性相较于他的手段，又太过强悍；他设定的是节奏缓慢、相互交织的生命模式，其中事物之间相互影响，细胞以自然的方式生成与再生，没有暴力行为。为什么他只展现了美杜莎邪恶的一面？为什么他一直让自己沉溺于邪恶之中？

回家路上，伊丽莎白抬手抚头。她脑袋里都是痛苦刻下的一道道深深的伤痕。她在地狱，一切都看不真切，那些画面突如其来，又复归黑暗。色乐未曾真正和她分享过他的任何想法。伊丽莎白想起的每一件事，都是淫秽行为的一次反冲。正是美杜莎言行中的暗示，在她脑子里刻下了那一道道深痕，似乎在说："现在，我知道那种强烈的变态感了，太可耻了。就是神经错乱的人在黑暗而不为人知的地方做的事。这让人羞于长了腿。"

这些不可告人的惊天秘密很有说服力，使一切比恐怖的真实景象更加让人难以承受。

从色乐那晚的态度，伊丽莎白可以看出，这段内心生活的插曲结束了。色乐转向她，带着一种静静的绝望说：“你没有意识到你从什么时候起变得邪恶了。”

色乐坐着，双臂无力地搭在大腿上。他的身材缩到原来的四分之一，干瘪太甚，以致在他身上摆动的僧袍，就像稻草人披挂的破布。一出怪异的戏码在他身后展开，而他毫不在意，绝望的双眼往前直直看向未来。神秘的圣母玛利亚再次成为众人的焦点。伊丽莎白依然坐着，长长的头发垂下来，如同一席湿漉漉的地毯环绕着她，她心不在焉，目无焦点。黑暗中，一个男人悄悄地靠近她。他像色乐一样穿着白衣服，但手在身前合十，仿佛他的人生就是永恒的祷告。他停下来，那双圆圆的大眼睛盯着伊丽莎白。她不是很清楚他是想微笑还是想交流一下。但伊丽莎白觉得这个男人极其彬彬有礼，亲切温和。他从神秘的圣母玛利亚身旁拿起一个王冠，给她戴在头上。它不像圣父或佛陀之妻戴的王冠，发出神秘的光芒。他给她戴上的那顶王冠，和尘世的王后们戴的一样。他再次抬头看了看，这次是看向色乐，一张脸皱成一团，像要哭出来一样。

“你是谁?”伊丽莎白脱口问道。

那个男人一直看着色乐。“他知道，”他说，“他知道我默默地爱了她多久。他知道我，他也知道我爱了他多久。”

伊丽莎白转向色乐，他正指着一处发光的地方。那是一个污水坑的坑沿，他有一次指给她看过。她瞪着那个坑沿。它如同陨石落在地球上砸开的坑，因为陨石无休无止地坠落，它似乎深不见底。现在它干干净净、空空荡荡，使得粗糙的石壁看起来像大理石砌成的一般，虽然可能只是由于光线的作用罢了。那里光线充足。她正瞪着那个坑沿，这时一个模糊的影子显现了轮廓，缓缓从坑里升上来。它在坑外团成一堆，伊丽莎白认出那是她的浴巾。长时间瞪着坑的深处，让她一阵头昏眼花，几乎站立不住。她踉踉跄跄地往坑里跌去，刚滑过坑口边，她就用双手紧紧攀住边沿，而双腿悬空垂在深坑里，不住地晃动。她惊恐万状地哭号："天哪！如果有人再这样策划邪恶，愿他们独自受苦，不要牵连他人。如果有人不得不坠落，就让他们自己坠落吧。"

之后，她的脚突然在粗糙的岩壁上探到一处凸起，她才得以爬出来。她瘫坐在坑边，身体微微发颤。一阵响亮刺耳的滑行声传入她的耳朵，似乎是一列没有尽头的尸体队伍，仰面躺着，一具接一具地往前跌进坑里，直到把坑填满。在他们飞速滑过她身边的时候，伊丽莎白匆匆瞥过他们的脸。这些人在地狱里和她有过一面之缘，他们都曾跳上那冒着邪气的乐队花车。他们不停地跌进去、跌进去，直到填满坑口边沿。卡里古拉、棍子腿、天国里不可一世的君主，也躺在死尸堆里。

她醒了，环顾四周。钟表指针发出微弱的光，显示是三点整。外面皓月当空。她打开门，往外望着清辉下寂静而平坦的大地。

是夜，荆棘树、泥棚屋、黑阴影，似乎都在静静地发出光芒的土地上沉沉睡去。这里的氛围丝毫不让人起戒心，但怎么会发生这些关于权力与爱情、失去与牺牲的普遍问题，无声无息而又折磨人？所有这些死尸意味着什么？她听到色乐清晰的说话声，吓了一跳：

“你不喜欢什么，我就毁了它。它活着，那很久以前的恶灵之躯，它还活着。我要将它彻底毁灭。”

这可不只是简单说说而已。他已在培养她成为自己的圣母玛利亚，这差点要了她的性命和神智。一个人若觉得做出了牺牲或壮举，情绪就极其高昂，那时的伊丽莎白就是这样，对色乐怀着一种冲动而深厚的倾慕之情，心想：“他做了很伟大的事。谁能那么长时间地坐着，看着自己流脓的伤口呢？而关于他之前的记载，不仅仅有黑暗，也有光明。”

伊丽莎白低估了美杜莎强行制造的伤害、目空一切的狂傲及吹嘘自己欲望的变态程度，伊丽莎白也无法衡量自己对色乐压制了多少轻蔑之感，因为这个男人已经彻底被一个邪恶的女人控制了。受害者的感受往往无人顾及，他们遭到拷打者或者压迫者的无视，以致千百年来，恶人作恶，却无人震惊或以此为耻。思绪越转越快，夺人呼吸，逐渐压缩成一种高亢的狂暴，像熔岩一般在她意识之下沸腾奔涌。只要谁把这炽热的熔岩引到她的意识表层，她就会发现，熔岩流经时带来的毁损，睥睨一切、疯狂盲目的残忍，都等同于对自己野蛮残忍的报复。

但那天晚上，她独自琢磨善的逻辑，似乎觉得这让苦难变得合乎情理。“对呀，”她想，“他已经采取了一些谨慎的动作。他已看到在同一个人身上，善与恶共存并行。他已判断出恶，把它孤立起来并毁灭了它。美杜莎不复存在了。”

在印度，他们不是给她起了个名字——摩诃摩耶（Mahamaya）①，幻象编织者——让男人困于自己的激情？这是死亡陷阱。他们偶然发现她是一种原创力，一种他们不具备，却能够侵入和毁灭他们的力量。他们表现出精准的心理规范，认为恶灵永远成不了人，但把上帝活脱脱看成一个人。上帝变得更加真实，而撒旦成了那虚无缥缈、不清不楚的模糊样。然而，撒旦的曾一度活跃于社会秩序中的一部分力量，现在都只能到神话中去寻找了。有什么在逃避她——神秘的圣母玛利亚。她的一切狂野热情如何平静下来，流入那条永远抽象的静止的灵魂之河？她忆起那些时光，也迷失在神话里，沉浸在关于诸神混战的模糊记忆中。一位珀尔修斯（Perseus）②般的勇士出现，砍下了可怕的蛇发女怪的头颅；已有太多杀戮是为了控制毁灭的力量。伊丽莎白只能推测：或许在某个昏暗的时刻，美杜莎遭遇珀尔修斯，他竭力杀了她，她却死而复生，火烧过的脸上显出一片死寂和悲伤。她只记得色乐曾告诉她，他自己一次次复活，从罗

① 摩诃摩耶：摩耶夫人，佛教创始人释迦牟尼的生母，又称“摩耶王后”，是古印度迦毗罗卫国净饭王之妻。——译者注。

② 珀尔修斯：希腊神话中宙斯之子，杀掉女怪美杜莎的英雄。——译者注。

马皇帝卡里古拉到冥界之神奥西里斯，完全不受任何女人的支配。

还有更难解释的事：色乐在非洲的境遇。他曾隐晦提过，他的周围人力资源丰富，人们非常善良，否则，穷人们说“取些你的衣服”是什么意思？他们是那些拥有一切的人的牺牲品，是不是也看透了色乐这类人的灵魂本质？他似乎一整年都在做这事，直到他没有任何衣服留下。谦逊一直是圣贤们的陈词滥调，推荐给善良的人拥有，而在非洲，谦逊可以彻底获得。

还有她解释不了的事。她明白教人善良的基本方法。它们一点一点地引导人的心智，似乎解决了不可能解决的冲突。这次，色乐说了些其他的，关于内心的哭泣的话。他说爱情就是万劫不复——它们展现自己，并使自己得到满足，而灵魂之间深深的牵连必须舍弃。这种爱的关系不可能存在也几乎从未实现过，当然这是在没有圣母般令人颤抖、心醉神迷的美貌的情况下。人心在呼唤那种美人、那种完美。这些关系中从不接受生涩的情感，但是，一旦僧侣的心往世俗之处堕落，他就会变成一个丑陋不堪的杀人犯。超凡的爱将灵魂与灵魂紧紧锁在一起，将死亡、距离或其他任何障碍粉碎。任何不幸闯入这个神秘联盟的人都会被无情地杀害。

“我要用恶勒死它。”色乐似乎说了整整一年。因为最后——美杜莎显示出她强大的力量——色乐死了一般地坐着，无法思考，无法感觉，无法移动。伊丽莎白与他的死无关，她也真的不想哭泣。她被强行扔进死亡，和色乐一起，身受重创、全身粉碎，但她立刻轮回重生，她笑着，在空中挥动双手，心因自由而跳跃。

黎明到来。光线在柔和地移动、变化，在非洲广袤无垠的天空中，制造出奇妙的景象。屋外树上的一只小鸟醒了，大声啁啾起来。温润凉爽的空气十分清新，充盈着灌木的芬芳，拂过伊丽莎白的脸庞，在她身边打着转。她驻足而立，看着太阳在地平线上展开它那强健壮美的金色臂膀。

“上帝啊,”伊丽莎白轻声说道，“愿我永不帮助缔造死亡的世界，只愿努力创造新的世界。”

比如说，战士什么仗都要打，因为战争就是他的职业。这份职业不美好，但和所有行为一样，它也有自己的道德准则，使得这份职业可以尽可能高尚地进行。战士在他的灵魂深处捍卫着社会价值，而他认为这是他的敌人所缺乏的。尽管如此，敌人的性格品质在战争中会暴露出来。双方都要置对方于死地，但如果他的敌人最终被证明是一个高尚的人，他们会惺惺相惜。尽管身为一个女人，但伊丽莎白的内心深处，却守着一个将军的行为准则。她对此有自己广义的界定。比如说，永远不向弱者发动战争，鼠辈才会经常使用下三滥的手段。发动战争的人从没打算结束，他让灵魂在谎言中纠缠，直到所有原则都丧失，直到所有品德都沦落，直到生命的一切都遭到他的玷污。如果你扔掉武器，一走了之，而他爬起来从背后捅你一刀，你只有死路一条。

他凭空出现。他来自外太空，他从打着转的旋涡云里神秘地出现，带着极炫目的光芒，呼啸而来，令天地失色。此时，伊丽莎白坐着，反复琢磨灵魂的所有谜团，静静地修补着她破碎的神经系统那疼痛的末梢。下一时，一阵可怕的喧嚣好似吞噬了她的生命。只有在回想过去时，伊丽莎白才意识到那阵喧嚣是一个男人在仰天狂笑。他已事先安排好一切。他完全知道他自己想要什么，他完全知道他自己在做什么，他完全知道谁将会死去，他完全知道在任务完成后如何取得三十枚银币。他参与这事都是为了钱。出卖灵魂成了世上最快捷的赚钱方式。天堂的财富竟能变成现世的金钱。

有种财富和权力势不可当的感觉。他营造出那种浓烈的氛围，让神秘主义者在敬畏和惊恐中倒下，惊呼道："哀哉！我已见主的荣光。"他把自己的魂魄和肉体汇成一道宽阔的圆弧，横跨天地之间。他的一半像一颗流星，从宇宙最深处迸射而来；另一半从地球深处冉冉升起，如一颗原子弹爆炸时的红红烈火，火焰没有凝聚，而是炸裂开来，形成点点火星。这些全部聚在一起，倒有了一个人形——耽。不过，有关这个活生生的人的资料不详，只知道他是全国少有的养牛的百万富翁之一，他从某处订购了一大批西装。他个子不高，肤色黝黑，模样挺好。他是色乐的朋友，大家都是这么说的。有人告诉伊丽莎白，在一个人们只关心部落事务的国家，他这样的非洲民族主义者，很受大家敬仰。然而，他所交往的那个圈子和她交往的相去甚远，这让他的生活完全成了一个谜。他们不可一世、冷漠无情，令人不寒而栗。他们总是戴着墨镜。色乐也属于那个圈子。

耽那种男人，恐怕伊丽莎白到世界末日都不会看上一眼。但就她自己而言，情况更糟糕了。她不是一个纯正的非洲人，只有一半的非洲血统。耽后来告诉她："没人会在乎你。他们只关心预言，这才是神圣的事情。"

那天晚上，她站在窗户旁，看到耽强大的魂魄汇聚，就发生在一块空地上。然后，一个男子一样的身形走进了她的屋子，她惊恐不已地跳起来冲向大门。色乐从没制造过这类现象，而她虽已习惯看到想象或幻觉中的东西，但从没见过如此惊人的灵力。那男人正好走进大门，和她擦肩而过。伊丽莎白瞥见了他的脸，那张脸绷成一条冷酷的直线，眉头紧锁。那个男人迈着坚定的步子，稳稳地大踏步走来。

"你是谁?"她害怕地问道。

他没有回答，伊丽莎白指的是他的灵魂之名。人们的魂魄径直走进伊丽莎白的身体，这种情形已经持续一段时间了。他们都小心翼翼地呵护自己的心爱之物，仿佛世界上真有百花之神、春之神、夏之神、秋之神、冬之神、家庭之神、儿童之神、兽之神、禽之神，仿佛世上真有"圣父"这样的君王——贫民之神。

伊丽莎白转过身，盯着这个男人。事情发生得这么突然，她根本措手不及，彻底傻掉了，完全任由他摆布，而他接下来的所作所为令人难以置信。他伏在地板上，亲吻她的脚趾。他的嘴移开了，而吻过之处依然暖烘烘的。气氛一下子变了。曾经，色乐缺少人情味的胡言乱语，冷冰冰地讲了多久？而伊丽莎白曾这样近距离地看色乐无耻的表演，又有多久？那个受女人摆布的娘娘腔，偷窥美杜莎的短裙。而胜过那所有一切的是，这个男人极端的男性气质一下子就吸引了她，而他马上注意到了这点，知心话脱口而出。

“亲爱的，”他结结巴巴地说，“我来这里已经有些时间了，一切我都看到了。”

他唯一说过的真话是：他什么都知道。但他从未说过要把所有洞察到的东西为自己所用。显然，色乐让他知道了一切。他就和色乐一起，见证了色乐在黑暗时代的堕落程度。确实有一种情况，一个能预言未来的先知却有着如此黑暗的过去。他对伊丽莎白爱不爱色乐并无把握。他首先扮演一个外人的角色，也应包括僧侣色乐，正静静地坐在椅子上，一脸冷漠，似乎完全沉浸在自己的悲痛之中。

他说起色乐：“没有预言，他永无出生之日。那些预言涉及你。”

伊丽莎白怎么理解这个惊人的消息呢？他不再详谈预言的类型，伊丽莎白也不多问。他靠近伊丽莎白，搂紧了伊丽莎白的腰。他无疑是要吻伊丽莎白，而伊丽莎白却用手紧紧捂住嘴。

“你不能这样做，”伊丽莎白说，“我们不认识。”

显然，伊丽莎白活在一个很容易受到侵犯的世界里，但这里发生的事情得到了控制——好像必然发生诸如美杜莎袭击她，别人靠近她这些事，但这些举动都没有人情味，没有人像这般有情地爱恋她、触碰她，激起她的生理反应。这个男人把嘴贴在伊丽莎白的手上，一种最强烈的触感传给了她。伊丽莎白内心从未有过这种体验，几乎无法言说。它很温暖，它在颤抖，它是一种欣喜若狂的陶醉。

伊丽莎白跟自己辩解：“我应该对此有更多了解。”于是她把手移开了。

他坚定而果断地吻住她，一如坚定而果断地搂住她的腰。这种强烈的情感共鸣，让气氛一下热烈起来，激发出伊丽莎白全然陌生的潜在情感。他使伊丽莎白变成一个深谙情爱之道的古代女王。但这和伊丽莎白的样子不符，那些高高瘦瘦、婀娜多姿、性感迷人的女子才有这个资本。伊丽莎白没有马上意识到这种不利，以及这种不利给她造成的影响：既凸显了她的笨拙和平凡，又把她推倒在一处，在这里一个离她很远的人要给予她一份至高无上的礼物。而他对这种安排相当满意。他“啊”了一声，似乎成功获得了巴甫洛夫的那条会条件反射的狗。

他再次把自己当作一个正要进门的外人。他忆起另一个男人——“圣父”。这一次，他以一个男人向另一个男人倾囊相授的方式跟她追忆。

“他和我，”他说，“在你的命运里扮演了相同的角色。他多久听到一次呼救的声音？而我，又比他多听到几次？”

没有任何细节披露伊丽莎白和耽过去的关系，但它们已经透露了她和“圣父”的关系。由于他的基本人格，这些并没有对她造成直接而具有占有性的影响。他那样冷淡，缺乏人情味，似乎其他考虑都凌驾于爱情之上。而且，他是色乐完全当作灵魂人物介绍给伊丽莎白的。色乐让伊丽莎白明白，他在某个阶段来到莫塔本村，为莫塔本村中学的项目工作，然后返回自己的国家。一天晚上，“圣父”就站在她小屋的门阶上，阳光照在他的脸上。第二天晚上，他重返小屋，似乎要对他们过去的关系进行总结陈词。他站在那儿，看了伊丽莎白一会儿，表情专注。然后他提到一个名字，但伊丽莎白后来怎么也想不起来。同时，他把头往后一甩，笑了起来。

“啊，我俩一起捣毁地狱吧！”他说。

“圣父”背后站着个无头女人，令人毛骨悚然。她穿着一条黑色长裙。这个无头的躯体慢慢地径直进入伊丽莎白的身体。夜里，她改头换面；黎明时分，在金黄色的光芒中，她在伊丽莎白的胸口位置浮现。她又找到了自己的头，身着一件柔软的黄灿灿的裙子。她张开双臂迎着旭日，赤裸的双脚以游泳的姿势，径直飞入太阳炽热的深处。伊丽莎白对这事想了一会儿，有点想不明白，后来这事在色乐和美杜莎事件的冲击下消失不见。尽管如此，这事让伊丽莎白对“圣父”留下了印象，他是一个爱好血腥而可怕的戏剧性场面的人。对伊丽莎白而言，他仍然是一个英雄形象。

耽的话再次提到他。起初伊丽莎白以为耽会欣赏别人的成就，她从未想过他的邪恶之处，也从未想过他竟然故意说这些。什么都不必证明，就在她心中树立了一个英雄形象，还声称和她会有更大的成就或更高的地位。一直以来，许多事情她都忘记了，尤其是“圣父”说过的话。他曾经说过：

“耽总是打着我的名号瞎胡闹。”

美杜莎的话有一半是对的，耽魅力四射。空气中有种奇妙的魔力，就像一首老情歌唱的那样：“你的微笑，如踏歌而来。你的声音，似天籁之音。多么奇妙……”

难道耽现在还不了解这些傻瓜吗？他曾见过美杜莎三人一组转个不停、让人昏厥的行为，他看到僧侣色乐脱下他的衣服。喔！对了，那些穷人要色乐这么干，而他，耽，对穷人也有自己的看法，他说：“我可不喜欢他们，他们蠢得要死，又凶得要命。”伊丽莎白再次呆若木鸡。难道伊丽莎白不知道，部落生活里那些恼人的细节吗？不知道非洲人性格中有残忍和缺乏同情心的一面吗？耽压制着对色乐的蔑视之心。而对伊丽莎白，耽完全鄙视她，但现在动手还为时过早。伊丽莎白有真的黄金。她可富有了。耽脑补了一个生动的画面：伊丽莎白过去的生活和努力都化作数不清的装满黄金的袋子，出现在伊丽莎白面前。这些袋子散发出柔和的黄色光芒。耽伸出双臂，把这些袋子都拢向自己。

“一切恰到好处。”耽说。

耽看着伊丽莎白，笑咧了嘴。他将一顶色泽黯淡的由普通钢筋做成的王冠戴到头上。伊丽莎白直直地盯着那张咧着嘴的脸。耽看向伊丽莎白之外的地方，憧憬着未来，充满自信。这种非洲式的露齿笑意味深长，它是憎恨，是对局面的控制，是最高机密：“小猫咪，我大晓得嘎处理这些金子哒，我大守哒全部金子。大哲学家类们嘎晓得嘎用金子哒。唔，侬喜看些花儿，细猫咪？我晓得侬喜欢花儿和漂亮的东西。”

伊丽莎白抬起手来，惊呆了，一枝美丽的淡粉色花朵在她手上绽放。这似乎为耽的下一步行动创造了气氛（伊丽莎白发现，耽是一个极善于制造气氛和灯光效果的人）。耽紧紧抓住伊丽莎白的手，沿着流星划过的路径飞奔而去。流星的轨迹非常遥远，直至宇宙的最边沿。那里是一处天堂，亮光褪成午夜的深蓝色。一男一女站在光晕里，紧紧相拥直到天荒地老。这里有他们爱的象征：两颗葡萄树，盘根交错；一条宽宽的河流，滚滚河水奔泻而下，咆哮轰鸣。据说这代表了一种强大的、盲目的、全身心投入的爱情。再无其他，没有人，也没有分享。这里是极顶之巅，完全封闭，独一无二，只有这对永生恋人才知晓。第二天早上，伊丽莎白醒过来，河水的咆哮声一直在耳畔回响。身体一时无法适应这种新的喧嚣，她病倒了。她从床上爬起来给小男孩准备了点吃的。有一块粉色糖霜蛋糕和一些烤鸡肉。伊丽莎白把食物放在地上小男孩的玩具旁边。小男孩一旦开始摆弄自己的发明，就顾不上理她了。伊丽莎白重新爬回床上。

过了几分钟，屋外的喧嚣声才传到她的耳朵里，是女声合唱："主在至高之处受荣光，主爱的人在世间享平安。"

伊丽莎白摇了摇头，这不可能，她不可能出现幻听。她爬下床，打开门，走了出去。连个鬼影都没有看到。这天是圣诞节。合唱的歌声从空中传来，直接传到她的房子上方。那看不见的女声合唱队一遍一遍地重复着这句歌词："主在至高之处受荣光，主爱的人在世间享平安。"

伊丽莎白听着，惊恐万分。色乐最初说的那些话，没有一句像这句让她感到惊恐。这表明在天上，仍旧有一些看不见的、无法解释的东西存在。伊丽莎白直到这时才意识到自己早先的态度对思维的影响有多深。耽曾把伊丽莎白介绍给人们。耽没有做出非凡的事，他再现了生命固有的美。他以很多方式说过："上帝是人，在天上什么都没有，一切都在下面，这里。"

按照她自己的学习方式，这完全和色乐的态度相矛盾。这些都深刻地影响了伊丽莎白的观点，使得她认为人类都是上帝的模样，并以此为出发点解决所有事情。然而，自从很早之前的那次和平的交流后，她和色乐之间产生了众多分歧。她该是哪种体操运动员，在善恶的观念之间如此战战兢兢、摇摇欲坠？一直坚持的纪录遭到粉碎，这样的事一再发生。她首先想到的是，她把人类想成上帝，这是对未知的上帝的一种亵渎。女声合唱队使上帝重回至高无上的地位，伊丽莎白感到强烈的不安。这种不安如影随形，在圣诞节跟了她一整天；夜里，她只要醒来，就会发现这种不安一直都在；第二天，又是一整天；但突然，它就戛然而止。

事实上，空气都随着这个问题颤动起来："侬搞清楚了没，小猫咪？谁是上帝？"

她并没搞清楚。美杜莎这一年的雷电让她崩溃，就是用这类现象彻底将她摧毁。她躺在床上，下沉、下沉，无暇顾及任何东西。

肯诺西沿着尘土飞扬的褐色小路快速走来，迈着猫在匆忙中的那种步态，弯着的头比平时点得稍微快一点儿。圣诞节过去两天了，而这是伊丽莎白能站起来的头一天。过去的两天，伊丽莎白一直昏昏沉沉、神志不清，但她那破碎的神经末梢倒是自愈了。虽然准备了饭菜，但伊丽莎白什么都没吃，只鲸吸牛饮般一杯接一杯地喝茶。

她在肯诺西到门口之前打开了门，肯诺西严肃地看着她。

"你好，"肯诺西说，有点喘不过气来，"园子里有个人想加入我们一起干活。"

"谁？"伊丽莎白立刻警觉地问。

“我不认识他。”肯诺西说，“他说他是从美国来的，名叫汤姆。他是从农民那边来的。一个农民告诉我，他和他们一起睡宿舍，他是圣诞节那天到的。”

“你要不先进来喝点茶?”伊丽莎白问道。

“没时间了。”肯诺西生硬地说，“必须开始干活了。”

伊丽莎白跑去拿了她的园艺笔记本和包，小男孩拿起装着他的发明的盒子，上气不接下气地跟在她们后面。

门桩和角桩必须用水泥来固定。她们到园子时，汤姆已经在拌和混凝土固定门桩了。他大约二十二岁，光着膀子，穿一条褪色的蓝色牛仔裤。他不知从哪儿弄来一双军靴，就像牧牛人有时赶着牛群，徒步穿过灌木丛时所穿的那种。她们走近时，汤姆快速抬头看了一眼，脸上有种漫不经心的友善，蓝眼睛稍微有点斜视，一张不大的嘴巴半张着，看起来永远一副吃惊的表情。头发剪得很短，根根竖起。两个女人停了下来。她俩是完美的工作伙伴，安静、专注，总是互相扶持，给对方搭把手，这里帮着提个重物，那里帮着卸个东西。在过去的一个星期，已经固定下来，她俩要一起干活。如今有第三个人加入。他干活很出色，胳膊和后背上的肌肉鼓鼓的，很结实，那双厚实粗糙的手紧紧握住铁锹。他没顾得上打招呼，或许换个时间吧。他正忙着呢。他没有再抬头，也没有特别指谁，说了一句：“能帮忙拿下这个木桩吗？我要把它固定在水泥中。”门桩斜着插在坑里，肯诺西走上前去，抓住了木桩并将它扶正。似乎这个年轻人的内心一直无拘无束、自由自在，不在乎外界环境。他开始自哼自唱起来：

"嗨，多莉。这是路易斯，多莉。真高兴你能回到你所属的地方。你看起来非常棒，多莉。我能看出来，多莉。你还在成长，你还在继续，你还在继续变得强壮……"

伊丽莎白留心听着他的歌词，这和她的境况是多么相符啊，也许多莉去过地狱又回来了。

"多莉怎么了？"伊丽莎白插嘴道，"为什么路易斯要这样问候她呢？是她有什么麻烦吗？"

汤姆沉默了一会儿，然后说："我不知道。我都忘了这个故事，我前些日子看的这部音乐剧。"

汤姆一直唱着那首节奏欢快的曲子，用铁锹把混凝土敲敲平，然后把铁锹抛进了独轮手推车。突然，他扭起胯，身体抖动起来，移动笨重的靴子，竟跳出无限欢快的踢踏舞，双臂在空中尽情挥舞。"嘿，伙计们，对我有点信心，伙计们，"他尖声发出变了调的高音，"多莉不会离开。伙伴们，她永远不会离开。多莉再也不会离开。啊——喔！"

肯诺西完全沉浸其中。她举起一只手，捂住嘴巴，拼命忍住，怕笑得太大声。伊丽莎白比他大了十岁，突然她可以将汤姆归类了，他看起来确实就像她的小男孩，总是用山羊是否从地球的边沿跌落下去这样的问题来烦她。表面上看，他是个大大咧咧的糙人，总是脏兮兮的，浑身一股汗臭味儿，又爱出风头，完全一副目中无人的样子。从哪里开始那种另类友谊？那里人们慢慢转过头，深深凝视生命的奥秘。那是她在那一年中对他记得最牢的地方——他总是转着头，眼中闪着一种突如其来的、深沉的智慧。他说自己刚从大学出来，获得的是农学学位。他的工作就是促进农民青年发展工作小组在国家其他地区的发展，在莫塔本村中学的项目中他们就有个农场。他曾和农场的学生们一起住在他们的宿舍里。他本该待几个月就去另一个村庄，那里的农场项目就要展开。但是他环顾四周，发现园子里竖着的木桩，说："我还有点时间，在这里做点事。"

园子旁边干涸的河床还能让人依稀想起往日的景象。那时，河水终年哗哗流过，园子里几棵巨大的遮荫树，根部紧紧长在一起。这地方似乎在轻声耳语："领着我，把我变成一亩土地，种上卷心菜、四季豆、萝卜、甜菜、番茄、洋葱、豌豆和莴苣。你会惊讶地看到，那些花哨的女士，手臂上挂着篮子，会来这里看我。我是如此孤独，只有山羊可以说说话……"

她曾从小波那里，记下了一些速成菜园的笔记。这些笔记包括通过深沟苗床和塑料袋嫁接幼苗的方法。她和肯诺西都干不了繁重的采挖工作，而这在修建深沟苗床时必须要做。伊丽莎白把笔记本递给汤姆。汤姆坐到地上，埋着头，专注地看着。他这般严肃对待一切的态度，让伊丽莎白松了一口气，差点笑出声来。

她对农业的看法充满诗意和幻想，很容易用自己发明的农艺来填补知识的空缺，她很显然对那个农场学校的英国经理又好笑又好气，确实有个朋友在这儿。汤姆说：

“我们把篱笆和门桩竖好，我就开始帮你们挖苗床。”

“冈纳回来了？”伊丽莎白关切地问道。

“是的。”他说，“他妻子昨晚上邀请我吃晚饭。”

“他们告诉我冈纳设计了农场菜园，”伊丽莎白说，“中间有一条大道，苗床之间有许多小道。人们可以四处走动，一切尽收眼底。我觉得蔬菜也喜欢这样，它们喜欢整洁有序。”

汤姆眯着眼睛，似乎对这一信息有点糊涂，但他什么也没说。已经过了中午。伊丽莎白家里还有一些剩饭菜。她提了一下这事，他们就走上小路，沿着这条尘土飞扬的褐色小路，来到她家。小男孩落在后面，胳膊下夹着他装发明的盒子。这个年轻的男人在别人家感到非常自在，当然他在其他地方都一样。汤姆径直走到厨房的水池边，从头到背洗了一遍。水从他的手臂滴下，落到地上，形成一个小水坑。他毫无意识地把大靴子踩进水坑，增大了地上的泥泞面积。然后他晃晃悠悠地走进小餐厅，用力把椅子往后一拉，“砰”地坐在上面。他把两只大手稳稳地放在桌上，饶有兴趣地盯着食物。他开始吃起来，吃光了眼前的所有食物，一点碎屑都没留下。汤姆吃了一碗炖菜、一些烤鸡肉、一碗米饭、一些果冻状的水果布丁和一个切掉一小块的蛋糕。

“这种美味的炖菜还有吗?”他问道。

伊丽莎白拿起碗，走向厨房，把锅里剩下的炖菜都刮了出来。她刚把碗放上桌，汤姆就端起碗，把所有炖菜倒进了自己的盘子里。伊丽莎白还没有注意到，此时小男孩拿起放在墙角垫子上的碗。他中午只吃了两勺米饭加炖菜，早上就喝了一勺粥。此刻，小男孩蹑手蹑脚地走出墙角，安静地站在汤姆身边，张着嘴，入迷地看着他大快朵颐，他递过碗去。

“这种美味的炖菜还有吗?”小男孩好奇地问道。

汤姆没有停下吃的动作，只从自己盘子里舀了一勺菜搁进男孩的碗里。男孩没有动，他得看看汤姆怎样把食物塞进嘴里。这倒是挺新鲜的。就在伊丽莎白把她还剩一半米饭和炖菜的盘子放在一边时，她惊讶地看到盘子被举了起来，所有的食物全被倒进了汤姆的盘子。

棒极了。伊丽莎白仍然生活在划向宇宙尽头的流星的光辉中，而那个绅士还在继续给这位女士送花。他可以种出满田遍野的花，这些看起来美丽而纯洁的野花，和青草相依，亚当和夏娃肯定在伊甸园中见过。青草和土地都闪着光，而伊丽莎白那么富于想象力、充满诗意，这些景色给她留下了非常深刻的印象，也让她心猿意马，觉得自己面对的是伟大的美的缔造者。伊丽莎白正注视着这些朦朦胧胧的美景，耽的灵魂冲她猛扑过去，发出一声巨响。那天晚上，有东西发出“嗷呜——嗷呜——嗷呜”的声音，然后发出“咔哒、咔哒”的声音，表明他们的灵魂发生各种交融结合。她没有遇到过可怕的危险吗？她没有在毫无防御或保护的情况下遭到神力雷电一次又一次的袭击吗？

“我会永远保护你的，傻女孩。”他说。

他让人觉得他有力量信守诺言。

在这次灵魂与灵魂的接触中，耽还很突然地说：“我做什么无所谓。”

这女人愚不可及，又容易随风而靡，所以她的思维会出现大跳跃，从而进入巨大的危险而不自知。伊丽莎白立刻认为：“哦，我正好一样。我做什么无所谓，无论是为了一份事业，为了一个我爱的人，还是为了我的信仰。”伊丽莎白从未停留，厘清男人的叙述和她自己的个性之间的巨大差距。她把耽的话和一个英雄形象联系起来，这个形象是耽巧妙借助另一个男人的努力建构的。这另一个男人是虚构的，他是一缕魂魄，距离遥远，触不可及，而耽却生活在莫塔本村。

接下来，耽说：“过去两天，你差点死掉，我把你的灵魂攫了回来。我比你大多了，我的灵魂太强大了。”

转眼间，一个女人冲进房间，后来被称为B——“温门小姐”(The Womb)。她是本地人，穿着一条黑色丝质连衣裙，裙子紧紧地贴着她那健硕的身体。她下腰到一个角度，抬起一条粗壮结实的大腿，悬在半空，就像一个芭蕾舞女。她的脸上光芒四射，和照亮伊甸园里依偎在草地上的花儿的熠熠光辉一样。她单腿稳稳地站着，宽宽的背部非常结实。可能引发的后果在大声呼号：“你不能这样做。哎呀，因为你会剧烈摇晃、轰然摔倒的。”耽倒是说得很好：

“她会充当我俩之间的平衡力。”

这话着实让人感到困惑，但他没有给出进一步解释。这到底是什么意思？哪种平衡？这种平衡怎么发生？而这些问题就这样搁下了。这女人像芭蕾舞女一样，仅用一条腿保持平衡，当然，伊丽莎白很容易倒，任何东西都能让她摔倒，比如一道雷电、一个命令、任何强有力的武断建议。

耽太忙了，有太多事要完成，所以他一幕接一幕向她抛去。接下来，他站在一个男人身旁。耽穿着一件柔软的白衣，与色乐穿的类似，还穿了一双拖鞋。他身旁的那个男人正在人群里高谈阔论。那个男人的前额和脖颈的青筋暴起，两手在空中挥舞，言辞慷慨激昂，想给人们留下深刻印象，想主导一切。相比之下，耽卑微地佝偻着身子，两手交叉，轻轻放在身前，面带死气沉沉的悲伤表情。“你们看，”这张脸在说，“这是我的本质。在灵魂深处，我就是个僧侣，从不会犯那个男人犯的错，从不会主导一切。”

一片寂静中，一张白色的小卡片推至伊丽莎白眼前，上面简单地写着：“管理者，始于1910年。”

伊丽莎白突然在黑暗中坐了起来，开始领悟这一点。天使在空中的合唱，强有力地呈现了这一点，这一点得以谦卑地呈现，这一点在伊甸园得以美丽地呈现，这一点通过一张卡片得以呈现。她的脑子一定很愚笨，啊呀，那一定是上帝。他当然有权力和力量来支持他的主张，那是一种周而复始、生生不息的运动，是一种掩藏在所有力量之后的力量，让万物就绪，星辰永恒。事实上，是对万物的感知，使天下万物环绕在周围。一个人不应该翻过身，安然入睡吗？万事万物都要考虑到。过去一年的噩梦已经结束。

折磨。入睡和醒来都出了问题。伊丽莎白下了床，发软的脚滑了一下。她伸出不住颤抖的双手，整个脑袋痛苦得左右摇晃，一波波下流话重重冲击她的脑袋。哦，在美杜莎终结之后，她曾从这当中解脱出来过，大概有一个星期的时间。现在她觉得又回到了之前的状态，回到了自己的家。她想跑。地狱又在那里大发淫威了。这次很奇怪，这个男人并没有声称自己是邪恶的，而是说自己有邪恶的潜质，还在说一些猥亵儿童的恶行。不能放任他和孩子单独在一起，否则，他会对他们做可怕的事。他还说了一些关于耽的恶行。耽也是一个猥亵儿童的人，甚至更坏；他疯了似的喜欢其他男人。伊丽莎白脑子里的录音一旦打开，就以同一个节奏不停地播放着。它威力强大、经久不息，足以抹杀生命世界的美好，让她困在其叫嚣中无法自拔。她的整个神经系统都因紧绷而发颤。痛楚中，她望向新的一天。太阳已经冉冉升起，越过那蔚蓝的天空；屋外树上的一只小鸟骄傲地鼓起小胸膛，响亮地啼叫起来。

“人们不是这样的，”伊丽莎白无助地反驳，大声地自语道，“他们起床、工作，沉迷于发明东西，和人生问题做斗争。不是像这样，无情地聚焦在淫秽的东西上。”

没有用。录音一整天都在单调地重复着，这一天就在隐隐的痛苦中过去。伊丽莎白正帮着肯诺西和汤姆把篱笆铁丝网套到园子里的木桩上。这对她来说再熟悉不过了！

这是她在南非贫民窟长大时留下的噩梦，但这从来没有在生活中占主导地位。通常小女孩遭到强暴，而那些男人是大家认识的，“法律”将他们逮捕。同性恋者得到认可，被戏称为生活中的怪癖之一，但他们从不过度妨碍别人。或许完全正常的人根本不会想这事儿，因为这不是他们的问题。她该拿脑子里的这段录音怎么办呢？它更加真实，因为它的背后也藏着一种情感，一种难堪的、深深的羞耻感。那个夜晚伊丽莎白痛苦地爬上床，罪魁祸首得以显现，他就是“圣父”。他站在一块空地上，承认罪恶。一切罪恶的根源昭然若揭。伊丽莎白也受了煎熬，因为“圣父”给她系上了一根脐带状的细长丝绳。绳子漆黑，据说象征着邪恶或黑暗。他在痛苦地忏悔，这些漆黑的绳子断开了。一个出离愤怒的耽站在他身边，愤愤不平地说：“他说他是地狱之王，不是吗？那么那里就是他要去的地方。”耽拉直一根长绳，挥成索套状，圈住了“圣父”的脖子。

“快点，下地狱去吧!”耽大吼道，拽着他走了。

伊丽莎白把这两幕做了一个比较。那个曾向她宣布自己是地狱之王的男人，信誓旦旦地说一切罪恶尽在他的掌握之中。伊丽莎白几近冷漠地看着眼前的这一幕。“圣父”是冰冷死板的克己性格。不久，解释就出现了。耽走近伊丽莎白，结结巴巴地说：“他那么对我，是因为他也爱你。有那么多人都反对我们。”

当耽对伊丽莎白谈及爱的时候，他的语气中带着一种令人怜惜的感染力。他的爱绝无仅有，只限于伊丽莎白和他之间。他们应该静静地被爱包围，没有谁能插足其中。这种可怜巴巴的请求倒是让伊丽莎白的内心有了相同的回应，他准确地把钩子刺进伊丽莎白的疼痛中心。这玩意儿他用得随心所欲：“现在哭吧，现在笑吧，现在感觉嫉妒吧。”而耽调控按钮以满足自己的要求。

伊丽莎白也能理解他对“圣父”的嫉妒之情。

没有任何灵魂如他的那般引人注目或锐意十足。从一开始，他就被塑造成一个超人。他抬起威严的头，用无情的双眼，冷酷地审视这个世界。他是个亿万富翁，从未关心过自己的财产，因为和财产同时交给他的，还有乞丐的破烂衣衫。即使他衣衫褴褛，也能穿出君王的气质。一场滑稽的助兴戏在耽和“圣父”之间演了整整一年。和穿白衣的色乐一样，“圣父”已经悄悄在她家占据一席之地，就在靠近她床头左边的地方。她看得见色乐，却看不见“圣父”，事实上，直到“圣父”的存在让耽变得狂躁，她才意识到“圣父”的存在。耽把“圣父”拖下地狱。过了几个晚上，耽站着，直盯着她的床头。突然，他将手臂高高挥到空中，厉声喝道：“滚！”

那人纹丝不动。耽伸手把他拉入视野。“圣父”被动地让耽轰出家门。片刻之后，他又回来了。“圣父”被狂暴地推下悬崖，关在一辆完全失控的疾驰的汽车里奔向死亡，但他的魂命有九千条，总会再一次露面。“圣父”没有对耽进行反击。他被动地为每一次死亡献出自己，只为了再次重生。一天晚上，“圣父”悄悄走近伊丽莎白，一副不想被其他人偷听到的样子。他那双蓝色的大眼睛盯着远处的地平线，冷静地轻声说：

“他要将你引爆，你会尸骨无存的。想办法保护自己。”说完他便消失不见了。

会发生什么呢？“圣父”已经表明，他不会随叫随到地来帮她。在这条受苦的路上，伊丽莎白如此形单影只，孤立无援，她忍无可忍，彻底语无伦次。一大群人在默默地看着，他们毫无主见。她痛到极致时，一两个身影从藏匿之所向她冲来，战战兢兢地低呼：“我们想看到一切。他不想要这个新世界。”

这是一场经过深思熟虑的诱捕和反诱捕，而她的灵魂被扔进作战的最前线。这次又是大卫（David）和歌利亚（Goliath）[①]，只是这次大卫没有投石器，带着无助的脆弱，面对一个超乎任何人想象的怪物。显然，在他们寂寞的战场上，他看起来也是那么孤立无援，因为地狱的力量已经派出了“智力超群的人”。伊丽莎白得花很长时间去弄清耽的诡计——如果她那时这么做的话。似乎人们无辜的言语、举止和表情都给他说成了堕落、粗俗、下流，直到一切全被邪恶玷污。

为了表明他自始至终都参与了色乐的行动，耽再一次让那些漂亮的人在她面前结队走过，但这次是那些戴镣铐的奴隶。他们面露羞怯，心藏恶念。他从人群中拉出一两个来，揭露他们有犯罪意图。他凭权威大刀阔斧地做这事，所以他们的邪恶意图似乎毋庸置疑。有一个男人，他负责家庭生活的所有欢乐。他是被暴露出来的，因为他坐在一辆车里，在一个妓女的怀里坐到天明。他的妻子因此自杀身亡。所有男人都像这样，背地里养着妓女。一个关于女人的长篇故事即将展开，其中一半女人都和耽有不正当关系。

谁在那儿为他们辩护？没有人。那些漂亮的人是色乐最初的看法，当时他的评价是：“他们有些人已经很完美了。”他就不管

---

① 大卫和歌利亚：《圣经》中的人物。大卫是牧羊人，对战歌利亚。歌利亚是一个巨人，身形巨大。最后，大卫杀死了歌利亚。后用“David to Goliath”表示一个看起来虚弱的人对战一个高大的人。——译者注。

他们了。耽一说起邪恶的东西，就是关于他自己和他爱过的女人。他还说过：“我是人类苦难的根源。”现在，他不过坐在那儿，穿着稻草人穿的破衣烂衫，对一切都漠不关心。耽没有等到这一刻吗？现在预言到哪里去了？色乐谴责过自己。色乐彻底完了。对预言的最后一击是“小猫咪”。伊丽莎白感受到了一千件事，如狂欢表演中嘈杂的爵士乐低音，察觉到自己被人看作一只无助的宠物——“傻女孩”“亲爱的”；而现实中，她终其一生都不是那种男人会对她说傻傻的温柔情话的女人。男人不过没有走得那么近，而她实际上已经决定出嫁，因为她在慢慢变老，也厌倦了坐在图书馆里与书为伍的日子。

“圣父”身边，那个双目狰狞的半疯癫亚洲男人给她留下了最深刻的印象。他只关心穷人。他似乎不太喜欢伊丽莎白，因为显然在过去的命运中，伊丽莎白无法一步步认同真正卑微和低贱的人。在这里，一切都得到纠正。非洲会教她怎样做，他如是说。他突然遭到耽的袭击，被拖到最前面，要求承认他的罪行。那双晶莹闪亮的黑眼睛变成了一种愚蠢的顺从。他穿了一件白衬衫，衣袖已被撕破，四个咧嘴傻笑的亚洲男子紧紧抓住他的手臂。他是个同性恋。

这就是对他们命运的关照。耽不必说出来，因为这已经在各种画面和想象中被生动地展现出来。万物皆邪恶。然后耽转向自己的一项艰巨任务——色乐之死。一副棺材被抬进伊丽莎白的房间里，里面躺着眼睛小而刻薄的棕色西服色乐。六个人抬着棺材，其中四个是女人，转开脸不看伊丽莎白。耽站在中间。他那张俊俏的脸因痛苦而扭曲，不过只扭曲了一点点，所以看起来仍然英俊。另有一个人把脸转向伊丽莎白，是一个小女孩——色乐的孩子之一。伊丽莎白认出了她，因为她经常和他并排坐在他的军绿色卡车里，驾车穿过莫塔本村。

重重的靴子一闪而过，停在她的家门外。汤姆满怀期待地抬起头，大喊着："我来了。"

汤姆经常这样干，这时门就会打开，他会径直飞奔进屋。他似乎从未真正在走，他的脚步如此轻盈，几乎靴不沾地，而他总是忙得不可开交。到莫塔本村不到两个星期，他勤劳肯干和乐于助人的美誉迅速传播开来。有太多活等着他去干，他马不停蹄地四处飞奔。村子里的女人看见他跟肯诺西和伊丽莎白在园子里一起干活。一天早上，伊丽莎白和他一起走出园子，一群女人高高地站在一间小屋的椽子上，忙着盖茅草顶。

"汤姆！汤姆！"她们叫着，已经知道了他的名字，"快来这儿帮帮我们。"

他猛地站住，抬头看着那群笑嘻嘻的女人，急切地朝伊丽莎白转过身去，说道："见鬼！我想学学这个，我都不知道怎么盖屋顶。"

他冲那群女人回喊道："我来了。"

他就是这样，做事全凭一时冲动。他到博茨瓦纳几天后，曾对伊丽莎白透露，他热爱这个国家，决定取得该国的公民身份。

“那你美国的妈妈怎么办?”伊丽莎白问他，“她会想念你的。”

他一下子就恼了。

“我不需要母亲。”他生硬地说道。

他笑着飞奔进屋，把包裹放在水槽的沥水板上，脱下那件脏兮兮的橘色衬衫，扔在沥水板上。那件橘色衬衫背后有个大洞。他在水槽里洗脸和手臂，水就顺着他的手臂流到地面上的一个小水洼里。他的靴子踩进水洼，让这摊泥水的面积越来越大。伊丽莎白会把自己的房子打扫得一尘不染、干干净净，她喜欢做这些。

“伊丽莎白,”汤姆匆忙说道,“我带来了一个面包，所以我不用全都吃你的。你做了那美味的炖菜吗？你之前说好的。”

“你的鼻子在哪儿?”伊丽莎白笑着问。炖菜里的药草和香料的味道弥漫整间屋子。

在莫塔本村的项目中，人们不太可能结交朋友。首先，他们因干活而凑到一起；其次，人人都说点英语；最后，似乎其他国家来的人和非洲人没多大区别，但伊丽莎白不是那种汤姆可以合得来的人。汤姆在各方面都表现出他喜欢结交朋友，而他交朋友就像走路一样不用心。他张开双臂，把所有人一视同仁地揽在一起，根本无法区分。他们都成了朋友。在他俩生命的最后，他俩会有一样多的朋友，但伊丽莎白会了解她的朋友，而且是深入了解，而汤姆却对他的朋友不甚了解。她从他的举止中，就可以看出这一点。他不耐烦地走来走去，心烦意乱地扭动身子，但只要一张脸或一句话引起他的注意时，他就能控制住自己，坐下，盯着，就像一只安安静静的蜘蛛，困在角落里不能动弹，用轻轻摇动的触须审视生活一样。这是汤姆第二次到伊丽莎白家吃饭。伊丽莎白发现，汤姆不仅仅粗犷、自在、自然，而且他眼中传递着最动人的深邃智慧。他转过身看向伊丽莎白，如古人一般对她凝望。

他们谈论詹姆士·鲍尔温和他们喜爱的其他作家。不久，伊丽莎白就不再留意自己在说什么，因为那之后，聊过的话她一个字都记不住，只记得谈话留下的感受。“啊，”伊丽莎白想，“我之前一定在哪里见过他，将来我也会一次又一次地见到他。我会一直遇见他。”这就是感受的博大和自由，是对另一个人的友情，虽然总是带着试探，却也很牢固。汤姆喜欢撞一下她，说：

“伊丽莎白，我要给好多人烧晚饭，一起来吧。”

伊丽莎白就会退缩：“我做不到，汤姆。我喜欢和你单独聊天。”

他会沉默片刻，然后说：“好吧，我不忙的时候就去你家吃饭。”

那一整天，工作如火如荼地进行着，本地产业项目突然呈现出一片繁忙的景象。伊丽莎白站在水槽边笑了。

“哎，汤姆，”她说，“你都想不到尤金有多像小孩。他回来看到菜园全围上了栅栏。他需要这种激励，因为他突然决定要把所有关于本地项目的房屋都建好。你知道肯诺西吧？没人像她那样发言，讲自己如何靠双手干活。尤金带着肯诺西一起，和青年发展工作小组的建筑工人见面，请她发言。他们对肯诺西说：‘如果本地产业能对人们有用，那我们可以为本地产业出力。’他们答应干活，建房屋，不用额外加钱。我明白这话的意思，因为我的房子是他们建的，他们那时一次次来和我谈，索要额外费用。尤金一定会说：‘我之前为什么没有想到呢？’因为没人喜欢这个项目，这个项目太难做了。”

汤姆正在擦脸。他停下动作，看着浴巾。

“尤金，”他热切地说，“我太喜欢他了！至于肯诺西，这世上找不到第二个像她的人。她很特别。”

汤姆也带着冈纳下过菜园。冈纳已将菜园分出主干道或者大路，长长窄窄的苗圃之间分出大约四十条边道。冈纳很害羞，从不敢直视别人，但他的眼里总含着笑。他面色红润，说话时，就像一名普通的市场小贩，或是和伊丽莎白一起长大的贫民窟里的那些人一样，低人一等，与人为善。冈纳对伊丽莎白说：“我们必须尽最大的努力去帮助他人，对吗？”这和贫民窟里的黑人的说法如出一辙。难怪小波把他当作典范，模仿他认真细致、井井有条的表达方式。冈纳转向伊丽莎白，和她说话时，伊丽莎白觉得似乎是小波在说话：

“作物轮作是有套路可循的，先种卷心菜、生菜、菠菜一类的产叶作物，之后种豌豆之类的豆类蔬菜，再种甜菜、胡萝卜或是芜菁一类的块根作物。这一轮之后，你可以试着轮种第二茬块根作物，像马铃薯、洋葱等。然后，重新开始种豆类。”

伊丽莎白已经把托科的大黄南瓜的籽晒干并保存起来。菜园里有很多挖出的坑，是挖掉荆棘丛缠绕的根留下的。她在这些坑里种上了南瓜子。干旱天气通常在一年的这个时节——夏末——结束，已然浓浓的晨雾是下雨的前兆。为本地产业项目储存地下水的井已经钻好，园丁们都抢先完成他们的活儿，尤金用了一整天时间挖出一条沟，将水管引向菜地。学生们穿着绿色的工装裤，一窝蜂似的涌到施工地，劳作工具的碰撞声响成一片。村民们路过，默不作声而满脸疑惑地看着他们。总有几个村民会走上前去，做些义务劳动。大约有四十人加入该项目。他们中绝大多数都在莫塔本村中学的老师家里做工——制肥皂，编席子，织毯子，做罐子、盘子、杯子、茶壶、衣服，以及其他任何可以拿来开店的物品。剩下的村民都等着、看着，他们还没有疯到白做工不拿钱。人穷则嗜财。

汤姆已经开始挖园中的沟床了。沟床要先挖到两英尺深，然后再用粪便、土壤和肥料的混合物填满。肯诺西和伊丽莎白跟在他的镐头后面劳作，用铁锹快速把刨松的土铲出去；不过，到了炎热的正午，他们就坐在园后的树荫下，准备塑料袋里的幼苗，一旦沟床弄好，幼苗就可以移植进去。在每个装有土壤肥料混合物的六英寸的小塑料袋里，他们投下四颗卷心菜种子。完成疏苗，一个月后，每个袋子里最终会长出一颗巨型卷心菜苗。他们会用铁锹在沟床里挖些坑，然后剪除塑料袋，把幼苗和土模一起放进坑里。几乎是一夜的工夫，一个园丁就有了自己的速成菜园。没有一株幼苗会在移植过程中死去。卷心菜、西红柿、花椰菜和辣椒仿佛一夜之间就会冒出来，幼苗的绿叶在烈日下泛着微光。它们会让从约翰内斯堡订购半腐烂的绿色蔬菜的事成为历史。在伊丽莎白心头某处，各种事情弄得她晕头转向。肯诺西、对精神再次崩溃的担忧、汤姆的突然出现，已把她逼进劳作的喧嚣中。然而，她究竟是怎样在1970年一步步坠入地狱深渊的呢?

小男孩悄悄地打开门，蹑手蹑脚地走进屋子。他看上去神采奕奕。每逢假期，他都很孤独，他的玩伴们要么跟着母亲去田里耕作，要么像吉米，与父母一起去了博茨瓦纳北部的渔港或者禁猎区。小男孩正要藏到角落里，汤姆转过身，就看到了他。

“嗨，小不点，”他说，“你今天在学校学了什么?”

小男孩不长个，人们就叫他“小不点”，他似乎从三岁开始就没长高过。他刚开始读一年级。

“我学了蒸发。”他害羞又自豪地告诉汤姆。

“那你能跟我讲讲蒸发吗?”汤姆问。

小男孩热切得直发颤，有了生气。

“我把它画下来了。”他说。

他兴奋地钻到沙发床下，拿出小书包，在里面摸索了一会儿，然后递给汤姆一个笔记本。汤姆看了一会儿，然后说：

“嗨，等一下，你把‘蒸发’拼错了。是‘蒸发’而不是‘晶发’。”

小男孩看着他，愣住了。

“是对的，”他愤怒地说，“我从黑板上抄下来的，老师就是这样拼的。”

汤姆摇摇头：“你一定搞错了，小不点。这是错的。”

“对的，”小恶魔坚持道，“我的老师就是这样拼的。”

“伊丽莎白，”汤姆大声喊道，“你的字典呢？”

伊丽莎白指了指她卧室里的一个书架。汤姆用力跳起来，咕哝着：“嚯，我这辈子还没碰到过这么固执的孩子呢。”

伊丽莎白正把晚餐摆上桌。他俩争执不休，最后汤姆只得放弃，小男孩的老师赢了。汤姆第二天去见了老师，非常难以置信。他说他去莫塔本村中学的小学部转了转。小男孩的老师是个年轻的博茨瓦纳女孩，刚从师范学校毕业。他偷偷从小男孩的教室看进去。毋庸置疑，“蒸发”确实拼错了，其他单词也全都拼错了。

“她是个漂亮得不得了的女孩，”他说，“但是她不会拼写，尽管某些地方也有拼对的。如果是语音学，拼写完全正确，她使用的正是语音学。”

伊丽莎白笑了。“没关系，汤姆，”她说，“英语传到哪里，都会有所调整，这是博茨瓦纳英语。茨瓦纳语完全是一种拼音语言。”

谁会故意去地狱走一遭呢？最后色乐说了句：“你不过也一样。”似乎他满怀希望地小声嘟囔着，他想让伊丽莎白卷入他的泼天罪行和预言中。他和美杜莎的关系是对他罪孽的一种报应形式，但即便如此，伊丽莎白还编织过有关他的圣母玛利亚的浪漫梦境：“他说再见，再也不见了，他说得那么残忍。”在他们还是美杜莎和卡里古拉的鼎盛时期，显而易见，美杜莎对他全意逢迎，无所不用其极。她不喜欢有人哪怕只是有“色乐或许看起来像只猴子”的想法。

耽的故事里没什么美好的东西，他是来自地狱的“大人物”。他们肯定在那儿举行过一次会谈，谈话内容一定像这样：

“说吧，耽，谁一直哒破坏哒聚会？”

耽笑了：“是哒佛陀。”

“你觉着哒家伙有你那样的脑子吗，耽？我们当然可以迷惑哒笨汉，把他的脚搁进水泥，丢进‘哒印度洋哒底’。”

耽笑了：“这是哒计划。”

耽一直坚持做他的事，想必有两星期了。他不想让伊丽莎白失望，不想破坏他为她布置的天堂的景象。此外，他得去安装他的电线系统（她的全身就是一个网络、一个复杂的交流中心），所有事情都有赖于这个系统的性能。要是她坐立不安或胆战心惊，他就无法将电线架在正确的位置上。这一阶段一完成，他就松了一口气，这是他设计的上帝。

那天晚上他上蹿下跳，好像疯了一样。

“我全身都着火了。”耽说，然后看着伊丽莎白，眼神带着谴责，又加了一句，“都怪你，你不该对我有任何觊觎，否则，我就要摔下来。”

他没有指明是从多高的地方摔下来。

第二天晚上他介绍了一个女孩。这个女孩把头发做成了传统样式：一撮一撮头发绑在一起梳成小辫儿，一圈圈缠绕在头上。女孩低下头，以便伊丽莎白能好好看清她的发型。耽说：

“我喜欢这样的女孩，梳着这种发型，你的发型不是地道的非洲发型。”

她可不是普通女孩，她对性非常内行。她和一个符号——带有手柄的小缝纫机——密不可分。

“她可以通宵达旦，只要刺激适当，第二天她就不会难受。”耽解释道。

那种刺激就像是缝纫机工作，用力抹一下手轮，缝衣针就“咔哒、咔哒”上下动起来；再抹一下，再来一次。似乎关键在于她身上的小按钮，她喜欢让人触碰小按钮。

他对这个“缝纫机小姐”另外的评价就是：“她简直让男人

欲罢不能。”

然后他轻而易举地就将她扑倒在床，就在伊丽莎白身边，他们在一起整整一夜。她脑海里如放电影一样，屏幕黑了，但他们的动作没有停，一直持续到黎明时分。

耽同时揿了几个按钮：

“你应该感到嫉妒。”

“你是有色人种，地位低下。”

“那个女孩有的东西你都没有。”

这些录音在伊丽莎白脑子里响了一整天。耽打开录音，录下一切当下问题。一个可怜的人，被送去处理一个害怕有色人种或混血人种的麻风病人。这是他最喜欢的录音之一。他担心自己去接触混血人种而玷污自己纯黑的皮肤。因为他让这些录音转得飞快，在伊丽莎白的脑子里，这些声音高亢刺耳到让人歇斯底里。一次，伊丽莎白按了暂停按钮，苦苦思索。这录音和她听到的第一个录音竟不可思议地相似：“丑女人，污秽的东西，非洲人会吃掉你。”耽注意到伊丽莎白开始意识到有些事儿，就大胆承认了：“是我，我干的。尽管他们都那样对你了，你还是对那个傻瓜色乐忠心耿耿。”

新的录音是怎样的？唔，那应该是幽默感。

“我喜欢戏弄人。”耽说。

从那晚起，他就没穿过裤子，毕竟他有七十一个女人。她们就是一群乌合之众，其中一半美貌过人，微有瑕疵，其他的不过是一些当地女孩。但这些当地的女孩应该从与他的灵魂交流中受益匪浅，她们应该满怀她们所缺乏的权力和甜蜜的东西，而他那些性爱专家休息时，她们要填补这些空缺。

"缝纫机小姐"属于超级美女那一级别。显然，她通过千次化身才成为耽的妻子或灵魂伴侣。尽管她相当强的性能力也让她渴望其他男人，但这也是耽唯一不能容忍的。为了他们的将来，耽说过那会很完美，她得清洗得干净一点儿。耽告诉她去伊丽莎白的浴室洗，显然这是为了制止她和别人淫乱。耽完全无法掩饰对伊丽莎白的轻蔑，但奇怪的是，这种轻蔑并不触及伊丽莎白的个人财产。这些财产似乎有清除"污垢"的能力。他心里对自己女人身上的污垢异常上心，她们在伊丽莎白的浴室里不停地清洗自己，穿上伊丽莎白的裙子和内衣，还用她的香水。这些微薄之物一再刺激她们，让她们觉得：伊丽莎白的任何东西，她们若能得到，都会带给她们某种神圣的免疫力，或者会让她们加倍具有吸引力。于是她们肆无忌惮地窃取，盗走一切唾手可得的东西。一些女人是第一眼看着美就带走了。耽怀着神圣的敬畏对待这些女人，相比她们对他的依恋，他更狂热地依恋她们，但她们仍是他的奴隶。都是"妙龄少女"啊，耽这般告诉曾嘲笑他命运的伊丽莎白，声音低沉。

不论"缝纫机小姐"是什么身份，她都艳压群芳。伊丽莎白会怀着深厚的情谊记住她。“缝纫机小姐”是这场梦魇中唯一抒发正常的人类情感的部分。她时而忧伤，时而惆怅，时而亲切，时而孤寂。她笑的时候，如同风儿掠过树林。她总看着伊丽莎白，宛如知道女人间友谊的真正样子，她就像咆哮的地狱中一颗璀璨的明星。

下一个晚上，耽有了一个新的女孩——“扭臀小姐”。她皮肤偏黄，长发又黑又直，像一挂瀑布披散在裸露的肩头。这个女孩不喜欢穿衣服，浑身上下一丝不挂，而“缝纫机小姐”只有在灯光变暗时才脱下衣服。“扭臀小姐”有一对小小的、浑圆的乳房，不盈一握的小蛮腰。她走着，配合轻轻哼唱的无声的爵士乐旋律，不断扭动着自己的臀部。然后，她倒在床上，身体趴着，双手托住下巴。那双迷人的黑眼睛看着伊丽莎白。

“我在等我的约会。”她说。

这约会把灯光调暗了。

耽似乎觉得这有点过了，哪怕对伊丽莎白这个有色人种，因为下一个早晨，他放出的录音就柔和多了。录音说道：

“亲爱的，要是你呼唤我，我会去找你，我不喜欢那样的女人，她们太廉价。”

显然，耽还是喜欢女孩穿着衣服，等到他叫她们脱下时再脱。那天晚上，他宣布了一件非常突然的事，“扭臀小姐”死了，他高估了她的耐力。她做不到一整晚不停。然后他说：

“我的欲望没有得到满足。”说着他又把“缝纫机小姐”拽入怀中。她看上去悲痛欲绝，似乎陷入了沉思，但她暂时解决了他的问题。次日，他全身轻松，注意力回到工作上，当然就是管理宇宙事务。只有色乐恢复，抑或死去时，宇宙才能恢复正常秩序。

他又把那些污秽下流的录音打开了：

“她们都清楚他求的是什么。跟那些预言一点关系都没有，不过是性而已。她们了解他，都知道他是什么德行。”

一整天这个录音都在不停地播放。她在这个突然爆发的戏剧性事件中，差点忘了色乐，而椅子上那个安静的身影一动不动，一句话也没说。原本总会有点评论，哪怕这个评论是针对一个日常事件。那天晚上，就在她眼前复活的是穿棕色西服的色乐，那双眼睛细长而刻薄。伊丽莎白那时头一点一点地，正打瞌睡——她床上的“肉搏战”持续了三个晚上，让她一直无法入睡——这时，突然一种冷冷的黏液触到她的唇。她抬头，看到色乐那张狡猾的脸，她举起一只手，把那黏液从嘴上抹掉。他像老虎钳一样握住她的双手，咧着嘴笑得更可怕了。她吓得半死，拼命挣脱，在刺耳的尖叫声中惊醒。

小男孩房里，传来他的呜咽声。

她走近他。“怎么了?”小男孩问道，他在发抖。

“那些‘妖怪’没有吓到你吗?”伊丽莎白问，“我刚刚看到一个可怕的妖怪。”

小男孩瞪着圆圆的眼睛盯着她。

“他长什么模样?”小男孩问，“我也会见到他吗?”

伊丽莎白的神经被噩梦和响了一整天的录音拉得快要绷断，她前言不搭后语地对孩子说：

“早上我会去买点药。”

“那是什么?”小男孩追问道。

“是为了睡觉吃的药，”她说，“这些药让人能好好睡觉。”

“我也要吃药吗?”

“只有你睡觉时看到可怕的东西才要吃。”伊丽莎白说道。

“哦，没，我没有。”小男孩说着，松了一口气。“我看到圣诞老人了，知道吗?当圣诞老人想给你一份礼物时，他就直接扔给你了。然后我就吃奶油饼干，我总是能一下掰开饼干，舔里面的奶油……”

小男孩在床上一下就坐直了。那夜晚的奇妙之地太让人兴奋了，他一直说啊说啊，那里有兔子，有玩伴，有小狗，有巧克力——没完没了。最后，他说道：“明天早上我一定给圣诞老人做一个礼物，因为他给了我好多东西。”

他躺回去，马上睡着了。伊丽莎白仍旧坐在床边，凝望黑漆漆的夜。内心哀号恸哭，却没有显露出来。

“噢，上帝呀，救救我吧。”她轻声低语。

伊丽莎白的思绪完全乱了套，或者说，她根本理不清任何东西。她只不过在恐惧，整个生命都停滞了。她渐渐失去了自出生以来就形成的性格，这种性格把一件接一件骇人听闻的事推到了一边。一个人静静地坐在夜里哭泣有用吗？昆虫们在园子里忧郁地自言自语有用吗？一个人曾时时善良、温柔、幽默，却无法理解那永恒的残酷野蛮，有用吗？不，都没用。她慢慢爬回床上，时睡时醒地打着盹儿。一杆枪兀自出现在她眼前，一只看不见的手扣动扳机发出“咔哒、咔哒、咔哒”的声音。枪沐浴在一片黄色的光线中，在她眼前发着光。耽说：“他不会五年后才死，他今年就要死了。”

伊丽莎白睁开双眼。天已微明。她似乎躺在一池冰水中，从头到脚被冷汗浸透。

汤姆把叉子举到一半，又放下，然后把满盘食物从自己面前推开。这一举动实在太奇怪了，伊丽莎白也放下叉子，惊讶地盯着他，因为似乎从来没有什么东西可以影响到他的胃口。

“我受够了。”汤姆说。

他看着伊丽莎白，大大的眼睛里满是痛苦。

“你没有听新闻吗？”汤姆说，“我的国家侵占了柬埔寨。”

伊丽莎白保持沉默。她早上迷迷糊糊地从英国广播公司国际广播电台收听世界各地的新闻：非洲发生军事政变，中东危机，伦敦公共汽车司机罢工——没完没了地播放着。汤姆如此重视柬埔寨，倒让伊丽莎白很尴尬，因为她很难听出或抓住汤姆话中的含义。

“我搞不懂他们干什么非得把自己卷进国际事务中，”他继续说道，“无论美国走到哪里，她只给穷人可口可乐和口香糖，这些穷人压根不在乎经济的快速发展。”

经济的快速发展是汤姆很爱讲的话题。他急切地想让伊丽莎白对此留下深刻印象，认为她应该在道义上支持卡斯特罗（Castro）和尼雷尔（Nyerere），因为这些人主张快速发展经济，当然也包括在政变中被推翻的恩克鲁玛（Nkrumah）。伊丽莎白反对时，他以异常冷静的口吻说：“恩克鲁玛确实犯了一些错误，仅限于此。但他主张经济的快速发展。”

现在，汤姆转向伊丽莎白，说：“在我的国家，唯一支持经济快速发展的人就是黑人民权运动人士……”

汤姆突然跳起来，拳头高高举到空中，说：“黑人力量!”

伊丽莎白抬起头来，担心地看着他：“黑人真的这样做了？他们真的像这样高举拳头吗?”

汤姆低下头，惊奇地看着伊丽莎白。“当然啦!”他说，“这就是口号!”

“我不喜欢，”伊丽莎白生气地说道，“只需一个希特勒就能爆发。”

“什么!”汤姆喊了起来，“你疯了吗？人们在要求自己的权利，我敬佩他们。”

“那希特勒又在做什么？他也是高举拳头的。”伊丽莎白说，几乎掉下眼泪。

汤姆坐了下来，诚挚地看着她。“这不是一回事，”他说，“他们做得对。你不了解美国。”

“我不喜欢只供黑人专用的兄弟会，他们不会想要你的，你不是黑人。”

“我才不在乎呢！”汤姆说。

在伊丽莎白的内心深处，这对话愚不可及。汤姆对待政治，就像对人一样，茫然地拥抱一团模糊的东西。和他争，无异于和一个蠢人争——如果说天生的慷慨可以被称为愚蠢的话。而汤姆对伊丽莎白也持有同样的想法。

“你到底怎么回事呀？”汤姆问道，“为什么你非得和所有人唱反调？为什么非要让自己与众不同？”

“我把注意力放在别的地方，”伊丽莎白说，“我关注的是人类整体，黑人也在其中，而不是大千世界之外的畸形怪胎，在身上贴着黑人力量或诸如此类垃圾的标签。”

汤姆低下头开始吃饭。

“汤姆，”伊丽莎白很认真地开口，“一旦你让自己成为一个怪胎，与众不同，任何一个混蛋就开始利用你。在非洲，这是激烈战争的一部分，政客们首先跳上乐队花车，宣传过去的苦难。他们是非洲民族主义人士，为过去哭泣、哀号，以驱散人群。那么，为什么他们一旦进入政府，就偷偷摸摸、欺骗百姓呢？他们认为非洲人民毫无尊严、地位低贱，不过是一无所知的文盲，所以他们觉得，他们可以从那里起来，偷盗、欺瞒、挥霍金钱。每每发生一次政变，就有人行鸡鸣狗盗之事。然后，另一个人窃取，有了另一场政变。他们从不明白，发生这一切的根源在于他们给了文盲大众什么。”

汤姆点了点头。“你对非洲的看法是对的，”他说，“但你对美国的看法错了。那儿的人都是有文化的，他们知道自己在做什么，他们在做正确的事。”

“高举拳头在我看来是非常无礼的举动，”伊丽莎白平静地说，“我做不到，我会感到羞耻。”

“为什么？”

“因为我看到的本质，”伊丽莎白说，“因为我正在学的本质的东西。”

伊丽莎白优柔寡断，犹豫不决。有人在地狱做过演讲吗？任何只为了少数几个人而存在的天堂，比如黑人力量的天堂，都是毫无意义、毫无用处的。只为少数人存在的天堂是一种想把其他所有人都掐死的冲动。伊丽莎白在南非难道不了解吗？难道当失望巨大而希望渺茫的时候，她没有感同身受吗？南非政府曾有过声明，他们说他们的战争武器足以将非洲大陆在半小时内夷为平地。正因如此，他们戴着面纱，甚至通过增加镇压性的法律来大肆宣扬此事。她带着不安的心，在这里学什么？她静静地站了起来。

“诸如黑人所遭受的痛苦之类的事，就是哲学家和先知曾说过的一切东西的总结，”伊丽莎白说道，“他们说：‘永远不要按照我和我的思路去思考——死路一条。’但他们说得那么恰如其分，就在菩提树下。这不会对人类造成任何影响，哲学家和先知的总结针对的是一个排外的追随者圈子。黑人彻彻底底地学会了这一课，因为‘我和我的以及你这家伙见鬼去吧’激发了他们的贪欲，使他们成为活生生的受害者。你认为他们的灵魂在哪儿，在遭受了数个世纪的苦难之后？他们先于佛陀和耶稣，并能够给未来制定条款，不是针对任何一个特定的圈子，而是全人类。”

伊丽莎白停了下来。她是一个优秀的演说家，她让她的这个听众入了迷。小男孩早已学会对家里的大戏视而不见，继续吃饭。“汤姆，”伊丽莎白柔声说道，“如果你看待黑人世界的方式和我一样，你会感到害怕。精神分析再美，和真实的东西一比，也无关紧要。我就是这样认为的。”

伊丽莎白把头转向一边，想起不久前曾和她说过话的那些穷人，他们那伤痕累累的表情。伊丽莎白举起一只手，又轻轻地垂下去。

“那是佛陀说的，”伊丽莎白说，“戒贪欲。他们把这整个思想都放在这个姿势上，在这只轻轻下垂的手上。这是一只不想拥有任何力量的手，因为权力和野心从未成为他们世界的一部分。他们对我说：‘我们是一个遭遇过苦难的民族。’他们给我看他们那赤裸的双脚，长期以来，他们受到四面八方的追捕，他们的双脚割伤了，鲜血直流。我们默默地看着彼此，眼神交汇，他们说：‘你是真实的吗？因为我们是真实的。我们深深地了解恶，并知道如何结束它。我们知道它的根基，我们知道它的缔造者。他们绝对不是挤在我们周围的白痴，他们不是它的源头，不是把它制造出来的那个强大工厂。而你是知道的。灵魂的傲慢及它对统治和威望那势不可当的贪欲愈燃愈烈，该如何呢？你不知道这所有的一切吗？先是恐惧的泉眼，接着是恐惧的河流，然后是恐惧的海洋？’我真是目瞪口呆，汤姆。从那天开始，我看待问题的眼光就很不一样了——非洲不是正在崛起，它已然雄起。这要看你把重点放在哪儿。我看重灵魂，如果灵魂基本没有问题，那其他东西就会井然有序。这就是我的抗争，这是黑人的力量，但这种力量属于全人类，全人类都可以共享。”

汤姆的心一经触动，就感觉一飞冲天。他朝伊丽莎白转过头来，脸上似乎散发着光芒。他压低嗓门说道：“噢，噢，噢，对的。是的，没错！”

伊丽莎白回望着他，眼里满是痛苦。她说得很艰难，一股可怕的拉力直把她往下拽。地狱！苦痛！她几近崩溃，坚持不了太久了。淫秽的声响彻底冲击她的神经，就像一束电流的冲击波，而一只手在另一端牢牢地按着电流按钮。

“汤姆”，伊丽莎白说，“人的内心会有良善唤醒的时候，我从未认识到这点，直到……”

话还未说完，汤姆突然转向她，眼睛因惊讶而睁得大大的。

“几年前，我也有这种经历，”汤姆喊起来，“这种感受太强烈了，所以我决定成为一个牧师。我走出家门，和一位比我大的人讨论这事，他对我说：‘汤姆，把这种感觉带入人们的生活，它会悄悄地产生良好的效果。你去战场上试试它的力量。’几天后，我想：‘这世间几十亿人口需要什么？’是食物。这就是为什么我投身农业……”

汤姆埋头片刻，而后慢慢摇了摇头。

“我有时痛苦不堪，”他说，“我做的事，后来使我羞愧难当。”

伊丽莎白看着汤姆垂着的头，静静地想：“我要把他利用起来，我要把他视作男性崇高的象征，把他说的每个字都和我内心的混乱相比较。哎呀，就在那个晚上，我说‘上帝’，没有人回答我，也不是我喜欢的那种回答方式——有明确的同情和温柔。吐口水、发嘘声就是我得到的回答，再没有任何其他东西。”

那些面带笑容的村妇，曾和汤姆说：“汤姆！汤姆！到这儿来帮帮我们。”

“我为什么不这样做呢？”伊丽莎白心想。于是转向汤姆，说道：

“汤姆，你喜欢照顾人，你愿意像照顾其他人那样照顾我吗?”

情感一贯不受控制的汤姆，猛地朝伊丽莎白转过身来，几乎要把自己的整个生命都融入伊丽莎白的生命中。然后，他故作高冷，却热切地说：“愿意。”

在其他情况下，耽本该是个完美主义者，大师级人物。他那双鹰眼透视人性，能抓住人性的所有弱点。大师们的做法都一样。他们把胆小如鼠的信徒逼至角落，这些人被吓得瑟瑟发抖。但他们柔声说道：“克服自己的弱点，兄弟，老鼠能顶天成神。”他们的语调具有安抚功能，能温和地重塑人性。耽的鹰眼无所不及，他看穿伊丽莎白不计后果、无法忍受任何羞辱的本性，他目睹之前一年，美杜莎和棕色西服色乐不断地、无缘无故地殴打伊丽莎白的事，他看透隐藏在这个无端受到折磨的牺牲品内心那几欲喷薄的怒流。“现在，我知道如何处理这事了。”他颇有信心地说。

伊丽莎白会爱上敌人，尤其是心胸开阔的敌人，不过爱得极其肤浅。如果他俩距离日东月西，这当然是有利的。明白了这一点，伊丽莎白常常在自己厌恶之前就挑起战争，往往大动干戈，最终不可挽回。独自一人时，伊丽莎白苦苦思索，试图厘清利弊得失，他们往往并非慷慨大方之人，而是卑鄙悭吝、小气压抑之徒。

“我将永不再见某某人。就这样。”

这似乎是不爱的权宜之计，从令人窒息的环境中抽身而出，因为爱情基本上是一场情感的暴风骤雨，只有伴随会心的慷慨和坦诚，爱才能开花结果。

伊丽莎白无法将色乐归类，他的行为时好时坏，他曾表现得完美无缺，却又往她脸上扔粪。伊丽莎白对真实生活在村里的色乐的了解不过是道听途说，而他的另一种声音，有着默默而坚定不移的真诚，能够让伊丽莎白勉强抵住那种狂暴的污言秽语。两种声音似乎常常融为一体，而一双如鹰般锐利的眼睛可以轻易让她看清自己的心思：对这人既有点感情，又心有怨恨。但这点感情轻易就会散去，让人抛诸脑后。

耽不只密切观察伊丽莎白，他的鹰眼正投向非洲。这些社会缺陷在他心里反而被加强，让他在伊丽莎白面前自我标榜为非洲男子的典范。伊丽莎白后来痛苦地喊道：

“噢，这污秽的环境，男人睡自己亲生的小女儿，以及其他骇人听闻的恶行。”

这是耽把自己的性格投射成非洲性格，并开始将这一切化为非洲的肮脏淫秽之物。非洲社会的弊端，首先是非洲男人对性事的放纵和不负责任，没有爱，没有温柔，没有个人对女性多情疼惜的过渡，只有性，但这也不下流，因为女人的精神和肉体都有相应的需要。其次是一种残酷，真正的恶意，似乎源于巫术。这给精神造成了持续的折磨，让承受折磨的人永远处于恐惧状态。

一旦把它们施在你身上，就不会停止，直到你完全发了疯，然后，它们不过露齿一笑。

他完美地将这两种缺陷结合起来，却将社会美德与力量那宽泛模糊的主体视为无用之物而弃之不顾。关于性，他加入了同性恋和其他各种变态行为。关于巫术恐怖，他加入了自己内在灵魂的超级持久力，他在战争中比谁都能打。这一切他都介绍给了伊丽莎白。几年前，伊丽莎白通读过两卷《奥斯卡·王尔德审判》，之后，又读了关于王尔德的传记，传记的作者是个女的，她对英国社会斥责他的同性恋行为深感恶心，她平静地说："一个男人在哪里排泄都无所谓。"伊丽莎白曾接受了这个观点，认为这是人们对任何越轨行为做出的最后声明。没关系，有雅量是一回事，但让一个极端变态的人把他的灵魂塞进你活着的身体，又是另一回事。就像在烂泥上行走，踉跄、侧滑、畏缩。就像不再有消化系统，一具不可思议的躯体，布满血管——单单只有一张嘴和一条食道，食物直接成了排泄物；天空、繁星、地球、人类、动物，也都是排泄物。就像生活在公共厕所的性变态，当在公交车、电影院排队买票时，这种人紧贴着女人。女人转身说："你别挨着。"直直映入眼帘的一张脸，带着无法理喻的傻笑，似乎在说："你不就喜欢这样？我只这样做，我只知道这样，这是我的命根子，你也是这样的，你不过在装蒜。"

这就仿佛人们，普通的正常人，将自己的隐私暴露在伊丽莎白面前一样。那天，两个男的让她搭便车去镇上，这时，耽打开了他的同性恋录音。他迫切地想要让伊丽莎白牢记，这个现象很普遍。录音传来：“他们也尝试了。我们所有人都做了。我们尝试一切。”

这两个男人是朋友，他们一同烧菜做饭。他们喜欢异域食物，并经常相互竞争发明新的菜肴，其中一个男的笑出声来。录音里说：

“你看，这就是为什么他那样笑。”

伊丽莎白坐在两个男人中间，胆战心惊，一动不动。录音不停地响着。到了晚上，她受不了录音带来的压力，病倒了。似乎耽在为自己高尚的忏悔做准备，那天晚上，他用一种令人敬畏的声音，压着嗓子低声介绍了杭济先生与他生命中最大的危机，他曾在灌木丛里和杭济先生颠鸾倒凤。他对伊丽莎白说：

“我羞愧难当，差点自杀。真男人之间不会发生这事。”

可怜的杭济先生没穿裤子，正站在一块花田里。

接着，耽对伊丽莎白说：“你不应该想这事，这事让我很痛苦，我得活在你心里。”

这让伊丽莎白悲痛欲绝。他忏悔的声音如此哀婉，伊丽莎白在脑子里不由自主地为他辩解：“这事当然没关系，我对这一话题并无任何固有看法。”但她越这样说，心里越升起对男人强烈的厌恶与恐惧。耽一直在那里，眼睛如蛇一般静静地、一动不动地看着她，准备伺机扑过去。他又悄悄打开一个录音：

“我只试过一次，但色乐有一个全天候的，他们一直做这事。”

伊丽莎白双手颤抖着，和着一杯水咽下两片安眠药。她觉得自己会睡一会儿。然而，她的思绪飞转，进入一片广袤空间，色乐冒了出来，和伊丽莎白对他的最初想法一致，但这次是一副巨大的恶魔样，脸上长着绿色的疹斑，嘴巴因肉欲腐化而肿成一团，耳朵长出尖尖的角。他和伊丽莎白面对面，就像托科，突然带着曼巴毒蛇出现在她的房里。伊丽莎白滚下床来，平躺在地毯上，昏了过去。过了一小会儿，她的神志才恢复，想到那个安静地坐在椅子上的僧侣，她大声说：

“色乐，你真的是撒旦吗？”

回答她的是死一般的寂静。

伊丽莎白开始狂乱自语，有什么东西正在坍塌，她实际上说着与自己感觉相反的东西。她说：“上帝，色乐不是撒旦，他喜欢我，上帝。我不介意把头磕到地上，以怀念他说过的一切美好的东西。邪恶的是女人。你以为我在乎一切深刻在我内心的恐惧？我只是为所有的伤害感到难过，我真的也很喜欢他。”

她在对着哪个上帝祈祷？她猜想自己控制了神经系统，企图粉饰太平，转身爬回床上。那巨大的撒旦影像似乎正等着引起她的全部注意。他也转身了，他的脑子里有了一个约会地点，他正靠近他的小女孩，小女孩曾一直紧紧抓住他的棺木不松手。她举起一只手，呼号着：

“不！不！”

一瞬间，伊丽莎白突然清醒，她在黑暗中看向时钟，凌晨三点。她想：

“我只要不闭上眼，就不再看见这个。”

伊丽莎白一直坐到天亮。一整天头都突突地疼，在封闭的痛苦的世界里，她举步维艰。

那天晚上，伊丽莎白坐了整整一夜，什么都没有想，只是睁大双眼凝视黑暗。到第二天中午，她站着就能睡着。这是一个星期六的午后。她设法给了小男孩一点午餐，小男孩跑上土路，去他玩伴儿的家里了。不到太阳下山，他是不会回来了。伊丽莎白又吞下一些药片，爬回床上，眼前一时发黑，梦魇因精神衰竭而碎裂。耽，这场仪式的主人，站在她面前，发出强硬的命令。

“快点，”他粗野地说，“让他走，你在留住他的自制力。放开！放开！”

一条灯丝一般的脐带突然出现，另一端连着色乐。灯丝发出白炽灯的光芒。她正看着，灯丝就从中间断裂、蜷缩，然后熄灭。随着一声长长的尖叫，色乐那巨大的撒旦影像张开它肿胀腐化的嘴，像醉汉一样跌跌撞撞，然后，像精神错乱的海德先生，跳进他的绿卡车，飞驰出了莫塔本村；又在路上停下来，匆匆下车进了灌木丛。一个小男孩正在放羊，他开始攻击他。

星期一傍晚，伊丽莎白一如既往地打开收音机听综合新闻，听到灌木丛发现一具小男孩尸体的新闻。这个小男孩曾独自一人牧羊。总有人死在灌木丛里，一个月总有两三个，那里到处是野生动物，特别是危险的蛇。但这个是怎么回事？伊丽莎白开始觉得自己的梦魇是真的，耽和隐藏的熔岩合二为一。那就是耽曾等待的一切，等待熔岩的喷发，那是一种对色乐盲目的憎恨。伊丽莎白觉得，像这样的一个男人，真的应该去死。她不了解耽。耽转过身，按着对讲机的按钮，对楼下的男孩子们说：

“准备哒水泥。”

哪怕相信一千个人都做恶事，也无法相信色乐的恶行。耽打开色乐的戏，声音低沉、沉重，而又毫无遗漏。

色乐的小女孩因精神崩溃而进了医院。这孩子痛苦不堪，左右摇晃着自己的脑袋。闲言碎语已经在村子里传开，但他有钱，可以收买任何人闭紧嘴巴。那他作为先知的名声呢？人们都在摇头，这画面很真实。然后，耽吼出来：

“他乱了阵脚！那些预言不会成真！他乱了阵脚!”

耽慢慢地走向伊丽莎白，手里藏着什么东西。他的整张脸黑沉沉的，似乎怒火中烧，风暴欲来。他的声音里带着强烈的恐吓：“你看看这次你都协调了些什么?”

他抬起手，一记重拳打在伊丽莎白头上。伊丽莎白的头炸裂成无数碎片，她眼冒金星，陷入黑暗之中。整整两天，她都躺在床上，不省人事。

肯诺西来了，她坐到床边的椅子上，此时的她是沉默的、独立的、现实的。干旱的天气一下子变成了可怕的倾盆大雨。她对伊丽莎白说："大雨冲走了菜园里足有一张床的量的西红柿，我能看见水穿过篱笆的地方。我有什么必须做的吗？"

伊丽莎白的头抬不起来。

"汤姆在哪儿？"她耳语般地说。

"他已经走了。"肯诺西不带感情地说。

"你能在栅栏外挖一个排水沟吗？"伊丽莎白说，"水就顺着排水沟流下去了，不用穿过菜园子。"

"这我能做。"她说。

肯诺西坐着，看着伊丽莎白，神情莫辨。

"你怎么了？"她最后问道。

"我得了流感。"伊丽莎白说。

"你好像病得很重。"肯诺西评说道。

肯诺西仍然坐着，双手松松地叠在大腿上，似乎并没有特别感到或想到什么，只是凝视自己的前方，神情严肃。突然，她转向伊丽莎白，脸上带着一种可爱的恳求。

"你一定要留在园子里一辈子，"她说，"没有你，我干不了活。这几天，人们都在取笑我。他们说：'肯诺西，你的老师在哪儿？你不在学校里。'人们从来没有见过哪一个园子像咱们的园子。它一天就成那样了。”

伊丽莎白挣扎着坐直身子。这个女人让她起死回生，回归现实！致命的头疼似乎也得到一点缓解。伊丽莎白掀开被子，站了起来。

“我去泡茶，”伊丽莎白笑着说，“明天我就回菜园。”

肯诺西有点激动，沮丧一扫而空。园子已经是她的整个生命。每天，她走进园子，裙子轻轻摆动，女人在菜园的一举一动像是在照顾家里的方方面面。她承担了主要的苗圃准备工作，工作时精力高度集中。村里的女人将她团团围住，既迫不及待，又十分新奇。她们知道卷心菜和西红柿，这是从约翰内斯堡运来时仅存的蔬菜。但是，什么是绿色的豌豆和“懒惰主妇”的红花菜豆呢？这些菜怎么个烧法？肯诺西转向伊丽莎白。

“人们不了解咱们这里的所有新东西，”她故作哀怨地说，“那些女人说她们可从不买绿色的豌豆。”

但肯诺西的眼里，闪烁着强烈的自豪感，一种开拓者进入奇妙的未知世界的自豪。

这有点类似于《麦克白》或《哈姆雷特》中怪异的病态场景。色乐坐在自家的一把椅子上。门铃响了，他把头转向门，他的妻子走了进来。

“是医院？”他问。

“不，”他的妻子说，“是孩子们。”

“让他们进来。”他说。

伊丽莎白看着他妻子。他妻子面无笑容，浑不在意地大步走去，仿佛堕落之事在她的生活中司空见惯。伊丽莎白看着色乐。色乐面无血色，像一副封冻的面具，又如垂垂老者的脸一般干瘪且遍布皱纹。村里的孩子们排成一条长队，鱼贯而入。他们叽里呱啦说个不停。色乐旁边有个盆，装满了面包和果酱。他递给每个孩子一片面包。孩子们站在那儿咂着嘴，吃得很大声。分完所有的面包，他把孩子们喊出了房间，朝伊丽莎白露出惨白的笑，说：

“你看，我给孩子们吃的，来弥补上个星期发生的事。”

他站起身来，一瘸一拐地慢慢走到床边，躺下。这时，一直坐在房间角落里的耽站了起来，拿一条白色被单把他整个人盖上了。

“不要盖上我可怜的小鼻子。”色乐傻笑着说。

这是两人首次一同出现在伊丽莎白的梦魇里。如此滑稽地提到他的鼻子，应该是出于对耽那英挺的大鼻子的嫉妒，就这样提出来。耽无动于衷，无情地发怒。突然，他转向伊丽莎白，声色俱厉地说：“去那儿躺下！”

起初，伊丽莎白自动朝床边走去，但她坐上床时，床塌了一部分。她跳了起来，眼泪夺眶而出。色乐流露出悲哀的神情，他也从床上跳开，目光里带着恳求，看向耽，又转向伊丽莎白，呜咽着说：“他们要杀了我。”

伊丽莎白号啕痛哭，她吓坏了。她余光扫到耽走到一把椅子处坐下，他身体前倾，双手放在膝盖上，深深陷入沉思。然后，他大声地自言自语：

“我怎么会吸引她?”

耽站了起来，静静地看着伊丽莎白。色乐呜咽着，从头到脚都在发抖。伊丽莎白继续看着耽。耽已经完全控制了局面，全身无处不在诉说对色乐邪恶的愤慨，并以一种陌生的眼光盯着伊丽莎白，眼神不是威胁，但的确是威胁；眼神柔软得没有仇恨，但确实就是仇恨。犹如一只静止不动的蝎子，以一种警惕的姿势，随时准备进攻。耽默默地估量着伊丽莎白。她真的相信色乐曾猥亵过自己的孩子吗？一切都源于噩梦。只要能控制噩梦，耽什么腌臜事都编得出来。他开始转移话题。色乐已经承认了无数恶行，但发生在黑暗的过去，在没有任何记载的文明中，因为那天，已经公然使用灵魂的力量，完全是滥用，导致一切以爆炸的方式告终。色乐回到那黑暗的过去，承认自己的主要恶行，还拽着伊丽莎白一路旁观，有选择地向她披露。一个小女孩曾沿那条路走着，她故作天真地转动眼珠，而现在的孩子不这样，他们一般都分开住。简言之，他们都在成人的激情之外，这东西他们确实不懂。就像光一旦来了，黑暗之门就关上了，而法庭会消灭掉留在人类潜意识中所有的恐惧。凭一人之力无法解决这些问题，因为这对伊丽莎白来说非常陌生，她的脑子完全是一片空白，无法思考。

呵，她觉得自己如此轻易就逃脱惩罚了？耽打开了一些录音：“孩子就要死去，孩子要自杀。你对此要做点什么？”

更富戏剧性的是，他带来一个细细窄窄的白色棺材，放在她旁边。伊丽莎白的大脑仍然不肯运转，什么都想不出，无法就此情形进行评说。而她知道，孩子们意见无数，他们一贯谈论日常事件的方式如下：

“尤利乌斯·凯撒现在多大了？”

“我去以色列，会遇见摩西吗？”

“我能测量月球吗？”

“你说有仙女，嗯……我见过一个。”

“你必须建个烟囱，圣诞老人才能进来。”

“我杀死了玛-塔莉曼（Mma-Taliman）的一只鸡，她会揍我吗？”

“我能有五分钱买糖吗？”

“我能参加足球赛吗？”

“我不想睡觉，我还忙着呢。”

“给我讲个故事吧。”

……就这样没完没了，无休无止。

到了那星期的星期日，伊丽莎白再次崩溃。这表明，她要接受不可能的事——色乐猥亵过自己的孩子。色乐说过：

“你意识不到你变恶的那个点。”

对伊丽莎白来说，这就是那个点。后来，她试图给自己找一千个借口，却始终无法接受自己内心的崇高已经坍塌。可谁曾遭遇她的境况呢？谁曾认同，恶是一种从外界入侵的强大力量？谁曾一度活在可怕的秘密和那样的噩梦中，真假难分？

“不是我的错，”伊丽莎白一遍又一遍地说，“我不是非洲部族的人。否则，我早就知道确切的真相，色乐是好是坏。非洲部族的人之间没有任何秘密。我被拒之门外，不能参与这个世界的日常事务——耽了解我的无知并加以利用。他做的多得多。他狠狠地袭击我，疼痛使我失了心智。”

对那个星期日的唯一记忆，就是那只住在她窗外树上的小鸟。正午时分，这只小鸟开始为自己鸣唱，用震颤的歌喉欢迎迟到的夏雨。这些天，它早上醒来，说天总是雾蒙蒙的，而且它的树屋有水珠滴下。蠕虫、甲虫和蚂蚁一爬出地面，它就狼吞虎咽，把它们都吃掉。它的食道塞得满满的，而它现在就有时间欣赏周围的美景。突然，它飙出一个高音，荡漾在弥漫着晶莹雨露的空气中。整整一秒，它的高音婉转。伊丽莎白记起，自己曾想过，有些人能死在美好的环境中，因为疼痛灼烧她的头和四肢，她似乎精神错乱，已慢慢接近死亡了。她闭上了眼睛。

耽在那儿，他在笑，笑容却不舒心愉悦，倒像一只蜘蛛被苍蝇逮住的样子。他向伊丽莎白亮出连环箭，显然他就用这个一直攻击她，并表明，这就是她发热生病的原因，然后他说：

“我为你准备了一顿丰盛的晚餐。”

“完美身材小姐”走进来，耽坐在审判席上，是时候放松了。“完美身材小姐”的入场非常隆重，淡棕色的双腿又长又直，她略微撩起短裙，黑黑的眼睛带着笑，转向伊丽莎白。接着出现一张她的特写照，上面她拿着一个棕色巧克力蛋糕，蛋糕上涂着奶油巧克力糖衣。然后，耽带着约会对象隐退到黑暗中。突然，耽又出现了，惊慌失措。“完美身材小姐”出了大问题。他手中握着圣水权杖，罗马天主教神父举行大弥撒会用到这个。他严肃地举起权杖挥舞着，天知道他在做什么，可能是在为环境祈福吧。一些凉凉的水滴落到伊丽莎白身上，她感觉像是冰点洒在她滚烫的身体和灵魂上，可以抚平她的伤痛。她的部分理智，依然在随心所欲地观察，带着默默的蔑视，笑看一切。上帝，以及对上帝这一概念的任何表示，在她心里，与那些传教士的花招和愚行清清楚楚地区分开来。

不管怎么说，耽对他的权杖非常满意。现在伊丽莎白的身子稍好一点，能起来给孩子准备午餐，但发现耽如老虎钳一般牢牢控制着她。这种感觉，如同格列佛被一千根木桩定在地上一样。如果耽可以这样把她撞倒，她显然无力招架。

午饭后，伊丽莎白爬回床上。

耽还在这里，他需要超凡的东西。“温门小姐”飘然而入，双脚摇曳着爵士乐的节奏。最妙的是，这次耽站在一道光幕之后欢迎她。她穿着黑色丝裙，要维持耽和伊丽莎白之间的平衡，因为耽的灵魂太强大，无法直接和伊丽莎白接触。她拨开光幕，满怀信心地进来。显然，一片光幕把他们都连在了一起，正因为如此，光幕后的事件才吸引人。然后，他打开录音：

“你应该感到嫉妒。”

“因为你太差，我才和那些女人在一起，你达不到我的标准。”

同时，他一直保留的几乎静止的色乐的小女孩的画面被点开了，小女孩天使一般的脸庞却以死亡的样子呈现。这如同达摩克利斯之剑，悬在伊丽莎白头上。

到星期一上午，伊丽莎白的精神异常警戒。这简直是地狱。那男人如此可怕，伊丽莎白压根不喜欢他，也尽力想让自己的理智回笼。可耽一直密切关注伊丽莎白的所有心绪，对此早有准备。耽朝着伊丽莎白猛冲过来，如暴风席卷，满带沙子和尘土。暴风横扫之下，一切似乎即将消失。

“完了，”耽说，“完了。你若离我而去，我会没命，因为我一切都没有了。”

耽准备打开录音，以令人毛骨悚然的哀哀低音，述说他们曾在晦暗的过去共同隐藏的大爱。伊丽莎白应该忠贞，决不背叛爱。耽就那样跳向过去的爱，普及一切，无所不包。在那里，他们是不是不同的种族似乎并不重要，就像现在——他是非洲人，她是混血儿。可现在，真是祸患！或许，他们前世曾幸运地来自同一种族，成为爱人，可以从“根上”和平地将彼此的灵魂合而为一？

回想过去，有东西清晰地浮现在她的脑海里。这男人把她当傻子一般。耽把什么表演都搬到台上，让她推理。色乐悄然退场，他已出色地扮演了一个性变态，幕间休息之后，他要带着自己的男朋友再次出现。耽有一段幕间可以展示自己对女孩们有多持久。她们都有谁？“鹈鹕喙小姐”（Miss Pelican-Beak）、“斧头小姐”（Miss Chopper）、“粉糖霜小姐”（Miss Pink Sugar-Icing），这些是差点和他结婚的女子。“糖梅小姐”（The Sugar-Plum Fairy）、“完美身材小姐”和“温门小姐”，还有“啪嗒啪嗒女士”（Madame Squelch Squelch）、“宽臀女士”（Madame Loose-Bottom）……名单没完没了。但这一切之前，有一个短暂的平息期。耽抓住伊丽莎白的手，表明好像有什么把他们永远联在一起——那种美妙感觉，其他男人都给不了她。这就像一种稳稳的心灵感应，从他的手中传递到伊丽莎白的手中。伊丽莎白满意吗？他给她那么多！没什么女人能得到那样的心灵感应。哦，不，伊丽莎白毫不领情。她曾经的生活远不是这样，那时她的灵魂属于自己，内心平静，任由自己的思绪漫步在各种梦幻的道路上。她有喜爱的作家，把他们的书摆在床边，每晚都会把书中最值得称道、让人翱翔的段落读了又读。他们似乎和她一起变老，只有她的心智成熟了，才越来越理解这些人的抗争和努力，感同身受。伊丽莎白曾试图拾起这些书，但她和书上的文字之间，缠绕着耽那可怕的录音：

“他是个同性恋，他跟世上任何东西睡。”

谁在说这个给谁听？他和色乐似乎都在对对方说这话，这二人已合并成她内心的恐惧了。

私人思想的优雅之路，如同风扫过弯道，完全被阻挡，却不知弯道通向何处。灵魂的平稳步伐和坚定不移已被卷走，取而代之的是洪流般的秽物。伊丽莎白无法把一件事从另一件事中分开，耽害她被动成为观察地狱的女王，还有谁能获得如此殊荣？这倒真让人振聋发聩。在黑暗中，伊丽莎白的脸转向墙壁，突然发出一声痛苦的哀号，久久不停：

“天啊，我到底怎么了？我过去做了什么，要承受这么多？我现在都没有时间来犯下重大恶行。那些有爹妈生、没爹妈养的人，额外警觉生活中的危险。你知道那个男的吧，叫伍迪？我很抱歉我吻了伍迪，一个已婚人士。这是我唯一做过的坏事，可我吻他是因为我们交往已久。再说他根本不怎么会接吻，我从未想过再吻他一次。我想不到其他坏事，除了有一次在商店里偷拿了点腋下香，对此我也很难过……”

等等，等等。黑夜里，只有昆虫还在自言自语，它们的独白哀哀戚戚，久久徘徊。耽一直听着这些对着上帝、对着墙的独白。所以，她竟然压根不在乎他注入她手里的那份感应？这是无比特别的东西，他那么小心翼翼与之分离。耽开始狂暴地猛砸东西。

“我受不了了！”他吼道，“我受不了这种呻吟！”

他飞奔而去。他看起来真的就像那个超级油嘴滑舌的花花公子卡萨诺瓦（Casanova），对一切关于女孩子的事情都了如指掌。伊丽莎白难道看不到英俊的侧影怒火中烧，看不到昂贵的西装？耽，女人之王，却纡尊降贵，和一个下等垃圾交往——他多么狡诈，就这样传达她是下等人。他的良心应该一直是他烦心的事，连傻子都能看穿这是他为反对色乐而捏造的阴谋，所以他转移重点——这一切都要怪伊丽莎白拒绝他注入她的那份感应。伊丽莎白得为此付出代价。伊丽莎白整夜整夜发烧失眠，靠着大剂量的安眠药，他跟女孩们的行为才变得支离破碎。他们毫不隐晦地盘剥和利用他们的受害者时，有没有离开过？瞧不起的，他们就万般唾弃，但除非把命都吸干榨尽，除非一切荒芜，否则他们绝不会离开。

伊丽莎白能坚持下去，并不是好的体力在支撑，而是靠一种正常人本能的却又模糊的行为模式，连同她所做的工作、每天遇见的人，以及一个令人兴奋的具有创造性的项目的展开，这有着激动人心的创造可能。但一个人最终成了其不断抗争心魔的复制品。任何一种心魔都比正常人的行为准则强大许多，因为这些准则并非为他而生。

一个人为创造美梦而生，那他似乎对此事已做好方方面面的准备。尤金站在一堆人前面，那些人是莫塔本村中学的教师和村民，前来参加本地产业项目店的开业典礼。他谦逊地摆摆手，眨眨眼，温和而随意地说道：

“大家都知道，我们店内的所有商品都是我们亲手做的。少数几个人对建设本地产业信心十足。他们耐心做出这些东西，不求回报。我们店归所有成员共同所有。我们合作经营，一切资源共享；我们互相依赖，在合作中学会新技能。我们每组派出一个成员，解释或说明他们为我们店的商品生产都做了哪些工作。”

他走到一边。那些粗糙的自制品的生产者坐在一起，和访客们分开。一个年轻女孩从人群中站起来，走到中间的空地上。她很漂亮，自信满满，把缝纫组最新制作的所有衣物都穿在身上。她摆着可爱的姿势，模特一般展示一条宽松的蓝白圆点的直筒连衣裙。她举起手臂上的一只粗绳编织的购物包，包的样式很别致。她的脖子上的一条项链，是她用莫拉克树的种子串成的。

“我们做裙子、购物包和项链。”她说。她的笑容甜美，然后坐了下来。有人低声赞许，无疑是同意女孩美到极致。

一个陶轮被拖至中间的空地上，又一个年轻女孩走上前来，坐到和轮子相连的座位上。她在身边放了一小桶水，左手放了一团湿黏土在陶轮上，接着轻轻地在黏土上洒水，并用脚踩陶轮下的踏板。她腼腆而专注，很快将黏土塑成一个花瓶。然后，她站起来，指着一个架子，上面摆着陶器工作组的商品，都是一些又大又重的家用陶器，厚实而牢固，上了一层亮釉，上面还有当地的野花和野兽图案。

“我们做茶具、餐盘、杯子、罐子、烟灰缸、碗和花瓶。”她说。

一个老人挪步上前，眨了眨浑浊的眼睛，支支吾吾地说：“我用土和沙子做成砖块，我在窑里烧砖。”

他举起一块烧过的红褐色砖块。他的窑就在菜园栅栏外面。他整天围着窑转，对身边发生的其他事不闻不问。伊丽莎白喜欢驻足，安安静静地看老人拿着砖块来回不停地走动，仿佛砖块组成了他人生的全部。肯诺西曾告诉她，老人原来是村里做篱笆墙的——人们造房子，他就给他们造好篱笆——到晚年，他转而烧砖了，或许是渴望做点新东西。

接着肯诺西走上前，解释园子里干的活儿。她的头微微偏向观众，柔声说道：“我和伊丽莎白在菜园干活，种植各种蔬菜。”

她停了一下，指向一个架子，上面堆满卷心菜、西红柿、四季豆和胡萝卜——这是她们的第一次丰收。人们多喜爱蔬菜呀！赞许声越来越响。接着，她把一个装满土壤的盒子拿到中间，像个魔术师一般，拿起一棵长在塑料袋中的巨型卷心菜幼苗，袋子里装满了土壤。她说：

“我们的西红柿和卷心菜苗就长在塑料袋里，这是最容易的移植方法。我们的幼苗没有枯死，因为它们太强壮了。”

她举起手中种着幼苗的袋子，用手铲在盒子的土里挖了一个洞，再用剃须刀割开塑胶袋的边，一个坚固的土模就到了手里。

她把土模放进洞里，土模最顶部鲜亮的绿叶颤颤悠悠。她把土压实，又把盒子周围的土压平。哦……那伊丽莎白多久给她的巨型卷心菜苗的速成菜园打一次广告？这似乎还不够，她们还有灯笼果呢——又一番神奇的展示。肯诺西说：

“我们在菜园里还种了灯笼果，果实用来做果酱。”

她走到架子边，拿起一瓶菜园产的纯灯笼果果酱。人群中响起一片赞扬声。一些村妇笑了。整个村子都接到过肯诺西和伊丽莎白发的宣传单，罗列了灯笼果的好处和高产。最初，这一奇迹发生在伊丽莎白的菜园里。她种下五十棵苗，三个月后，这些苗长成了灌木，足有两英尺高。一天，她在菜园里走过，注意到灯笼果树丛下的地面上，褐色的果壳铺了厚厚一层。她和肯诺西收获了一大篮灯笼果，不只果实，还看到如天堂里秋天的颜色，或棕或金黄或略带绿色的果子熠熠发光。篮子里的果子有十磅重。正是莫塔本村的沙漠环境，让她们难以置信，直愣愣地盯着这样的大丰收。接下来的一个星期，她们又收获了十磅果实，而且似乎每星期收获十磅果实的情况还会继续，也不知什么时候才会结束。起初，伊丽莎白对手头有如此多的果实完全不知所措，把它们全部卖给了那些莫塔本村中学老师的老婆。到第四个星期，她有了想法，还收集了一切有关灯笼果的可用信息——比如前面格雷厄姆提到过的果酱。在这里，果酱就在当地产业商店里售卖！一张张誊抄的宣传单快速传遍全村，人人都该了解。伊丽莎白写道：

“我们在山谷里有一个大菜园，它是当地产业项目的一部分。园内要种植大量灯笼果树。灯笼果制成的果酱极其美味，制作简单，准备起来很容易，所以我们要把灯笼果卖给家庭主妇。灯笼果富含维生素C，可帮助预防坏血病之类的疾病，是一种家用健康食品。所以，我们希望小孩会来光顾，喜爱灯笼果，而非他们现在吃的各种野生浆果，那些可没有灯笼果这么有营养……”介绍后面附上了制作灯笼果果酱的方法。

村妇们总是路过伊丽莎白家去灌木丛捡柴火。如果看到伊丽莎白在院子里，她们就会停下脚步，笑着叫道：“灯笼果。”这说明她们已经对宣传耳熟能详。她们经常这样做，最终人人都称伊丽莎白为“灯笼果”。

这一成果有了一种旋律：一个彻头彻尾的陌生人，像灯笼果，在莫塔本村扎根，并成为莫塔本村生活的一部分。灯笼果热爱博茨瓦纳炎热干燥的夏季，因为这不就是灯笼果的家乡好望角那地中海气候的复现嘛。

接着，一位老太太走上前，讲了关于羊毛的故事。她把羊毛编织成斗篷或披巾。羊毛工作组进口了美利奴羊（Merino sheep），养在学校农场里。他们剪下羊毛，清洗、旋转、编成毛线。给其染色后，他们在自制的简易织布机上，将之做成披巾、地垫、毛毯及毛线衫。

这些村民露出怀疑之色，听着对生产率的这一切解释，持保留意见。压根没有人告诉过他们，如何用自己的双手劳动并生产出东西。他们一直都是这样做的：把土归拢，筑成自家房子坚硬的泥巴墙；砍伐灌木，当作支撑房顶的椽；割下又长又粗的野草，用来盖屋顶。他们知道怎么过一无所有的日子。参与当地产业项目的人们对自己艰苦严峻的生存生计进行拓展。这一切劳作之后，不止一个人带钱回家，这就是村民们想弄清楚的地方。他们和其他每个人一样，不过是些穷人。店里的物品是些粗制品，外观丑陋，这让他们似乎不太可能成为百万富翁。

同时，那些说自己有东西兜售或叫卖的人总能找到买家。店铺一宣布开张，村民们就急切地站起来，在钱包里摸索着攒下来的几个可怜巴巴的硬币，瞬间就买光了所有的卷心菜、四季豆、胡萝卜和灯笼果果酱。莫塔本村中学的老师们则买下所有的陶器、地垫和羊毛毯，粗加工的蜡烛、肥皂和羊毛脂也都没有了。店主们口干舌燥，便站在四周，喝着冲调橙子粉制成的瓶装冷饮，味道很淡，叫作“芬达”。当天结束时，制造者们看着店铺，商品差不多全被搬空了。一个莫塔本村中学的教师迅速拿这种情形开了个玩笑。

“这里，”他说，“咱们人太多，抢的东西太少。”

因此，当地产业项目应运而生。谷区，各种活动静静地开展着。

露天一块巨大的布告牌上写着：

“奇皮·雅·迪克格模——为您的牛打烙印”

“买家禽”

“买山羊”

“卖砖块”

“尝尝我们的玛郎（Marang）——博茨瓦纳酿造的淡味陈啤”

“水和柴火直接送货上门”

“把您要洗的衣服都拿来”

“‘姐妹’商店有售油脂蛋糕、姜汁啤酒、‘芬达’”

“欢迎光临陶艺坊”

“您的房子我们建”

不一而足。每天，脑子里有了新活动的想法，新活动和工作小组就会产生。就成员而言，这就是一所学校，他们通过简单的形式学会了生产的基本原理。店铺开张后的第一个星期六早上举行了会议，讨论分配和价格问题。成员们都挤进店铺，坐在地板上。一张张誊写的纸传到他们手中，上面是对一星期生产与收入的分析：

人数	工作组	总收入
4	菜园	10 兰特
3	造砖	10.5 兰特

续表

人数	工作组	总收入
3	送水	6兰特
2	送柴	6兰特
1	洗衣	5兰特
1	制皂	2兰特
5	纺织	15.5兰特
5	缝纫	3.5兰特
3	烹饪	4兰特
3	陈啤	4兰特
4	陶器	12兰特
2	冷饮	1.5兰特
36		80兰特

尤金站在黑板前。

“加上其他人员，我们有40个人，分80兰特，”他说道，“那就意味着每个人拿回家2兰特。这是我们做的吗？”

一个老妇人立即轻蔑地大声说：“这就是我们所说的为死而做。钱进入我们自己家，我们用一半、省一半。如果我们花光所有钱，那做当地产业的人就是为死而做了。”

这个观点立刻得到一致认可，不过，也引发成员进行了一场哲学探讨。省下一点钱是村子生活的核心。卖三只山羊和一头牛，就是一年的主要收入。他们从中拿出一点钱家用，再存一点以备不时之需，因为在下一次准备或能够卖另一头牲畜之前，总会发生许多意想不到的灾祸和债务。当地产业参与人总体来说都很穷，甚至都没有一只羊可卖——干旱及干旱带来的损失已把这一切安排妥当——但他们仍然把乡村生活资金用于他们的项目。一个中年妇女带着深邃的智慧气息，说：

"我们想拿更多钱回家。但是，大家已经说了，缝纫组需要布料，菜园组很快需要更多种子，而就厨房和饭馆来说，我们需要买炉子、椅子和桌子。所有这些都得拿出我们的储蓄购买。所以，我们都同意拿1兰特回家，存1兰特以解决所需。"

大家同意每人分1兰特，钱分到手后，物价会议开始了。

"我们注意到大家做东西要花很长时间，"尤金说，"这就提高了商品成本。"

他顿了顿，拿起一个鲜艳的花枕头。

"让我们给这个枕头的卖价做个明细，看看做这样一个枕头需要多少成本。"他转向黑板，写道：

生棉花加1磅种子的费用	0.05分
清洁棉花的劳工费	1.5兰特
枕套费	0.67分

续表

总成本	2.22兰特
提高25%增加费用及利润	0.55分
卖价	2.77兰特

一时间鸦雀无声，村民们专心致志地盯着黑板。然后，一个老人说："是啊，大家觉得价格实在太高了。为什么价格这么高?"

"因为清洁原棉需要五个姑娘花六天的时间，"尤金回答，"清洁1磅原棉都要这么久，那有人就得受苦，毕竟我们是生产者，想为自己的产品找个市场。"

"谁花这么长时间来清洁原棉呀?"老人愤愤地问道，"把这些人的名字说出来。"

"她们是缝纫组的人。"一个女人突然说道。

可怜的受害者们恨不能找个地方把脸藏起来。这引起全场一阵骚动，大家都七嘴八舌议论起来。一个老妇人提高音量，刺耳的声音压过了其他所有人。

"这里游手好闲的人太多，"她说，"我们让他们干活，他们说他们只是休息一下，他们不会努力干活。"

坐在伊丽莎白旁边的一个女人回应道：

"这可不是真的。这里的人因为分到25分钱就固执难缠、不可一世。他们付25分钱，就被告知是这个活儿的主人。一旦让他们去干活，他们就说：‘什么？如果再这样胡说八道，我们就拿着自己的钱回家了。’没有人可以管理他们，因为已经告诉他们，他们就是这里所有东西的主人。”

他们还在发着牢骚，这时，一个老人慢慢站了起来，引起了众人的注意。大家以为他要就生产发一番高见，都满怀期待地看着他。他说：“上星期，我从货车上跌了下来……”

他只说到这里，听者们就一阵哄堂大笑，淹没了他剩下的话。他站在那儿，笑得一团和气。讲堂里那剑拔弩张的气氛消弭于无形。人们鱼贯而出，看看黑板，都在摇头。一个年长的女人说：

“我这把年纪，老得回不了学堂了。哎哟！”

如果伊丽莎白的外部环境如此美好与和谐，就完全与她内心世界的痛苦经历格格不入。这本该同样重要。她本该去观察一个灵魂的高度和力度，这个灵魂是真正的上帝，却没有得到预言能力。她一半的注意力转向菜农日常生活的方方面面，全是人。村里的妇女挎着篮子，下到菜园里。他们总要菠菜和卷心菜。每年的雨季，她们在灌木丛中采一种野生蔬菜，晒干，仔细保存，以便在漫长的旱季食用，那时，举目不见一丝绿意。这个园子里，瑞士甜菜的叶子香脆多汁，还有美国的羽衣甘蓝和四季不断的菠菜、甜菜。令伊丽莎白吃惊的是，那些英国志愿者和村里的女人一样，狂爱蔬菜。他们喜欢在菜园里走来走去，背着双手，满脸惊叹。

“伊丽莎白，”他们说道，“你在英国可无法这样种豌豆，杂草丛里可永远找不到绿豌豆。”“你的灯笼果完全不像英国灯笼果，味道不一样，而且我们的灯笼果毛多一些。”“你知道吗，伊丽莎白，这故事我要带回英国——1磅甜椒只要5分钱！甜椒在英国非常稀有，差不多和牛排一样贵！”

这样的故事数不胜数：莫塔本村的生活，完全不同背景的人们努力尝试一起干活，了解彼此。这需要分析——建立人类手足情谊的努力不可触知，也无人称赞。一个刚从伦敦来的年轻男子在当地产业项目中的啤酒屋工作。由于他也喜欢在菜园里走来走去，样样东西都要看半天，不久伊丽莎白就与他成了朋友。他和当地一户人家一起，在一处泥屋住了下来，泥屋就位于伊丽莎白回家的路上。一天傍晚，他邀请伊丽莎白与他共进晚餐。在那小小的泥屋里，他坐在一张手工雕刻的矮凳上，两条长腿规矩地并在一起，他满心欢喜地环视屋子，说道：

“这是我有生以来拥有的、属于自己的第一个家。”

他在屋外的火炉上煮着一小锅米饭，伊丽莎白时不时跑出去，在黑暗中查看米饭煮得怎么样了。炉子是房东太太的，她正和家人坐在屋外的垫子上，漫不经心地喝着茶，好像外国人和当地人已经习惯共用屋外的火炉。之后伊丽莎白进入小屋，年轻人说：

“我对这儿的协议不太满意。我提出每月支付2兰特的房租，但这家人不接受。他们说我应该帮助他们，他们也会帮助我。我把自己的食物分一些给他们，但这不太合适，我乐于付钱。你能帮我解决一下吗？”

“我会去问问看，”伊丽莎白答应道，“我认识那个女人，我们过去常在一起种菜苗。”

当伊丽莎白问及那个女人，她答道这是对一个外国人的善意，但事情比这要更深入一点。人们相信关心，尤其是在以慈悲为怀的天国。这些属于天上的一个神，会用某种神奇的方式为穷人做一切事。而这与其他如来自伦敦的世间人用现实的方式给予关爱和照顾则完全不同。这些事得让穷人们去探寻，所以他们向那些想生活在他们中的志愿者敞开家门，以便理解这个突然使他们变得珍贵而有价值的新世界。

善的模式如此柔弱、如此模糊，怎么对抗得了恶的狂暴咆哮？伊丽莎白对这个问题一直惶惶然。还能有什么原因让她丢了整整一年，恰好这一年，她周围的种种生活徐徐展开，美好而和谐？为什么她不停地跌跌撞撞走下菜园，耳边充斥着地狱的咆哮：“我要走，就走一个小时……”

伊丽莎白注视的前方，耽的头炸成了一个红色的火球。他的戏中那砰砰轰响的节奏夜以继日地在她耳边敲打，就像一双紧握的大手，把她生命中的每一根线都攥在手中，完全指挥着她，完全侵占了她的思想和灵魂。耽表现得好像在对她进行至高无上的教育似的，让她知道那些她浑然不觉的事实。一个不变的主题就是：她不是真正的非洲人，他必须给她看到真正的非洲人。夜里，白天和她一起生活的人通过影像被重新引介，栩栩如生。她几乎可以从各个角度观察一个人，从各个角度认识他。非洲人就是特殊的神圣存在和深邃奥秘，只有耽才懂。耽也是一个深邃奥秘，伊丽莎白却无从探寻。耽能巧妙利用色乐早先在她脑子里介绍的有关穷人的主题，但他无情残忍地扭曲败坏了这些主题。介绍一个贫穷的女人，愚蠢赤贫不离身。然后，他讲述她对孩子们的伤害：她的孩子们和她睡在同一间小屋，她还和男人在一起做爱。

“这是对孩子们的伤害。”他虔诚地说教。

他挑的人都是伊丽莎白平日里见到的，他总把他们的性生活说得活灵活现，说成无法磨灭的事实，总是出其不意，攻其不备，让她每天接触这一样事实。耽永远挑伊丽莎白日常生活中的人，以便彻底毁了她的意志。耽仿佛在说：

“你瞧，你的眼睛就是我的眼睛，但我知道的比你多，看到的比你多。”

他就是这些隐藏之事的最大的告密者。她与留下的人交往的点点滴滴，很不正常，全是对性的歇斯底里。这男人炽热的灵魂彻底让她崩溃、疯狂。她一不服药来压制这种重度癔症，就会转身冲人们厉声呵斥，还常常视若无睹地从他们身边走过，招呼也不打。只有肯诺西才能逃脱迎头被骂的风险。耽也在这里搅和。肯诺西过着封闭的生活，经常神出鬼没，却对搭档怀着坚定的尊敬之心，与伊丽莎白建立起工作关系。这一年再次结束，这次是结束在精神错乱的狂暴咆哮中，伊丽莎白竭尽全力不要转身去呵斥肯诺西，直到逼着自己完全安静下来。肯诺西只是直直地盯着她，神情严肃、莫测。

没有什么能阻挡伊丽莎白对耽的观察，就像雄鹰俯冲的魅力俘获了兔子的芳心。明知死亡近在咫尺，仍然无助等待。耽也选了汤姆，但不希望伊丽莎白太容易上当。“汤姆，”耽字斟句酌，“很可能会成为同性恋者，但他不是。”而让伊丽莎白倍感亲切的是，她的噩梦中，汤姆口吃了：“宿舍……宿舍。”汤姆没去另一个村子调查扩大农民青年发展工作小组的可能性，就和莫塔本村项目的农场学生住在一起。他也保持着和伊丽莎白的友谊，这种友谊，让他们讨论任何事都不觉得尴尬。这些淫秽的嘶嘶声把她折磨得快疯了，汤姆再来拜访时，她真的对着他问道：

“汤姆，你对同性恋有什么看法？”

“什么让你想起这个了，伊丽莎白？”汤姆吓了一跳，“这里没有同性恋。我最后一次见到同性恋者是在美国。男女搭配，才是真理。”

伊丽莎白笑了一下，世界平稳下来。

“你说什么，汤姆？”她问道。“同性恋”这个词让她心不在焉，它突然特别恰如其分。滑稽的男人抛着媚眼，模仿女人的姿势。“同性恋”是怎么一回事？

“我们称他们为同性恋者，”汤姆笑着说，“他们很漂亮，他们是女的。”

“一个同性恋者靠近你，你会做什么?”

汤姆转过身来，认真地看着伊丽莎白说：“我会生气。”

“汤姆，”她坚持道，“如果你同时是上帝和撒旦，你会做什么?”

他同样认真对待这个问题，低头沉思片刻，然后，他说：“我希望自己能有勇气承认这一点。”

“你不会希望其他任何人知道吧?”伊丽莎白不安地问，“你会希望这成为一个秘密吗?”

“是，”他说，“因为这个想法太可怕。”

“但这有可能，不是吗?”她坚持道，“善恶之间的界限非常窄。”

“是的。”他轻声说道，然后转身看着伊丽莎白，深情款款。他非常外向。他感到了伊丽莎白内心天旋地转般的混乱。汤姆伸出厚实的脏手，摸了摸伊丽莎白的后颈。伊丽莎白什么也没说，但她支离破碎的大脑正痛苦地发出尖叫：“色乐在我的噩梦里欢腾，脸上满是鼓起来的绿疹斑。有个小女孩面朝上死了。昨晚，‘美娜弗洛女士’（Make-Love-On-The-Floor）把两条腿抬得老高。我无法逃脱，我也无力阻止，我要疯了。”这是她跟他最后一次有条理的谈话，因为他十一月返回时，她胡言乱语，完全疯了。汤姆坐在桌边，说了一些有关工作的事，伊丽莎白大发雷霆，激烈抨击三K党。汤姆静静地坐着，听她慷慨陈述，然后，他站了起来，带有冷冷的敌意，说：

“你不必告诉我任何关于美国的事，我全都知道。我知道那些美国人到了这里，依然是愚蠢的大块头，什么都改变不了他们……”他的声音有点嘶哑，似乎要哭出来。他站起来走了出去。

大概是在九月，伊丽莎白对菜园里的事还有最后一丝清醒的记忆。一个中学的美术老师已经连续三个星期守着一棵巨大花菜，要把它作为静物写生课的对象。其他顾客也对这棵花菜虎视眈眈，大家为要不要卖，争得不可开交。看着它一天天鼓起来、鼓起来，变成一朵巨大的白云，那感觉妙极了。这棵花菜实在是太大了，最后采摘时，那位美术老师要用双手才抱得住。她的蓝眼睛满意地看着伊丽莎白，她笑的神态，看上去就像得到这棵花菜是她人生最大的成就一样。这一幕一直活在伊丽莎白的记忆里——年轻的女人，怀抱一棵与肩齐宽的大花菜。

人们知道自己败局已定，却仍然继续日常的工作，发疯一样努力填补空缺时间，以恢复不复存在的健康。伊丽莎白和肯诺西在菜园干活，只干到正午就好。整个下午伊丽莎白都在自己的院子里忙着，这里可是伟大的实验中心，所有东西都在这里试验过。灯笼果之后，他们总是拿新东西来试验，总有人带着神奇的种子出现。他们会对伊丽莎白说：“我给一个朋友写信，提到你的菜园，她就寄给我这种西红柿种子，叫‘印度河流’。她说旱灾毁掉了他们的橙子园，他们想拿出一种见效快的经济作物，靠这‘印度河流’得了大丰收。她信上说，这能长到五英尺高，顺着藤蔓都是果子。我觉着，这正是伊丽莎白想要的，试试这个种子吧。”

于是烟叶、西红柿、西兰花、花生……一切都肩并肩，快乐地在园子里生长。烟叶用于制鼻烟，花生用于榨油、做花生酱，西红柿是“特产”，西兰花或许就喜欢长在莫塔本村。蔬菜的疾病、生长和加工，都有记录，一切都长得很好，于是“特产”就转移到了当地产业的菜园里。许多人都成了菜园的发明天才，很多人带来了种子。有一次，趁伊丽莎白不在，他们甚至说服肯诺西把那些长满象鼻虫的大麦种在菜园里。伊丽莎白听着肯诺西哀怨的声音，心里隐隐作痛，检查袋里还有没有剩余的大麦。

“看看罗德尼（Rodney）对我做了什么，”肯诺西说，“他让我种下这些坏掉的大麦，我不好拒绝，因为人们喜欢来帮忙。我要说他们越帮越忙，他们就会向尤金投诉我。”

“别往心里去，”伊丽莎白回答，“我们把这块苗床挖来种胡萝卜吧。罗德尼再来的话，就告诉他这些胡萝卜是大麦。他对蔬菜一窍不通，因为他是教历史的。”

伊丽莎白竭力坚持干着上午的活，带点幽默，又有点不可思议的戏剧性。但下午育苗、种“特产”的时候，她就徘徊在崩溃边缘。

“我稍作休息，腿脚就不会酸软，头痛也会走开。五点钟，我就移种点新种子，浇浇菜园。”她这样想着。

伊丽莎白想的一切契合了耽的计划。毕竟，耽在那儿，就只为了杀死她。可时间过得越久，道路太过曲折，他的所作所为也就越罕见。伊丽莎白越虚弱，他就越紧张兴奋，就像动物在空气中嗅到鲜血或死亡的味道。

七十一个风华正茂的女孩先后出现，倒在耽的脚下，再没有站起来。在伊丽莎白的注视中，她们走到一起，连接她们的共同纽带就是对耽的盲目崇拜。她们对彼此没有表现出特别的嫉妒和敌意，却都不约而同地对伊丽莎白流露出嘲弄的笑。这种笑，伊丽莎白最早在美杜莎的脸上见过——她们有的，她却没有。耽似乎只是偶尔受到压制。“宽臀女士”那方面的能力比耽强十倍不止，耽怎么都无法让她满足。她那里就像一丛野草，和她在一起，就好像在荒野混战。她不可一世地走到伊丽莎白的前面，和色乐、美杜莎最像。她们中的一些人让耽不寒而栗，她算一个，“好身材”（Body Beautiful）算一个……耽开始诉说一个长篇故事，说的就是“宽臀女士”，她堕落无比，他说：“她坏透了，警察都记录不过来。”

他跟那位“宽臀女士”过了几次夜，就决定和她了断。他突然抓住她，让她和伊丽莎白面对面。这最有可能意味着善与恶的灵魂对峙，因为伊拉莎白看着她，而她慢慢化为乌有。

还有一件事，他也无法忍受：“好身材”让他无福消受、苦不堪言，导致他全部说了出来……她确实在伊丽莎白之上。第二天，伊丽莎白想从床上起来，却又昏倒在床，高烧不退，神志不清。

“没事了，”她听到耽说，“带你离开了。”

如果真是这样，就能解释他最初和“好身材”做爱的恐慌。耽被“好身材”吓得魂飞魄散，得用圣水权杖在自己周围洒上圣水。

另一个他有点吃不消的女孩是“啪嗒啪嗒女士”，耽很是不屑和她在一起，每次都匆匆了事。他评价她说；“她太没节制了，没完没了。”

他做了几个热身动作，再和“啪嗒啪嗒女士”在一起。这让他很不舒服——毕竟他是上帝——完事后，他都吐了。主要是和她在一起的过程中，他把她收拾得清清爽爽，而她用不上力。她当着伊丽莎白的面，温柔袒露干干净净的自己。

“糖梅小姐”是个大美女。她雅致、美丽、飘然如仙。她有原则，出身名流。她太高贵了，和耽做爱真是自降身份。别忘了，查泰莱夫人不也是这样的吗？这似乎是对他们关系的总结。这里，他给自己制造了一个大危机。为了伊丽莎白，他得放弃这一娇嫩的美好。“糖梅小姐”会同意吗？他们彼此倾诉，而伊丽莎白无意中听到“糖梅小姐”说：

“你想我了，我就偷偷来。”

“糖梅小姐”仿佛对受虐的情爱乐此不疲，这似乎是他们过去的生活模式。耽一直是绝望的外人，这女子给了他点希望。对她而言，按照惯例，她要与大领主结婚，可她爱耽，忽而不爱，忽而爱，选谁？她恨不能把自己撕成两半，这似乎是一种甜蜜的痛苦。或许这种痛苦让他们的爱得到升华，变得无比神圣、圣洁、美丽。她看起来就像女性杂志里的一个浪漫爱情故事。尽管女子有一颗易碎的心，耽还是对伊丽莎白事无巨细，一一吐露。“糖梅小姐”随时准备“离开”，她非常乐于以高贵的淑女姿态安静地离开。

“温门小姐”是他最爱的女人之一，得显出点高贵来。她把伊丽莎白的裙子据为己有，扮出一副高贵样。那些裙子各有象征意义。有一条色彩鲜艳，上面印有五彩缤纷的花朵图案，代表吸引力、创造力和生命力，耽说。那条裙子得给“温门小姐”，因为她的身份比伊丽莎白高。她太令人兴奋，哈，耽简直被迷晕了。出于某种原因，“温门小姐”非常害怕去拿这条裙子。她迟疑不决，看向伊丽莎白的眼中流露出一丝恐惧。然后，她匍匐在地，偷偷向衣柜爬去。耽调暗了灯光。清早，他抚摸着“温门小姐”柔软下垂的乳房，而“温门小姐”穿着伊丽莎白的裙子。

然后，耽宣布了一个非常戏剧化的消息：他和“粉糖霜小姐”订婚已经有一段时间了。她是耽的一个富有朋友的女儿。除了伊丽莎白，所有莫塔本村的村民都知道这一婚约。这显然是一场形式婚姻。他告诉伊丽莎白，他资助了很多穷亲戚，而这个女孩的父母很有钱，她从他们那儿拿的钱可以减轻他的负担。“粉糖霜小姐”并无出色的外貌，除了和她在一起就像吃一块带有粉色糖霜的海绵蛋糕，这是她的标志。她有一双修长纤细的手，指甲尖尖的，修剪得整整齐齐。她一生中从没干过一点活儿，双手异常柔软，似乎只用来摘花。但她很想成为耽的妻子。她靠近伊丽莎白，露出友好的微笑，问道：“你认识耽吗？”

伊丽莎白不知道怎么回答这个问题，她便指了指“粉糖霜小姐”手中的唱片。

“这里面有什么啊？”她问道。

“这是耽的生活记录，”“粉糖霜小姐”说，“他做了很多事情。”

她把这张慢转唱片递给伊丽莎白。伊丽莎白认出了上面的一些爵士乐曲：《巴黎四月》《纽约的秋天》……

“它们是非常轻柔优美的乐章。”伊丽莎白微笑着说道。

“噢，你还得听一听，”“粉糖霜小姐”笑了，“你压根不会喜欢它们。”

伊丽莎白打开了旁边的留声机。她放的第一首就是《巴黎四月》，这可是千千万万爵士乐手的最爱，但传来的不是熟悉的低音提琴、鼓和钢琴舒缓低沉的协奏曲，而是女人们的齐声尖叫：“四月巴黎，你对我的心做了什么，咯咯、咯咯、咯咯……”

伊丽莎白飞快关掉了唱片。

“你瞧，”“粉糖霜小姐”说，“它一直播放这个，而我们本该在十二月结婚，你知道吧。”

他和“粉糖霜小姐”一起过了几夜，尽管她有钱，也承诺照料他的穷亲戚们，但她实在令人索然无味。他突然抛下她，转而介绍“鹈鹕喙小姐”：各方面都魅力十足。她充满乐趣、无忧无虑、结实有力，体格非常健美，好像一个高空秋千表演者。她那里如同鹈鹕鸟的喙，长长的，很有韧性。这一天赋可以让她摆出各种姿势，而不必担心伤到身体。和“缝纫机小姐”一样，一整晚不停也没事。她的腿和胳膊细细长长，瘦骨嶙峋，谁挡了她的道，她就一手肘打去。她和她的欲望全无阻隔。

她妩媚地笑着，在伊丽莎白面前展示各种花色的内裤，黑的、粉的、蓝的、黄的，那条黑色的“嗖”地飞入夜色中。她压根不需要。这个绅士调暗了灯光，但有时，他和“缝纫机小姐”在一起，动作不停，把她撞醒。而“鹈鹕喙小姐”喜欢说“不要”，好像突然感到难为情。然后，她又拉长声音，叫着“亲——爱的”。

随后是第二夜。粉色内裤飞进黑夜。一个画面一闪而过，“鹈鹕喙小姐”骑在耽头上，接着，这位绅士调暗了灯光。一直到所有内裤都飞入黑夜，这事才算完。有内裤，才有她的约会。接着，耽想起了他的上帝身份。

“鹈鹕喙小姐”在新世界太过咄咄逼人。耽开始改造她。他敲折她的腿，掰断她细长突出的肘，用小巧漂亮的粉红玫瑰把她装扮出一副温柔的新形象。从她小小的浑圆结实的乳房里，用力挤出黑黑的黏液，再给她戴上伊丽莎白的胸罩。她的胸部膨胀到伊丽莎白的胸部大小，应该是穿上她的胸罩，吸收了她无害的特质。他认为“鹈鹕喙小姐”是个极度危险分子，最好能完全安静下来。他要重新设计她的骨盆区域，类似伊丽莎白那样的，格外服服帖帖，在世上不会制造任何麻烦。果然，伊丽莎白旁边出现了一副女性骨盆，双腿服服帖帖，几乎和伊丽莎白的一模一样。可怜的“鹈鹕喙小姐”自己的骨盆被截掉，安上了一个新的。工作完成，耽丢下“鹈鹕喙小姐”，转向“斧头小姐”。

“斧头小姐”是个本地人，如痴似狂地爱着耽。她肩上扛一把斧头走来走去，扬言要剁了他所有女人的头。或许他只是想让伊丽莎白知道，他确实危险无比、难以企及，免得她万一有了主意，想让活着的耽认识她，她首先得越过“斧头小姐”。的确，这次他打开了两段录音。一段说：

“亲爱的，我拥有所有这些女人，但我不爱她们。如果我失去了你，就一无所有了。”

另一段录音是得意扬扬的奚落：

“我是性之君主，我一直不停，在她们中走了个遍。她们专为我的欲望而生，可你有必要试吗？你什么都没有。我向你展示了她们拥有的一切，你却一无所有。”

伊丽莎白心里有一种奇怪的感觉，唯有美杜莎和耽在她面前展现出势不可当的力量。他们无边无际，伴随他们言行的个性不过是他们对自我的复制。一切不过是虚无的世界。他们一直在狂叫，他们不是人或任何东西，而是没完没了咆哮的丑恶野兽。伊丽莎白无力驱散邪恶的风暴。耽简直是美杜莎的加强版，他对伊丽莎白的入骨仇恨，日日重重地锤打着她，让她几乎活不下去。不过，这表面上是在炫耀一干花样年华的女孩。下午，她一倒下，就神志错乱了，一根喷水的橡胶软管会塞到她面前，他会嘶嘶叫道：

“起来！浇你的菜园去，你就躺在这儿偷懒。你关心穷人，不是吗?”

对自己工作的挂念，会让伊丽莎白骤然醒来，而这一天天越来越不起作用。她试图从床上起身，但沉甸甸的重荷会拼命压着她的双腿和身体，令她痛苦不堪。他的主要目的似乎就是让她完全不得片刻休息。差不多过了一年，不眠不休。到十一月底，伊丽莎白的忍耐力不起作用了，她的脑子转不动了。这种状态下，耽还在胡说八道，发出仇恨的嘘声，他高兴说谁就说谁，自己想干什么也说。伊丽莎白身上没有任何东西制止地狱的奔腾。那个龌龊的小混蛋一直在莫塔本村转悠，嘴都笑裂了。哎，他和色乐上演了他们的人生。他们在幕后秘密运行宇宙事务，而他，耽，意欲占据最高统治地位。这一女王得彻底被击败。他让伊丽莎白精神崩溃。只一会儿，耽通过伊丽莎白，无情地粉碎了色乐先知的形象。

将年长的琼斯太太纳入他的计划，是为了扩大丑闻和轰动范围。他了解黑人，他们会到处乱嚼舌根，如“你听说了吗?”“她真的打了一个白人女子”，还有“你听到她怎么说色乐的?”。

琼斯太太是伊丽莎白在菜园干活时熟识的。她是莫塔本村项目最年长的志愿者，和三个教书的女儿一起来的。她大约五十五岁，大半生都在英国的一个小村庄里度过。村里有报纸，可以读到有关英国的一切——左派、罢工、抗议、唯心主义者、神经崩溃、狗、兽医，还有死后遗体捐给医院的老人。琼斯太太凡事都插一脚，并渴望把自己漫长的人生说给伊丽莎白听。像汤姆一样，她成了伊丽莎白家的常客之一，却不像汤姆，可以和伊丽莎白讨论天有多高，地有多深，宇宙有多浩渺。和琼斯太太没有什么可讨论的，伊丽莎白被迫成为聆听者，安安静静地听一个老女人絮絮叨叨。琼斯太太总是这样呼叫：

“伊丽莎白，我想着你可能有点西红柿……”

她通常下午三点左右“踢踏、踢踏”走上那条尘土飞扬的土路，五点“踢踏、踢踏”走回家。这段时间，她们喝了茶（她俩都特别爱喝茶），琼斯太太讲述她的人生故事，其间几次小睡。想必她自己在无意识中，也觉得这无聊透顶，一如伊丽莎白的感觉。这就是琼斯太太性格的关键之处，她的心理和情绪反应就是个孩子，她用最简单的语言诠释人生。孩子的喋喋不休、行为举止常常趣味盎然，但琼斯太太的孩子气了无生趣。她满口耶稣基督的陈词滥调，喜欢对伊丽莎白说：“人们孤单时，我去拜访他们；人们生病时，我去看望他们。”她诚心诚意将自己看作耶稣之路上的信徒，试图在现实生活中创造出富有想象力的解决办法，以实现他所有的语录。她的人生距离伊丽莎白情感生活的风暴中心如此遥远，似乎就像一只无知的老鼠，把窝搭在慢慢喷发的火山附近。不过，她的魅力在于，她复制了与伊丽莎白一起长大的南非贫民窟女人的人性。她们对生活有她那种母亲般的大惊小怪，还有她的友好，她们也都听说过耶稣，并用简单的言语阐释他的话。琼斯太太的棕色短发总是乱糟糟的，看起来邋里邋遢。无论谁，只要在伊丽莎白身边待得够久，就能很快发现，她总是满口脏话、粗俗不堪，诅咒生活的种种可恶之处。“混蛋”“去死吧”是经常说的话。这倒是颇让这个虔诚的老宗教徒兴奋不已，她会双手拍着膝盖，头朝后仰，嘴巴大张，放声大笑。

“伊丽莎白，”她喜欢推心置腹，“你永远想不到，我一度是一个左派，但年轻的时候就已经转变了。英国人开始认识到马克思主义及其唯物论。你有一台洗衣机、一个冰箱，每间房还有一台电视机，然后会如何？你并不满足。我支持工人阶级斗争。人们对政治大失所望，它让人们彼此愤恨，我还记得曾有一段时间，我们常常站在街角抗议核武器，低着头，一言不发。”

这时，琼斯太太开始打盹儿，头一点一点地，直到头特别猛地往下一啄，她才会猛然惊醒。她看见伊丽莎白，双手直拍着膝盖，头朝后仰，放声大笑。但她对自己的生活史很入迷，她每隔一个下午就这样开始，“你永远想不到，我一度是一个左派”，然后“低着头”打瞌睡。

琼斯太太还在这样喋喋不休，耽却悄悄抢走了她的风头。这个无知、善良而又乏味的老女人，在伊丽莎白眼前，戏剧化地死了。耽打开了他那嘶嘶的录音。“她全然不似表面看起来的那样。”录音传来。既然他是上帝，就有她灵魂历程的绝密信息。即使娼妇也得有母亲，她是他那些风华正茂的女孩的源头，她的标志就是坐在一窝寡蛋上的“抱鸡婆”。和色乐一样，她像个可怕的老巫婆，“咯咯”叫着，在地平线上升起。在九月和十一月之间，伊丽莎白恢复了一些，有了足够的体力，时而能从噩梦中清醒，但喧嚣的录音、不断重现的邪恶影像——有色乐，有年长的琼斯太太，有女人、孩子、男人、动物，还有一切生命，把她的理智砸得粉碎。她崩溃的那天，咆哮不已，好似火山喷发出的汹涌的熔岩。

那年十一月下旬，他们结束了当地产业项目。天就快下雨了，厚厚的乌云黑压压地横扫莫塔本村广阔的苍穹。一些成员有土地，他们想为耕种做些准备，这就让团队工作中断了，所以决定暂时关闭项目，直到农耕结束。但菜园组里没有土地的成员无假可休，照料蔬菜可是全天候的活儿。伊丽莎白跌跌撞撞走出会场，肯诺西静静地跟在她后面，走了一小段。伊丽莎白猛地转身冲她嘶吼：“我病了。”凭着最后一丝力气，她踉跄着慢慢朝家里走去。

肯诺西，出于习惯，第二天去了伊丽莎白家。由于一直没有储藏室，伊丽莎白收着菜园的种子。肯诺西在门口停了下来，盯着紧闭的前门，里面窗帘也拉上了。默默地犹豫了五分钟，她转身走上那条灰扑扑的土路，走下山谷，来到菜园。她们再见面就要到七个月之后，伊丽莎白病愈出院。不幸的是，琼斯太太靠陈词滥调活着，她没有肯诺西的警惕，不能嗅出紧闭的大门后有不同寻常的事情发生。肯诺西向尤金报告，尤金低声告诉一位教师，伊丽莎白病了。两天后，琼斯太太"踢踏、踢踏"走上土路："人们孤单时，我去拜访他们；人们生病时，我去看望他们……"

她把伊丽莎白家的门敲得"咚咚"响。伊丽莎白开了门，但挡住不让她进，怒火压顶。她看见的不是年长的琼斯太太，而是她梦魇里的那个"咯咯"叫的老女巫，似锦年华的女孩们的母亲。

"伊丽莎白，"琼斯太太满脸担忧，皱成了一团，"我听说你病了，来看看你。"

伊丽莎白没有回答。她们就这样站着不动，这个老女人死里逃生，她似乎感觉不到突如其来的怒火，伸出手来，拉着伊丽莎白，脸离得老近，故作神秘地低声说：

"我要为你祈福。"

"那要看你朝着哪个上帝祈福！"伊丽莎白恶狠狠地说着，"轰"地摔上门。

这大概是上午十点，她转身离开门边，摇摇晃晃地走到水槽边，接了一杯水喝下，马上就吐在地板上。她已经两天颗粒未进，小男孩也不见踪影。她和他完全无法沟通。小男孩在屋子里爬进爬出，他有朋友，也在别处吃过了。他浑身充满机灵劲儿，知道怎么过活，只有太阳下山，他回家睡觉时，伊丽莎白才会见到他。伊丽莎白晃晃悠悠走到床边，倒了下去。整间屋子里都是飘来荡去的鬼影和画面，都是耽那七十一个如花似玉的女孩。她们慢慢地跳着死亡之舞，爬到她身上。双手摸索着，试图在她支离破碎的生命残垣中寻找最后的珍宝。

色乐和一个男人在那里。他浮肿的脸朝一边歪着，泛着绿光，冲她露出恶魔般的笑脸。他的小女孩依旧平躺着，脸朝上，死了。“咯咯”叫着的琼斯太太教唆子孙趁一切进展顺利，把什么都拿走。耽可能是唯一“在场”的人。一块巨石压得伊丽莎白快要停止呼吸，耳畔传来歇斯底里的喘息，低沉而又野蛮：

“去死！去死！去死！你这条狗！我恨你！我恨你！”

伊丽莎白费尽心力，思考着：“为什么？为什么？为什么？我到底做了什么？”

伊丽莎白陷入完全黑暗的深渊，那里，一切恳求怜悯、救济、帮助的呼号不过换来一句嘲弄。她在什么情况下，做出这个可怕的决定——“我要死了，但我要他们中的一个人给我垫背！”天完全黑了，伸手不见五指，她突然站了起来，穿着睡裙，跑到房子外面。色乐和耽住在莫塔本村的最边上，有二十里路，但琼斯太太家就在她家几码远的地方。她跑上土路，拐进了校门。琼斯太太出去看望一个朋友了。琼斯太太手里拿着一个手电筒，所以等她走近家门，手电筒射出的光打在了伊丽莎白的身上。

“伊丽莎白！”她大叫一声。

迎接她的却是一声怒吼，伊丽莎白向她冲过去。

“你不知道？”她大喊，“啊！你不知道？你让你所有孩子都做了妓女！”

她举起一只手，一拳打在琼斯太太头部一侧。琼斯太太缩了一下，手电筒掉在了地上。她俩站在那里，在漆黑的夜里，静静地，不闻呼吸。片刻后，伊丽莎白仰天长啸。黑暗中，从四面八方传来沉重的脚步声，朝她们跑过来。有人抓住了伊丽莎白的手臂，使劲摇晃，大声吼道：“怎么啦！发生什么事了？”

她挣脱手臂，开始跑起来。脚步追逐着她。她停下来，转身狂骂，追的人退了回去。她就这么跑啊，叫啊，一直跑进家，锁上门。脚步声、焦急的低语声在门口纷至沓来，她听得见——“我们怎么办？我们要做什么？”

和肯诺西一样，他们犹豫地瞪着大门，不发一言，又离开了。伊丽莎白看着小男孩，浑身都在颤抖。“我要先杀了他，然后自杀。”她想。

小男孩已经上床了。他坐起来，看着伊丽莎白，然后，相当平静地掀开毯子，站起来，朝伊丽莎白走过去。

“怎么了?”他问，“你为什么在叫呀?”

“我打了琼斯太太。”她说。

小男孩笑了一下，要么出于紧张，要么就是想到这事确实挺滑稽。他低下头，相当沉稳地走到伊丽莎白的床边，坐在床沿上，双手合十插入腿间。他抬起头看着她，带着一种男子气概，就像要解决家里的一切胡言乱语。

“你为什么在夜里自言自语?”他指出来，“你一直说，然后喊着‘走开！走开!’，我吓坏了。我把头蒙住。”

伊丽莎白吃惊得说不出话来，定定地看着他。所以这已然发生啦?她知道失眠那一年，她无声地自言自语，但她没有意识到，自己已经大声说了出来。

“没事的，乖乖，”伊丽莎白不安地说，“有些人来烦我，我要把他们赶走。”

小男孩抬头看着她，信了。尽管她做事颠三倒四，喜怒无常，但她还是自己生命中唯一的家长。这份信任，让小男孩安安静静地走回自己的床，也让伊丽莎白断了杀了他再自杀的念头。但死的念头仍然在。伊丽莎白的脑子里一团乱麻，攫住色乐不放。她直直地坐了一整夜，设计他的死亡。她看到自己的劫数，而内心的熊熊怒火坚持另找一个牺牲品。她完全忘了孩子可能偷听，在房间里走来走去，自言自语:“这就是他们的总和，他和耽。他们只会釜底抽薪。为什么他们一定要掐住我，置我于死地?我快要疯了。”她顿了顿，转向僧侣色乐的坐处，吼道：“我不是非洲人的狗！你听到了吗？我绝不是这些该死的博茨瓦纳混蛋的狗！你听到了？是你！你和耽，你也弱极了！为什么我一定要看这腌臜事！啊？这就是你想要的，睡猪睡狗睡牛睡天晓得什么畜生！你怎么了，色乐？为什么你非要把圣徒的生活过得如此放荡、堕落？为什么你要给我看这样的世界——死在牢里的圣人，以抹大拉的马利亚（Mary Magdalene）[①]为首的甜姐儿和妓女？你不觉得你是有史以来最大的笑话吗？哈——哈——咳！我是耶稣又是魔鬼？你跟我说什么来着？咱们灵魂合一，宇宙尽在掌握之中——你讲完所有这些大道理，发生了什么？为什么你要悄无声息地毁了我？”

她问出这所有问题，但没有听到任何回答。谁会回答呢？色乐死一般地沉寂一年了，耽不停地在她脸上甩动他的阳具。无处可逃，逃不开耽，逃不开色乐、他的男友、他那仰面死去的小女孩等种种的画面。舞台凝固了。她尖叫的、痛苦的神经系统“啪啪”裂成碎片。破晓时分，差不多四点半，她踩上自行车，发疯一般骑了五里，来到莫塔本村中心。她的口袋里放着一张通知单，字迹潦草：

“色乐是个肮脏的变态，睡了自己的女儿。”

下面，她签上自己的姓名，把通知单贴在了莫塔本村邮局的

① 抹大拉的马利亚：在基督教中，通常被认为是娼妓。——译者注。

墙上。然后，她骑车回家，对自己热爱的生气勃勃的美丽清晨无动于衷。她对一切都无动于衷，因为这一切都在不顾一切地诱她走向死亡。早上八点，一辆警车停在了她家外面。两个博茨瓦纳警察走下车，打开大门，沿小径走到她家门口。她应声开了门，一个警察给她看了她早上贴在邮局的通知单。

“你是伊丽莎白，对吗？”他问道，“这是你写的吗？”

“是的。”她回答道。

“我们进去说吧。”他说。

她让到一边。他们一直等到她坐到他们对面。小男孩刚刚醒来——学校还在放假，他坐得笔直，瞪着大大的眼睛盯着警察。“你为什么写这个？”刚刚说话的警察问道。

她想不出其他借口，就是生活一团糟。她说道：“你一定知道这些关于色乐的预言。是我做的，因为他既是上帝也是魔鬼。”

说话的警察保持沉默，面无表情地盯着她。然后，他说：“我们认为你可能病了，为你安排了医院，现在就带你过去。”

“那我的孩子怎么办？”她问道。

“人们永远不会独自生活在这个世界上，”他从容地说，“你有朋友在这里，我们会找她们帮忙照看孩子的。”

他站起来，牵着小男孩的手。伊丽莎白跟在后面。

同样的病床，同样的病房，差不多一年半前，她就住这儿。一个医生坐在她的床边。

“哪里不舒服呀?”他亲切地问道。

伊丽莎白回头看着医生，她只会支离破碎地诉说，就跟她回答警察问话时一样。

“请帮帮我,”她哀求道,“是色乐，他既是上帝又是魔鬼。”

医生握了握伊丽莎白的手。

“这事你不要担心,”他说,“我们会给你注射一个星期的镇静剂，之后，你会感觉好一点。”他转向身边端着托盘的护士:“每三小时注射一次。”护士对她笑着，注射器中装有安眠药。“转过去。”她说。

伊丽莎白急急转过身去，露出大腿。她已经好几个月没有睡觉了。什么都不起作用，甚至大剂量的安眠药也无法抑制关于耽的噩梦。她几乎没感到针扎的刺痛，就开始滑动、旋转、眩晕到忘了一切。一张脸在滚滚黑暗中闪了一下。他的脸向后一仰，宛如基督钉在十字架上。

“啊，你做了什么?”他痛苦不已地说,“他们已经告诉我了，这不可能是真的。”之后她彻底失去了意识。差不多得有三个小时，她就这样躺着，因为她醒来后，很快一个护士走了进来，托盘里有吃的，还有另一支注射剂。她躺着，凝望窗外那片蔚蓝的天空，无助的泪水滚出眼角，缓缓从腮边滑落。艾尔·卡彭已经按下和楼下的小伙子们联线的按钮，他们正在和水泥。伊丽莎白刚刚没看见耽的身影。但就在半睡半醒间，她看到两只熟悉的大黑手向她的头探过来，它们已经掀开她的头盖骨。他朝头腔弯下嘴，直接把话灌进裸露的区域。他粗嘎的声音莫名其妙，只是说：“儿——儿——儿——儿——儿——啦——”这声音就像钢刀刺穿身体，令人疼痛不堪。伊丽莎白拼尽全力，想奋力摆脱固定她头部的那双手，醒来时上气不接下气。护士倒是和善，她见她泪流满面。“你是在担心你的儿子吧?”她问道，“不必担心，人一生病，总有人来帮忙。莫塔本村中学的老师们很喜欢你。我们整个上午不停地接电话，都是关心你的。斯坦利太太（Mrs. Stanley）在照看你的儿子。她四点会过来看你，她说她会带孩子一起过来。所以在他们探望之后，我会给你打一针。现在吃点东西吧。”

伊丽莎白挪动着身体坐了起来，她感觉头痛得快炸了。“你有阿司匹林吗?”她问道，“我头痛得厉害。”

护士点点头，轻快地走了出去，回来时拿着一杯水和两片阿司匹林。然后，她点点头，又一次露出笑容走了出去，随手关上了门。不一会，斯坦利太太带着伊丽莎白的儿子走进来了。她是个中年妇女，做了母亲后身材圆圆的，矮矮胖胖，总是一副友好的样子。“我们非常开心肖特能和我们待在一起，等你好起来，伊丽莎白。”她说，“我们所有的孩子都长大了，不在我们身边。我跟彼得说，家里又有一个小孩，一定会非常有趣。我们要出去一两天，带上肖特去度假。”

她们曾一起在菜园里干活，成了朋友。琼斯太太也是斯坦利太太的朋友，曾透露伊丽莎白尤其喜欢茶、甘蓝和西红柿，斯坦利太太就立即烧水沏茶。在她生命中最可怕的岁月里，她如何能建立起这样的情感？她会如何解释对琼斯太太的袭击？但她的话说错了。

“琼斯太太觉得自己对上帝无所不知。”伊丽莎白申辩道。

斯坦利太太目不转睛地盯着她，没有回答。

小男孩碰了碰她的手。

“斯坦利太太给了我一点钱，”他说道，“你喜欢写东西，我就给你买了一个棒棒糖和一支圆珠笔。”

斯坦利太太慈爱地笑着，低头看着小男孩。肖特的手一直在口袋里摸索，掏出差不多一打棒棒糖。

“你要把这些棒棒糖藏哪儿呢？”小男孩问道，“我可以带四根去分给我最好的朋友，但你说过我不能一天把所有的糖都吃完。”

斯坦利太太弯下腰，从肖特手中拿走棒棒糖。

“没关系，肖特，”她说道，“我会帮你藏起来的。”

肖特认认真真地数出四根棒棒糖，把剩下的递给了斯坦利太太。她把它们放进了手包。

“如果我死了……”伊丽莎白病恹恹地说。

斯坦利太太的脸涨红了，眼里噙满泪水。

“很多人都会神经衰弱，”她说，“他们都挺过来了。”

“如果根本不是神经衰弱，而是图谋性命，逃不掉呢？”

斯坦利太太又一次不说话了，回望着伊丽莎白。

“我不是怕肉体死亡，”伊丽莎白坚持说，“但我害怕灵魂死亡，我所在之处没有了上帝。”斯坦利太太垂下头。“我很抱歉。”她说。

小男孩一直在听着，刻意模仿斯坦利太太：“我很抱歉。”

两个女人“扑哧”笑了起来，而肖特对死亡有自己的看法。他终于接上话茬了。“我看到一只狗死了，”他认真地说，“它侧躺着，肚子那里有一个大洞。我不喜欢死。”

斯坦利太太拉起肖特的手。“好了，肖特，”她说，“没有谁会死。你要和我一起去橘子农场，橘子让你吃个饱。那里还有一条小河，你可以在河里抓鱼。”肖特一脸向往地转向她。他很知道怎么玩这些以前没玩过的。这个可敬的女人，向伊丽莎白挥手告别，牵着小男孩的手走了出去。伊丽莎白继续和地狱交战，别无其他事可做。万幸的是，肖特全身而退。

回忆从那时到她离开医院期间在她身上发生的事情，似乎太不可思议了。这似乎是一份典型的精神病患记录，只是她还有部分清醒的神智，在默默地观察耽对她所做的一切；而另一部分意识陷入极度混乱和惊慌之中，语无伦次，胡言乱语。一个星期之后，她被直接扔进了疯人院。日落时分，他们刚刚给她打了一针镇静剂。她躺着，凝望自己困顿昏迷的临界点。耽的手再次向她的头伸来。他手里拿着一个没有底的瓶子。他举起瓶子，疯了一般一下下往她头上猛砸。伊丽莎白睁开死沉沉的眼，瞪着黑漆漆的夜。除了这一具躯壳，她的内心无一点生的气息。这躯壳却要被他们转移到离莫塔本村六百英里之外的精神病院。莫塔本村医院的医生第二天早上来过，拿了一本笔记本，坐在她床边。“你能告诉我你哪里不舒服吗?”他问道。

“色乐。”她低语。

她搞不明白。照理说，一个故事有一个开端。她要让耽杀死了，而色乐已经让故事开始了，故事始于色乐和美杜莎。医生坐了一会儿，记了点笔记。伊丽莎白并不清楚自己在说什么。她极力想再次抓住美杜莎的影像，抓住色乐和美杜莎曾对她所做的一切，可她做不到。一段时间过去，医生合上笔记本，对她说：

“我不是精神病学家，无法治疗精神崩溃。我得把你转去精神病院。你就在这里歇着，我去安排。”

“我不想再打针了。”她无力地说。

“为什么不想?”他问。

“它们让我窒息，我无法呼吸。”她真正想表达的是，她不想睡着。她困顿那一刹，耽就猛击她的头部。他就在她床边，野蛮，对她的无助兴奋得发狂。困顿之间，她任他劈死，毫无防御之力。她只是躺在那儿，坠入死亡之中。耽的乐趣就是做事全无章法，并为之狂喜。他每一次都让她尚存一息。这很可能是他的性欲造成的。他袭击她头部的方式，跟他撞击那些妙龄女孩一样，在她面前整整做了一年。他知道如何通过遭强暴的女人的畸形影像，传达丑恶的笑、无声的笑、隐匿的笑。伊丽莎白的脑子里无法形成任何想法与他对抗。他一高兴就大声播放他的传道录音。

“我的爱人，我若失去了你，我将一无所有。”随后便是无止境的缠绵。

一个星期六早上，她到了精神病院。那里的护理人员笑着迎接精神病患，她倒有点惊讶。贫穷而无知的博茨瓦纳人，完全被当作畜生一般对待。他们似乎是博茨瓦纳仅有的精神病患，不名一文，目不识丁，而这是一家公立医院，却连洗澡的肥皂都不提供，也不给毛巾擦干身体，所以这儿恶臭熏天。

护理员拿走了她的衣服，给了她一件土棉布裙子。没了内衣。她站立片刻，失神地瞪着这间臭烘烘的病房，转身躺到一张床上。一个护士走近她，脸上带着大大的笑容。

“听说你有个孩子。”她说。

伊丽莎白勃然大怒。“关你屁事。”她吼道，“让我一个人待会儿！”

护士咧了一下嘴。精神病确诊了，他们都像这样。后来，伊丽莎白告诉汤姆，她不知道自己怎么从那儿出来的，但回过头看看，她身边上演着一场错误连连的怪异的喜剧：她知道自己发生了什么事，她知道谋害自己的人，她知道他是恶魔，凶狠残暴，疯狂危险，但他权力最大。他乐此不疲地控制生，百般耐心地安排死。伊丽莎白无从抗拒，但脑中尚存的一丝意识在说：“你这个挨千刀的、腐臭的腌臜泼皮！你这个挨千刀的腌臜泼皮！”

她翻过身，冲着护士们这样喊。护士们说：“听着，咱这医院，病人可不能躺着。你必须起来，帮着把这地方打扫干净。这里的病人是要干活的。”

确实他们要干活。一大早，他们冲洗整个病房，扫地，洗亚麻布。护理人员站在四周指挥。无论如何，伊丽莎白没腿可站，她就是一具僵尸，可有人一这么说她，她就吼回去：“我不是非洲人。你看不见？我从来不想成为一个非洲人。混蛋，你让我一个人待一会儿！”

他们让她一个人待着。他们相信她。

星期一早晨，她第一次见那个医生，说的话大同小异。她说她没什么好说的，只想一个人待着。医生大发雷霆。他举足轻重，因为他是该国唯一的精神病专家，他的病人可都是花大价钱的文化人，国家都承担不起失去他的后果。他知道他干什么、说什么，而伊丽莎白是谁，竟敢拒绝治疗？伊丽莎白傲慢地瞪回去，他不过就是个从欧洲来的江湖骗子，会说不会写。

“走！”他说，“我才不管你会不会在这儿待上三年。”

除了一日三次镇静药，医生完全对她不闻不问。伊丽莎白习惯了自己的作息，整天躺着，透过窗户，盯着那片长满树木的山坡，看着太阳东升西落。日落时分，小男孩总是沿着土路走下来，脑子里还一路惦记他的游戏时间。斯坦利太太寄来一封信，还有一盒巧克力和她儿子的一张小便条。小男孩把“亲爱的”拼错了：“青爱的妈妈，你什么时候回家?”她只是无声地哭泣，她就在等死。极度抑郁中，她考虑自杀，开始积攒镇静药，想一天吞下六十颗。

一天，一个护士走来，对她说：“你一定要起来，有人来看你。”

“谁?”她问。

“一个白人，他说他叫汤姆，他说是你的朋友。”

她稍微坐起了身，尖锐地说道：“跟他说，我不想见他。”

护士笑了。“哟，”她说，“你疯了，是吧? 你恨黑人，你恨白人，你恨所有人。”

不过护士走出去传信去了。不久，她又回来说：“他不走，他说他必须见你一面。他说你要什么他都可以带给你，他说他是你的朋友。”

突然间，摆脱汤姆似乎成了攸关她生死的大事。她颤抖着双手，从箱子里找到儿子给她的圆珠笔，扯过一张纸来，写道：“汤姆，我今生今世、永生永世都不想再看到你。”

护士拿着这封信离开，又带了一个包裹回来。她把包裹放在伊丽莎白的箱子上，是一条香烟。

“你太坏了，”护士怒气冲冲地说道，“他读了你的信就开始哭。这是他的信。”

“伊丽莎白，我还会来看你的。”信上大胆地写着。

她把头埋进枕头，放声号哭。马上，护士感同身受。她轻轻抚着伊丽莎白的手，说：“大家都能理解病人的行为，别哭了。”她弯下腰，神秘兮兮地附在伊丽莎白的耳边，讲悄悄话：“我猜他是你男朋友？”

伊丽莎白笑出了声：“我和他母亲一般年纪，他是我儿子。他不喜欢我这样说，因为他刚强有力，他们这样的人没有母亲。”

“哟！”护士又笑了，说道，“所以，你是个人吗？你总是大发雷霆，我们都叫你野兽。”

伊丽莎白凝望远方。“我只对一样东西怒不可遏。”她说。

“什么？”

“色乐。”她回答。

她看着护士，问道：“你认识色乐吗？”

护士摇摇头：“医生和我们说过，不让你谈色乐。”

引发这一连串错误的，是不断啃噬自己内心的痛苦折磨。伊丽莎白怒不可遏，狂吼自己不是一个非洲人。耽从精神病院夺走了她的自由。伊丽莎白指的就是他，她表明她憎恨那双把她的头狠命击得粉碎的黑手。她表示如果她能抓到他，她要抠出他的眼珠，把他撕成碎片。她对那些天真之人说这些。一天，她蹦下床，重重跺脚，冲着护士咒骂不已，滔滔不绝。护士跑去报告给医生。

回来，护士冷冷地说：

“医生要见你。”

令伊丽莎白惊讶的是，医生对她笑得一脸亲切。他大手一挥，说：“坐吧。要不要来点茶？”

她点点头。他一边倒茶一边压低声音说：“那些人太坏了，他们谎话连篇。”她脑子里警钟猛然拉响。他把茶推给她，感觉像对待一个多年老友。她得努力压制自己跳起来逃出办公室的冲动。他也是个彻头彻尾的疯子，他是真的憎恨黑人。伊丽莎白绝无可能和他讨论她的噩梦，因为他攻击这个国家：这里到处都是南非间谍。他们可别以为自己能够独立做成一件事，这个国家实际上是南非政府的傀儡。他认为这就和她建立了友谊。那天之前，他对她不屑一顾，谁让她侮辱他的专业在先。伊丽莎白进一步领悟到，他是她走出精神病院的通道。他安慰她说，她没有真疯，不过是轻微的神经衰弱罢了。伊丽莎白静如止水，内心却羞愧难当。这话唯一管用的地方，就是她不再对护士们恶语相向。此后，她安安静静地四处走着，带着丝丝歉意。她下了床，帮着扫扫院子，对周围环境有了一点兴趣。有人把她当作种族主义者，这让她像触电一般，突然恢复了一丝神志。但她不求医生相信，他们并非志同道合。“哈，”医生说，“你已经大好了。你在帮忙，比如摆桌子吃午饭。你不久就能回家了，你的病治好了。你有个小男孩？多大了？”

她急切地朝他转过身来，还有几个星期就是肖特的生日了。

“我能给斯坦利太太寄点钱过去给他过生日吗?”她问，“他马上就满七岁了。”

“当然，一定。”他欣然同意，“我可以帮你填支票呢。”

这才是他真正的美德——热爱孩子。他并没有对一个黑人，也是孩子的父亲表达种族歧视。他对伊丽莎白说：“我不喜欢你对色乐这个人的描述，很糟糕。”他眼睛转开，悲伤地望向远方。那时，她只是回望着他，一动也不动。但后来，当她大彻大悟，才发觉耽就是个活生生的、彻头彻尾的恶毒谎言，使她迫于非人折磨的重压，做出对色乐的不实陈述，她生无可恋。

医生说自己有八个孩子。唯恐伊丽莎白不信，一个星期六的早上，他把所有孩子都带到了医院，介绍给她认识。最大的女孩有一头棕色的长发，一直垂在背上。孩子们个个都是他的骄傲，他眉开眼笑地说：“你看，伊丽莎白，你很快就会见到你自己的儿子了。”

镇静药、和她聊她的儿子，此外，他从不费心探寻她精神崩溃的原因。他或许就是一个庸医，一个种族主义者，但他也是一个高尚的人，心地善良。肖特生日后过了几个星期，她回了家。

她差点没认出肖特来。斯坦利太太让他想去哪儿玩就去哪儿玩，他活脱脱就是哈克贝里·费恩[①]！他和一个叫奥利弗的小伙伴，在某一天勇敢地出发去寻找世界的边沿了。他说，他们想看到所有山羊都掉下去的情形。随后，他略带责备地看着她。奥利弗的父亲找到了他们，他们迷路了，在灌木丛闲逛。奥利弗的父亲告诉他们，没有什么所谓的世界边沿。事实上，肖特一想到是她儿子就十分不高兴，因为他和斯坦利太太在一起的日子，过得非常快活。

“你不会像斯坦利太太那样烧饭，”他抱怨道，“我爱吃什么就吃什么，我想要什么，她就会给我，你总是说不行不行不行。”

他漆黑的眼睛看着她，说：

“两套标准——说明，你就是个疯子。”

伊丽莎白刚刚到家，身体状况依然堪忧。她如履薄冰，只为离开精神病院，因为那里的条件极其恶劣。她从床上半支起身子，怒道：

“我当然疯了。你不想待在这家里，可以带着你那些该死的东西滚出去，想要孩子的人多了去了。”

他就在床边的地毯上看着她，眼神有些疑惧。伊丽莎白总是把话引向最糟糕的地步，而他压根没有那么想。他语气柔和了一点。

---

①哈克贝里·费恩：美国作家马克·吐温的小说《汤姆·索亚历险记》中的主人公之一。——译者注。

“我喜欢母亲们。”他机灵地说道。

小男孩坐立不安。午后的阳光呼唤他出去玩耍，而一整个上午他都消磨在学校课堂上。他最喜欢课间休息。

“我有一支足球队，”他说，“我知道怎么踢球，你能给我买个足球吗？”

“能。”伊丽莎白说。

“什么时候？”他问。

“明天。”伊丽莎白答道。

他站起来，高兴得直发抖，“嗖”地飞奔而去，不到太阳下山，不见人影。一整个下午，伊丽莎白都在黯然神伤，漫无目的地思考。似乎没了药物，她就活不下去。她的神经绷得死死的，痛苦不已。回家路上，她买了几瓶啤酒。酒真的从来没什么用，只是把她拽入抑郁的无尽深渊。她麻木地坐在那里，脑子一片空白。她刚呷一口啤酒，突然——清晰无疑——色乐说：“你好。”

她停下来，一只手撑起身体，朝色乐坐着的方向看去。

“色乐，你还坐在我的房间里？”她失声叫道，“你现在想从我这里得到什么？我死啦，再没有什么可以供你消遣，你为什么还不走？”

“我待在这里，是因为我喜欢你。”他说。

“啊——！”她叫着，“我去精神病院，有个地狱；我回到家，有个地狱！哪里才有完？”

在她卧室的一角，耽突然活生生地蹦了出来。

“你就要让它完结，”他说，“你马上要自杀。”

她一声不吭。她身上带着足够的药，也心灰意冷，想要一死了之。

“完了，”他咆哮着，“结束了。”

哈——哈——哈。她与那个超级能说会道的卡萨诺瓦[1]的伟大爱情彻底完了。他公开宣布了这事，但有条件。这混蛋关上一段录音，只是为了打开另一段。

“我饱受单相思之苦。”捶胸之痛溢满伊丽莎白的心。

伊丽莎白花了几天才意识到发生了什么，这出戏正快速收尾。这两个男人对她行将就木的躯壳，正争得不可开交。色乐一直逼她活过来，死神备好了棺木，他正把钉子钉紧。那天下午，他戏剧性地编造出她的死亡日期和死亡时间，就在第二天的十二点四十五分。宣布之后，他就发出恐怖威胁。

“你活着没什么意义，”他说，“你没一点自控力，唯一的出路就是为娼，你会搞出很多风流事。”他还不停地来回移动圣水权杖的扶手。

伊丽莎白麻木不仁地打着瞌睡，脑子里还在不停地想着啤酒和药品。就在太阳落山时，大门处传来一声熟悉的叫喊：

---

① 卡萨诺瓦（1725—1798年）：意大利冒险家，以所写的包括自己许多风流韵事的自传而著称。——译者注。

“伊丽莎白，我来了！”

她跳起来，冲到门口。“汤姆！”她叫起来。

第二次生命注入她的身体。沉重的皮靴一闪一闪上了小路，他在门口停住了，笑容满面。“我刚听说你回来，就立刻赶来了。”他说。

伊丽莎白突然笑起来。

“在我对你说了那些话以后？”她问。

汤姆走进屋里。

“你可以随便叫我什么难听的——杂种、三K党成员——我都不介意。”他说。

她倒吸一口气：“汤姆，我真的说过吗？”

“你当然说过，”他回答，转而模仿她歇斯底里的高亢尖叫，“汤姆，你以为你逃得掉三K党的污染吗？你也被污染了。你们都是杂种。”说完，他笑了起来，似乎这是伊丽莎白和他说过的最开心的事。

“我很抱歉。”伊丽莎白说。

汤姆继续笑着，把包放在水槽边上，脱下脏兮兮的运动衫，像往常一样，开始洗漱。

“天哪，”汤姆逗她，“你大发雷霆时，真是闹翻天了，卢克雷齐娅·博尔贾（Lucrezia Borgia）[1]，你的轰轰雷声从哪儿得来的?”

他把头往后一仰，笑得灿烂。

“你把琼斯那只老笨鸟吓出毛病了。”他说。

“你知道她到处说什么吗？伊丽莎白恨我。我不可能把情人战胜仇恨的一切事都给你们看。”她完全傻掉了。

“我很抱歉。”伊丽莎白备受打击。她看到自己的死亡就在眼前。“你这里有什么，汤姆?”她心烦意乱地摸着包裹，问道。

“是食品，”他说，“腰子、米饭、生菜、西红柿。我想着你屋子里可能没有什么吃的，就带了点来做晚饭。”

她移到水槽那里，在水槽下面拿出一口锅来，准备弄吃的。

“放下！”他吩咐道，“我来烧饭，你去坐下，你看起来就像没气儿一样。”

伊丽莎白移到儿子的沙发床上坐下。色乐——就坐在她正对面的椅子上——猝不及防，进入她的视线。他的脸若隐若现，对着伊丽莎白说：“我爱他。”

“我也爱他。”伊丽莎白说。

“你说什么?”汤姆在厨房里问道，米和腰子倒进锅里“哗啦、哗啦”直响。

① 卢克雷齐娅·博尔贾：罗马教皇亚历山大六世（Alexander VI）与其情妇瓦诺莎·卡塔内（Vannozza dei Cattanei）的私生女。卢克雷齐娅以美貌著称，与兄长凯撒有不伦之恋，还有多个丈夫与情人，是邪恶、冷酷、贪婪、淫荡和背信弃义的象征。

“我说我爱你。”她说。

他放下锅，走到她身边坐下，一只胳膊搂住她的脖子。

“卢克雷齐娅·博尔贾，”汤姆温和地说，“你不是爱着每一个人吗？还记得那天，我们第一次在菜园遇见，你对我说的话吗？你说，如果园子中间有一条大路，分出很多小路，人们就能进来看看这一切。你说你觉得蔬菜也会喜欢的。那时我就想：我们这里有什么呢——天上飞的还是水里游的？这个女孩太棒了，哈——哈——哈，她怎么知道蔬菜喜欢什么？这不就是爱？不光爱人，还爱蔬菜！”

伊丽莎白自己没有意识到，那一刻，她的灵魂确实活了过来。汤姆似乎看到——无形之中——她坐进棺材，伸出手把她拖了出来。剩下的事她自己做，镇定自若，十四级大跃，逃离地狱……

“你知道色乐……”她开口。

“不用操心这个，”汤姆说，“尤金非常担心，他给色乐打了电话，色乐说：‘显然，她一直生活在某种可怕的压力下，对不对？’色乐没有把这事太当真。”

“我做那事，是我（之前）以为我有充分理由憎恨他。”她说。

“你完全错了，”汤姆严肃地说，“人们都为色乐感到震惊和不安，他让所有同情心都向你倾斜。他说了对的事情，并没有受到任何干扰。他挺了不起。”

伊丽莎白一言不发，注视着坐在她面前的色乐。是他自己的错。他喜欢这种疯狂局面，喜欢灵魂在空中四处游荡。伊丽莎白却更喜欢正常的言行举止，不像她经历的。

“汤姆，我想告诉你一些事，关于色乐，关于地狱，”她说，“我内心十分痛苦，需要和人聊聊。”

“好，”他说着，跳了起来，“我先准备吃的。”

他一边忙东忙西，一边聊着。

“你要去菜园吗?”

“要。”她说。

“什么时候?”

“不知道。汤姆，我有点不舒服。”

“你很快就会好的。你会发现，有一天，一切都好了。你压根不用在意别人怎么想。他们忘了，就算现在有很多闲言碎语，不出一两个月就全忘了。”

“我面对的不是正常的人。”她绝望地说。

“我能看到，”他说，“一场地狱的战争正在进行。”

“汤姆，”她说，“我能靠双脚站起来之前，你会一直过来的吧?”

“一定，”他说，“我每天都会过来。”

屋子里弥漫着炒腰花的味道。他把切好片的莴苣和西红柿放入碗内。肖特开了门，悄悄溜了进来。在外瞎忙活一天，他俩都饥肠辘辘，汤姆刚把食物摆上桌，二人就开始狼吞虎咽，热切的眼神不时瞟向伊丽莎白原封未动的盘子。伊丽莎白慢慢地啜一杯啤酒，适时将盘子推到桌子中央。这两只饿狼扑了上去，把这盘也分着吃了。她远远地注视着他们。他们洋溢着勃勃生机，焕发着生命的光彩，而她那火山口般断壁残垣的生活，丝毫没有影响到他们。汤姆把所有盘子收在一起，拿去水槽清洗。

“伊丽莎白，”他快活地说，“我喜欢你的家，似乎从来没什么餐具要洗。去别人家吃饭，洗餐具都要花我几个小时，他们的水槽里总有一堆脏盘子。”

肖特在浴室洗澡。汤姆慢慢地呷了一口啤酒，转向伊丽莎白。他有种特别的、古老而充满智慧的男人样，伊丽莎白爱到不行。

“你想跟我说什么？”汤姆问。

似乎在伊丽莎白支离破碎、断断续续的话语中，几个小时过去了。

“你永远不会那样想，汤姆，对吗？”她说道，“我彻底失去了善良的感觉，就是普通人每天都用到的善良。我目睹了一种贪婪和掠夺，以及大大超过正常人情感的傲慢。我的第一选择总是凭狂暴的冲动，我的喜怒无常，完全辜负了这三年甚至更久的生活。好像自己经历了一场奇怪的地狱和黑暗之旅，留不住黑暗，因为我同时看见了光明。它紧紧地俘获了我的视线，是色乐。我以为他的工作就是宗教信仰本身，因为他像那样朝我移动，就在我的眼前，他慢慢地表演着一场灵魂的脱衣秀。他遮遮掩掩地告诉我，人类苦难源自上帝本身，拥有灵魂的权力或力量的领袖。普通人从来不会搅乱这个世界，他们没有那种力量，他们不能无法无天、气势汹汹，普通人一直是它的受害者……”

汤姆差点从椅子上跳起来。

“等一下，你说得很有道理，我要好好想想。”他说。

汤姆坐了一会儿，陷入了沉思，脑子里琢磨着伊丽莎白的话。汤姆的确满腹经纶，而伊丽莎白总靠着汤姆丰富自己的思想。片刻过后，汤姆点点头，示意她继续。

伊丽莎白继续说道：“色乐非常简短地向我展现了一个久远的年代，那时，领袖们对自己的权力都有深刻认识，而人命仅仅是一种可牺牲的物品。权力欺骗他们以他人的生命为代价来获得一种至高无上的感觉。他恰似时间老人，完全掌控了局面，将人类命运彻底送入黑暗。他的原话是：‘我是人类苦难的根源。’那时，似乎人人都心怀怨恨、互揭伤疤，流言蜚语就像一条暗流，在人类命运中徘徊不去。他又一次完全掌权，把人类的整个命运转向光明。之所以这样说，是因为他的声音仍在继续，这是支配人类道德的主旋律。他重新创造出虔诚或善良的意象。权势和活力还在，只是这次他创造的领袖像佛陀。佛陀缓缓朝我移动，我仔细看了他的脸，他的眼皮盖住了眼睛，整个生命都已转向内心，他不是那种神气活现的权力疯子，全心扑在尘世的王权与威望上。他灵魂圣洁，全然无视祈祷或什么东西。他什么都听不见，什么都不关心，只剩下内心的纯粹。面对这种纯粹，同时，面对非洲人的命运、非洲人的环境，就像提前签下我自己的死刑执行令。我在这里的经历如此惨无人道，他对我做的一切令人不齿——天晓得我怎么还活着！不仅仅是色乐……”

伊丽莎白无助地看着汤姆。她不知道该怎么说耽，言语实在无法描述。她又回到色乐身上，色乐可以把整个故事串起来。

“色乐让我相信，人类现在基本上获得了我在佛陀脸上看到的灵魂模样，很多人的灵魂似乎和他类似。那些日子，我无比兴奋，简直就是精神的一大飞跃。我想：人类将意识到自我灵魂的奇迹，贫穷问题将在一夜之间得到解决，有那么多伟大的人活着。事实并非如此。我最终被关进了精神病院，几乎死去……”

“有件事你错了，”汤姆严肃地说，“人类觉醒这事错了。我希望他们永远不会觉醒，我不信任他们。一旦他们看到什么东西，就会用来自相残杀。一切可用之物，像原子能，他们都用来制造死亡。如果他们知道了自己的灵魂还有力量，你能想象他们会做些什么吗？”

伊丽莎白点点头，这也正是她想说的。耽不就是灵魂之力的伟大展现吗？他都用来做了些什么？“我一做就要做一个小时。去死吧，你这条狗，这里可没有你的容身之处。”

“我什么事都解决不了。”伊丽莎白痛苦地说，“从不曾想到的事主宰了我的心智，从而制造了精神的恐慌。我从未质疑过耶稣说的话。他说，灵魂确实是开放地带，易遭恶魔入侵。它们搬了进来，喋喋不休，弄得一片狼藉。一个人刚清理完自己的屋子，千万个甚至更多的恶魔搬了进来。如果我不得不借居别人家里，我必定会毕恭毕敬，关心他们的健康，恶魔们不会这样做。他们大摇大摆进来，砸碎一切东西，再笑咧了嘴……”

“为什么不找个丈夫，伊丽莎白?”汤姆问，“这会给你一种保护。你太孤单了，才会受到攻击。”

“汤姆，我没有这样打算过。”她说道，“似乎我就是为这场经历而生的，我有超强的意志力。有人死命压着我的灵魂，打上死亡的封印。我竭力反抗，因为我想我也应该活下去，就和其他任何人一样，我不在乎自己被赶出大千世界。我想活出自己的方式，不受任何人驱使。也许在另一种生活中，我只是一个女人，做饭、带小孩，但眼下，夏洛克（Shylock）[①]在逼要他那一磅肉，我得到庭出席审判……”

汤姆很忙，工作都是争分夺秒。伊丽莎白不能说太久，因为汤姆要去完成自己的杰作。色乐跟她说话的时候汤姆就在场：

“然后，我们说：‘赐给我们完美。’他们把你送了来。然后我们问：‘什么是完美?’他们说：‘爱。’”

耽要事事超过色乐，他正在制作一个异性。伊丽莎白能看到

---

① 夏洛克：莎士比亚戏剧《威尼斯商人》中的人物角色，一个犹太商人，以放高利贷为生。——译者注。

他正在擦拭两条腿，实在太脏了。接着，据说由于他是上帝，他可以给它吹入一口生命的气息。这个模型站了起来，转身面向伊丽莎白。她俩简直一模一样，除了站在伊丽莎白面前的是一个性感尤物：厚厚的嘴唇饱满又性感，故作天真地眨动着双眼，一双纤弱的双腿，几乎无法站立。她流露出恐惧，身体渗出黏液。耽没有把精力浪费在形象上。他已经花了一年时间给伊丽莎白提供内幕消息，不管她是不是需要。漫长训练的结果就是她面前的这具模型。他表现得似乎对未来有自己的规划——一场纵情狂欢、邪恶的舞会。他掰弯、敲碎了她的灵魂去适应这个未来。他不会问别人的好恶——毕竟，其他人难道不会说：谋事在人，成事在天？他制订了计划，而他又是上帝，那人人都得削足适履，遵守计划，哪怕她们不想成为娼妓。

耽向伊丽莎白走来，伊丽莎白已经没有存在的必要了。耽把他的手伸到她的头上。一连数月，他一直做这事——掀开头盖骨，冲着里面说话，声音粗嘎刺耳。几小时后，伊丽莎白睁开眼睛，大脑一片空白，不记得自己是谁，在哪里，今天是星期几。她的脑子里空空如也。他就是这样向她展示剧终人亡近在咫尺的吗？

肖特站了起来，光着脚，轻轻走到她的床边，她却连他的名字都忘了。狡猾的小家伙想要他的足球，甜甜地笑着，蹭着她的脸。伊丽莎白不敢问出口："你是谁？"

"你不会忘了我的足球吧，妈妈？"他问。

重重的黑暗稍稍移开些许。原来，她是他妈妈，是吧？

“对。”她说。

“你要快点给我做早饭，”他说，“我们上学迟到会挨罚的。”

“今天星期几？”

“星期五，”他说，“我知道今天星期五，因为昨天我们有收藏课，收藏课是星期四。”

重重的厚盖移得更开一点了，她继续听小男孩喋喋不休地谈足球队的事。球队叫作“大十六”，两边各八人。肖特走上那条灰尘漫天的土路去学校后，伊丽莎白挣扎着骑上自行车去镇里，买回来一个足球、一块肉和一打啤酒。喝着啤酒，心如槁木，死灰一片。她应该会在十二点四十五分自杀。到了十二点半，她心灰意冷，站起身来，从抽屉里拿出满满一罐药片。药片太硬了，她不得不把它们融化。就在那时候，门外传来一群小男孩的声音，肖特闯进了房里。

“我不想吃午饭了。”他说。

然后，他拿着足球冲出门去。他们在房子外面建起了一个足球场。整个下午，伊丽莎白都站在窗前看着他们。肖特把球踢得太高了，仰面摔了一跤。他站起来，又踢了一脚，又仰面摔一跤。伊丽莎白痛彻心扉，她能做的就是站在窗前，紧紧抓住生命。日落时分，汤姆过来了，也没什么用。她全身无一处不疼，而灵魂的痛苦直冲云霄，让她完全对外界视而不见，听而不闻。汤姆把脏毛衣扔到沥水板上，开始在水池里洗脸洗手。

“你感觉如何?”他问。

伊丽莎白站在水池边，脸转了开去。以前她从未遇到过这种情况，一个人每天都得承认自己快死了。汤姆停下来，眯着眼担忧地看着她：

“我马上就得走，而且要走一阵子，”他说，“我不在的时候就没人照顾你了。”

屋漏偏逢连夜雨！她唯一的慰藉就是这个孤儿的情感寄托，现在没有了。曾经多少次，伊丽莎白站在水池边，看着他一边洗漱，一边笑声如雷或唇枪舌剑。她注意的不是正在洗漱的这个人，而是他们谈论的工作，刚刚过去的一天，狂放不羁的心灵自由。一切都消失得无影无踪。她现在眼里只有这个在洗漱的人。似乎她要得太多了。她从不曾拥有如此真真切切的友谊。直到此时，她才察觉，这份友谊是他俩齐心协力共同培育的，似乎他和她心有灵犀，在你来我往交流想法的过程中，不谋而合。她再也生不出那样的共鸣了。汤姆又去烧饭，虽也说话，却形单影只，努力和伊丽莎白的沟通让他身心俱疲。严格说来，这段友谊的建立有益于身心健康。不是说他似乎没到到达与她感同身受的地步，所以无法拉他进入黑暗的旋涡，而是她不需要任何人，宁愿自己孤身死去。

“再见，”最后他说，“伊丽莎白，我一回来就来见你。”

哇，他抛给了伊丽莎白救命索。这般慷慨的心，可以滋养十万万人。

伊丽莎白害怕入睡，害怕第二天早上醒来，人还在，魂却没了。她半夜里坐起来，外面的昆虫都陷入忧思——夏天已经结束，它们还得为冬季储备粮食。色乐一直说个不停，声音听起来就像沉思的昆虫，非常轻柔，断断续续传入她耳中：

“不要恨我，伊丽莎白……”他似乎非常小心地说，“我喜欢你。”又说：“我告诉你的黑暗时代的一切都是真的。它影响了一切，还有孩子们和动物。是的，他们也虐待动物。但我不是性变态，是耽，犯下这一切……”

天将破晓，她打起盹儿来。立刻，耽出现在她面前，他说：“我有力量取走你儿子的生命，他两天后就会死。”

伊丽莎白骤然醒来，瞪着新的一天，万念俱灰。一个模糊的想法萦绕在她的脑海中：琼斯太太，琼斯太太。她想跟琼斯太太说什么呢？她坐着，抿一口茶，看着肖特吃早饭。他狼吞虎咽地吃着，把食物胡乱塞进嘴巴里。他脑子里全是足球，而且想出门了。今天是星期六，不用上学。

“帮我带个纸条给琼斯太太。”她说。

“你想跟她说什么？”肖特问。

“闭嘴，”她说，“就带张纸条。我真受不了你吃东西的样子。”

“亲爱的琼斯太太，”她写道，“很抱歉我打了你。三年来，我一直生活在没有同情心的噩梦世界。”

肖特正要跨出家门，琼斯太太就颤颤悠悠地沿着窄窄的土路走来。她跌跌撞撞进了屋子，看着伊丽莎白，眼睛里流露出受伤的神情，泪水盈眶，但她强压着不让眼泪掉下来，要说的太多了。她坐下来，用最爱的陈词滥调作为开场白：

“我一直想来看看你，伊丽莎白，”她说，“但我担心你会心烦。”

她诚恳地盯着伊丽莎白，突然出声：

“你不要害怕恶魔，耶稣很久之前就打败了恶魔。”

“是的。”色乐说得很响，伊丽莎白惊得跳了起来。

老妇人似乎没有听见，她背对色乐坐着，而色乐正目不转睛地盯着她。很有可能她以为是伊丽莎白说的。

“我只信仰耶稣，”琼斯太太说，“我告诉他：上帝啊，我用生命为您服务。合适您就用我。我知道我没多少用处，我不优秀。但我愿意为您分担，上帝！我做一切您让我做的事（原文字意为“我做一切我让您做的事”，译者认为此处人称可能有误，故做了调整。——译者注）。‘人们孤单时，我去拜访他们；人们生病时，我去看望他们。’你压根不用这般担心恶魔，伊丽莎白。”

伊丽莎白难以置信地回望着她。琼斯太太脸上有种她许久没有见过的东西，她的眼睛发出一种柔柔的光芒，是那么平常、充满人性而又友善。

“我似乎现在什么都理解不了，”伊丽莎白说，“我的心和脑子死沉沉的，好像它们完全没归位。”

“没关系，”琼斯太太说，“我会为你祈祷的……”她又漫无边际地一个人唱起独角戏，通常连她自己都昏昏欲睡。伊丽莎白真的没有听，她只是在看着这个人。

伊丽莎白想：“人们祈求：‘哦，上帝助我。’他们祈求的是心中所想的东西，它始终温柔，是一种善良，总是带着女性的怜悯与仁慈。但是他们通常四处走动，看起来就像他们祈祷的上帝一样。很多人有她那样的表述，是一种柔软、朦胧的随心所欲，一种无能为力、天真烂漫的同情和恳求。那么他们向谁祈祷呢？当然，他们在向一个看不见的上帝祈祷，因为没有像普通人的上帝。你在天堂和地狱都能找到美杜莎和耽，但你找不到普通人的善良和正直。上帝在天堂权势滔天，做不到正直。”

琼斯太太在问她一个问题，她力图将自己的注意力集中在琼斯太太讲的话上。琼斯太太站了起来，说：“如果你想和我掏掏心窝子，我就去备茶了。你不要操心了，坐着就行。你看起来太可怜了。”

伊丽莎白坐了回去，什么都不一样了。她以前一直痛苦不堪，但她仍然可以与琼斯太太一起品茶。暗无止境的模糊梦魇已经完全将她的生活团团围住。

她曾这样度过许多个周末：看着耽和芳华正茂的女孩们旋转。

表演太疯狂了，女孩们似乎在谱写她们的终曲，一丝不挂，上蹿下跳。她和着啤酒吞药片，醉生梦死。星期一早上，她在无言的恐惧中猛地恢复神智，尖叫出声。肖特发高烧了。耽说他两天之内会死！伊丽莎白赶忙把他送到医院，还好只是膝盖上的擦伤化脓引起的发烧。回到家，她把肖特放上床，让他躺下。肖特吃了一片阿司匹林，沉沉睡去。

一整天她都躺着，感觉生命渐渐离她而去。死亡正步步紧逼，她听到耽声称要和B——“温门小姐”在一起做爱。她从床上半支起身子，天色将暗，她想喝杯茶。

色乐说：“噢，我从没见过如此野蛮的行径！”

伊丽莎白把头转向她儿子的房间，色乐补充说：“伊丽莎白，爱情不是那样的。爱是两个人的相互滋养，绝不是像食尸鬼一样寄宿在另一个人的灵魂之上！”

这些话深深地触动了她伤痕累累的心田。她重复了一遍，起身来，泡了茶，给肖特喂了点粥。有什么在让步，她胸口的疼痛得到纾解，脑中的风暴渐渐平息。她确确实实有一种被举起来抛出炼狱的感觉。她发出一声雀跃的欢呼，大大张开双臂，朝着色乐挥手：“谢谢你！啊，上帝，谢谢你撬我出了地狱。”

之后，事情发展很快。色乐，翱翔天际的鸟儿，渐渐升起，但这一次，他朝伊丽莎白走来，从头到脚浸透在光芒之中。耽仍然在她床上和“温门小姐”在一起。他仰视色乐，黑眼睛里满是惊愕。刹那间，他忘了他是上帝。耽快速爬起来，看起来就像是一个南非白人布尔人，因与一个黑人妇女有不道德行为违反《不道德行为法》而被捕。色乐只是高高地俯视着他，一言不发。

耽恢复过来，朝色乐啐了一口：

“我不会成为你的附庸。”

他转身，看向伊丽莎白，恨得要死。

“我恨你，”他说，“我要追你，直到毁了你！”

耽“砰”地甩门离去。“温门小姐”对这突如其来的变故惊恐不已，摔落在地，全身瑟瑟发抖，连滚带爬地出了房子。

“他是谁？”伊丽莎白问道。

“撒旦。”色乐说。

色乐走到窗边，望着外面莫塔本村漆黑的夜。他放轻了声音，毕竟可怕的风暴过后，内心难免惊魂未定。

“我很抱歉，”色乐说，“我很抱歉所发生的一切。这是一场智斗，我的头脑和他旗鼓相当，而他像眼镜蛇一般阴险狡诈。我得让他白费心思。那红色火焰你看到了，它一直就是个麻烦，拥有它的人就会发狂。它摧毁了一个又一个文明，而耽已得到足够的火焰，能够粉碎整个宇宙。不久前，我看穿了他。我唤醒他，让他感受这其中的全部影响。他吓坏了，疯了。他以为他能够随心所欲破坏、改变一切生命。他消极地看着这一切，他唯一算计错误的就是你。他们和你斗争那一刻，他们就死了，只是他们还不知道。你不费吹灰之力就打倒了巨人。”

他转过身，向伊丽莎白亲切地笑了笑。

“意识有很多层面，”他继续说，“我给他看了你的表层，你尽善尽美，为人类服务。就像一个卑劣者接触到一个优秀者，他跳到你身上，想把你碾成碎土。他以为他看到的只是个懦弱的僧侣，太过柔弱、温和，从而激起了他的全部野蛮残暴的嗜欲，一见到无助又无防备的东西，嗜欲便一发不可收拾。他们从不攻击和他们势均力敌的东西。我从未向他展示这个懦弱的僧侣背后潜藏的可怕力量。我在幕后操纵，是为了杀死他。我们已经消除了主要危险，因为这种力量一旦联合他的邪恶意志，足以创造暗无天日的黑从而导致这种力量被湮灭。这就是他们在黑暗时代的样子，或者正如人们所说的，人的堕落。他们见识了自己的力量，就要毫不留情地杀死他们。我对他肮脏的思想和心灵无能为力，但我看到了一种夺走他力量的方式，那就要由你来实现。你被创造出来，所拥有的力量强过他的百亿倍。这是在绝境中创造出来的，我们和为权力疯狂的人战斗的武器隐藏在我们一个小丑的笑脸之后，你永远不会知道自己的权力，而我永远不会让你见识到你的权力，因为我知道它的威力。如果灵魂的东西真就是权力问题，任谁拥有了灵力，都可能变成路西法（Lucifer）[1]。”

---

①路西法：指魔鬼。——译者注。

色乐停下来，陷入沉思。

“不是权力让我的末日降临，是女人，尤其是一个特殊的女人，对我大有助益，她和我很像你我之间建起的已有一段时间的关系。她魅力十足，耀眼夺目。我喜欢完全依赖我的人，我从不会说再见，也从不接受拒绝。我的权力太大了。我想让她崩溃，她有和你一样的力量，挣脱了束缚，释放了数百年来的苦难和黑暗。什么都无法阻挡她的名誉和自尊，她是上帝。她和耽一样都有可怕的意念、巫术魔法和各种伎俩。我看到故事重演，一旦耽看到自己的力量，他就会想借此成为上帝，而不顾自己内心污秽的事实。他给你看的，全是他的内心，其他什么也没有。他从你的内心看到对立者，他看到那个僧侣，他觉得你可能不会同意他的计划。这就是他为什么要和你较量，把你重新塑造成他自己的样子。我让他自由行事，因为我想彻底研究他的样子，而且我以为你需要洞察绝对的邪恶。我非常抱歉让你这么痛苦。”

色乐停下来，看着伊丽莎白，神情悲戚。

“我从最开始就洞悉了一切。既然我主宰局势，我思考所有做错的事。一旦你无所不知，却要隐藏许多事，你会怎么做呢?”

这才是问题的关键。一旦伊丽莎白知晓，并确信事情的真相，她会将其公之于众，哪怕这是最骇人听闻的真相。但是，尽管连续三四年噩梦不断，她除了对集中营该是什么样子有点了解，其他的完全一无所知。囚犯们呼号着：“上帝啊，您在哪里?”没有上帝出现去帮助他们，永远不会有上帝出现。伊丽莎白对上帝、仁慈或怜悯不抱任何幻想。一位受害者只是瞪着恶魔的脸，死去。色乐清楚这一点，如果需要揭露此世灵魂的真相，他就得揭露。伊丽莎白没有回答。

色乐望着窗外，客观地说：

“谢谢你所做的一切，我们的友谊永无止境。”

色乐吓坏了伊丽莎白。他暗地里导演了一出古怪的戏，那么可怕，伊丽莎白都发了疯。据耽所言，色乐还将伊丽莎白纳入了自己的预言之中，这些预言引发猜忌，危及人的生命。一个预言家必定是一个怪人，特立独行，是用水酿葡萄酒的人。可伊丽莎白对这些一窍不通，她觉得自己和其他人一样平常、普通，但她差点就死在这长长的地狱里。有趣的是，她真的很崇拜色乐，就好像他们是一对伙伴，共享同一个永恒的笑话。

“色乐，”伊丽莎白说，“你说我们的友谊永无止境，这意味着我们来生还会再见吗？”

“是的。”他回答。

“那你愿意做我的哥哥吗？”

“好的。”他说。

“我会四处寻找适合我们的父母，”伊丽莎白狡黠地说，“处理家庭事务上，我比你在行。一旦我找到了合适的父母，你会永远是我爱的兄长。”

她仅仅想说，她想要不相信预言的父母。他们哪怕什么都没有，但他们能生出一个正常而开心的人，热爱飞鸟、昆虫、菜园和人类，甚至牺牲品耽。

色乐笑起来。痛苦和不幸变得无关紧要，一个人不笑吗？但不仅如此，色乐还有一颗疯狂赌徒的心。他总去外面抛硬币。他给伊丽莎白看了一个旅行袋。他打开袋子，她看到里边被一个白炽灯塞得满满的。

“这是人类手足情谊的传递。”他说。

伊丽莎白的故事就这样戛然而止，没有结局。她仅仅记下自己单方面的观察和思索，其余的都掌握在色乐手里，他是“时间老人”，心里装着漫长的人类历史。接下来会发生什么，伊丽莎白也说不上来，因为她的思想退回了不受干扰的状态，喜悦和幸福慢慢涌上心头，这让她觉得，未来或许比耽的欺骗更简单、更美丽。

色乐从口袋里掏出一张照片，这是他和女友手牵手在路上散步的时候拍的。

“我的妻子在你这里。”他说。

佛陀的妻子从伊丽莎白的身体中显现，走向色乐，她静静地匍匐在色乐的脚下。她是天国的王后，也是一个主妇。她曾和一个男人同行，男人为了追逐灵魂之物，总是把她抛下。男人已经涅槃重生，而她成了绊脚石，用鲜血玷污了他的双手。过去的压力没有了，女人既是女神又是主妇，有了时间去爱人，这一切发生之后，或许世界会更正常点。或许，她和色乐曾一起做过的事，会为人类历史注入一种温和与柔情。鲜花、动物、人们的日常生活都得到他们的赞美。他们如光脚的僧侣，一起漫步世界，依照僧侣的戒律而吃不熟悉的东西维持生命。他们的灵魂在孤独冥想时，没有爱人的拥抚，而他们曾是人类的爱人。那天晚上，伊丽莎白在灵魂的源头处醍醐灌顶。他们一起完成了分享一切的理想，然后完美地与人类分享一切。

重新发现这种爱，如同突然被送上人生的巅峰。这时，所有的个人感情都消失了。这时，没有私欲得到亲吻、爱慕、膜拜。不过，有一种被万物亲吻的感觉：空气在亲吻，生命和缓的流动在亲吻，众人的微笑和友谊在亲吻。获得的这种浩瀚无垠的爱，驱使他们向前，并一次又一次来到人们中间，告诉人们他们爱着大家，这就是他们彼此相爱的本质。全体人类都包括在内，内涵如此丰富，而最重要的是，它对世间一切众生都平等相待。

大卫的歌声又一次在伊丽莎白的心中响起，这次更加有力、更加安心："我走过死亡阴影笼罩的山谷，但我不惧邪恶。我将永住于主的居所。"伊丽莎白珍惜与耽的邂逅，她曾受过的苦难已经给她的阿喀琉斯之踵（Achilles' heel）[1]打上了封印——再无那相爱相杀的致命弱点。她已经告诉美杜莎，她不要成佛。可耽把她炸飞到远高于佛陀的地方，耽加深、强化了她所有的品质。他是她共事过的最好的老师之一，但他离经叛道——用纯粹的、疯狂的、恣意的纵情，教给人钢铁般的自我控制力；用刻骨仇恨，教人情深义重；他教人们警惕内心的谎言，因为他为了毁灭色乐无所不用其极。而自她惨遭摧毁的生活中，一个宁静而高贵的灵魂油然而生，谁都无法撼动丝毫。

拂晓将至，伊丽莎白将药包扔出了窗外。

伊丽莎白的行为从来都不正常，她总是头晕。她曾摇摇晃晃向死而去，转身又摇摇晃晃向生而来。她摇摇晃晃，充满幸福喜悦，走上尘土飞扬的褐色土路，走下小路，进入谷地的当地产业项目区。她在菜园前停下。肯诺西站在一个沟床上，正在用耙翻土，一个小男孩在浇水，一个男人正在准备一条新的沟床。

"肯诺西！"她喜气洋洋地喊道。

---

① 阿喀琉斯之踵：阿喀琉斯是荷马史诗《伊利亚特》中参加特洛伊战争的一个半神英雄，希腊联军第一勇士。他是海洋女神忒提斯和英雄珀琉斯之子。他出生后，母亲忒提斯为了使他有金刚不坏之躯，将其倒提着浸在冥河水中，因此除忒提斯所捏的脚踵外，全身刀枪不入。阿喀琉斯在特洛伊战争中杀死特洛伊第一勇士赫克托尔，使希腊军转败为胜。后来，特洛伊小王子帕里斯受到太阳神阿波罗的指引，暗箭射中阿喀琉斯的脚踵，阿喀琉斯因此受伤身亡。后来，人们就常用"阿喀琉斯之踵"来比喻强大人物身上唯一的致命处或软肋。——译者注。

肯诺西立刻扔下耙，朝她走过来，还点啊，点啊，点着她的猫一样的脑袋。她们在菜园中间相遇。肯诺西停了下来，认真地盯着伊丽莎白。

“早上好。”她轻轻地说。

“我一直生病。”伊丽莎白说。

“尤金告诉我了，”她说，“他很担心。”

“我回来干活了，”伊丽莎白说，“让我看看菜园。”

她们开始沿着主路和大道行走。突然，肯诺西提高嗓门，哀怨地说：“你不在菜园，我都不知道要干什么了。我们没钱赚了。你在这儿时，我们每星期卖蔬菜赚4兰特，卖灯笼果果酱赚4兰特。没有人会做灯笼果果酱，蔬菜现在只能卖到2兰特了。”

她从口袋里掏出记录菜园销售蔬菜的本子，递给伊丽莎白。歪歪扭扭、煞费苦心的字里行间，一丝不苟地记下了所有她卖掉的东西。那拼写，啊，那拼写真是完美地结合了英语和茨瓦纳语。

“番茄柿30分，”她写着，“番南瓜60分，糖菜头45分，洋葱头25分，豆子20分，波斯菜15分，萝白25分，番茄柿45分……”

伊丽莎白静静地笑了。在肯诺西眼里，那片菜园是神圣的土地。伊丽莎白仿佛看见那几个月里的夜晚，她坐在小屋桌子旁，桌上燃着一支蜡烛，肯诺西蹙着眉头，检查所有进账，小心翼翼，生怕漏掉一分一毫。记录簿看起来太美了，所以伊丽莎白和肯诺西在菜园里来回走时，她在脑子里把本子翻了又翻——番茄柿、洋葱头、波斯菜、豆子、萝白。肯诺西念叨说没有西红柿幼苗，需要更多大白菜，她买不到番薯。她自豪地看着伊丽莎白把菜园里所有需要的都记了下来。无论她们需要什么，伊丽莎白总是会千方百计地寻来，她们又开始同心协力想问题了。明天她们会移植更多的萝卜和甜菜，今天还有时间来种苗。整个上午转瞬即逝，世界又恢复了正常，肯诺西的脸上不再是一副紧张的样子。伊丽莎白曾读过一个故事，是关于一只叫杰克逊的猫。那只猫的全名叫“守住要塞因为我要来了杰克逊”。猫通常是酷酷的生物。肯诺西没完没了地叹气，所以说司令上了战场剿敌，营地就乱了套。她们填装秧苗袋，讨论灯笼果果酱——伊丽莎白院子里的树下，灯笼果数都数不清。伊丽莎白不在时，果子不断从树上掉下来，没有人去捡，肯诺西长吁短叹。之前，她们有一两个星期光靠灯笼果果酱就能赚10兰特。正午时分，她们站起身，走回伊丽莎白家。她们要吃点午餐，下午捡灯笼果，然后开始做果酱。路上她们遇见了尤金。尤金停了下来，盯着伊丽莎白。她能说什么？尤金一直在帮她，但事情总是出错，之后她还打了琼斯太太。她开口说她搞得一团糟，还伤害了别人。尤金打断她的话，骄傲地举起手，说：“你会弥补的。”尤金就是那种人，人总是往高处走，绝不走下坡路。

日落时分，工作结束，一切风平浪静。伊丽莎白慢慢品着茶，草草记录下一些只言片语。就像一个遭遇失事船只的水手，登上温暖的沙滩，再回首看那差点夺走他生命的汹涌大海，也会这么记上几笔。起初，她想不起自己任何事。一首戴维·赫伯特·劳伦斯（D. H. Lawrence）的诗——《过来人之歌》——一直在她脑海中浮现："不是我，而是那吹拂我的风！一阵舒适之风吹出了时间的新方向。但愿我能让它载我而去……但愿，最好我能沉湎于这舒适之风，借着它自然地穿过世界的喧嚣……噢，为了那泡沫般涌入我灵魂的奇观……"

这时，肖特蹑手蹑脚地走进屋子。

"嗨，亲爱的。"她心不在焉地说。

"嗨，亲爱的。"肖特说，"你在做什么？"

"我在写诗呀。"她说。

"我知道这个，"他说，"我在学校里学过，我也能写诗。"

隐隐约约地，伊丽莎白注意到他脸上染上了一层专注的光芒。有趣的是，她还注意到肖特在模仿她。肖特停下来呷一口茶，继续写诗。他问伊丽莎白怎么拼写蝴蝶和蜂蜜。夜幕降临，他们依然坐着，桌子上燃起了两支蜡烛，烛光摇曳着他们的梦。他把写好的诗递给了伊丽莎白。她读了又读，难以置信，这不可能，他似乎和她一起经历了整个旅程，他似乎总结了她的一切见闻。

他写道：

这一个人，那一个人，人

能在天空四处飞。

蝴蝶翩翩飞，

蜜蜂酿花蜜，

其他什么还能飞？

鸟儿、飞机、直升机、

喷气式飞机、波音飞机都能飞，

一个兔子男和一个小精灵

能在天空四处飞。

这就是她感受到的人们的灵魂和力量。它们就像天上的鸟儿、飞机、喷气式飞机、波音飞机、精灵和蝴蝶，这些力量得到某种释放，破晓新黎明，迎来新世界。伊丽莎白有如此感觉，是因为根本错误似乎在于，一切神圣的东西都被贬为空中某种看不见的存在。既然人对人没有至善之心，那就可能会因肤色而受折磨、遭虐待、降等级等。若说她自己的苦痛能有什么启示，似乎和穆罕默德的言论完全相反。穆罕默德说过："上帝只有一个，他叫阿拉。穆罕默德是阿拉的先知。"

伊丽莎白说："上帝只有一个，他的名字是人。伊丽莎白是他的先知。"

伊丽莎白坚信这一点。她的意识变得平和沉静，疼痛碎裂的神经末梢悄然愈合。她把肖特放上床，三年来，她第一次满心欢喜地拥抱独处的夜。

个人思想的优雅之路在伊丽莎白面前延伸，闪着光，远离恐惧的喧嚣。她转过身，从床边的桌子上拿起一本书。这本书闲置了整整一年，书名是《奶牛的馈赠》，作者是普列姆昌德（Premchand），是由联合国教科文组织出版的经典印度小说，倡导提高穷人地位。该书引言部分写道，本书和印度文学的主流相反，似乎仅仅是一部为了娱乐、为了满足人们对新奇事物的强烈渴望的著作，是一部集魔法、鬼怪和出身名门的男女主角的冒险作品。

非洲却正好相反。没有直截了当、矛头直指阶层和种姓的那些僵化、虚伪的社会体制。甫一开始，伊丽莎白就落入手足情谊的温暖怀抱，因为一个民族想要每个人都是普通人，这就是表达人与人相亲相爱的另一种方式。入睡前，她把一只手温柔地放在自己的土地上——一种归属姿势。

译后记

《权力问题》是出生于南非、流亡博茨瓦纳的女性作家贝西·黑德的半自传体小说，尽管有学者认为这部小说并没有真实记录黑德的生活，但确实为作者的出身、幼时经历，以及作者流亡博茨瓦纳“精神失常”后的所见、所闻、所感、所为提供了证据，更让人深刻感悟到作者如何在梦魇和幻象中展露自己身为“黑白混血儿”的痛苦。

原著采用虚实结合的手法，以“疯癫”叙事，视角在真实和虚幻中不断切换，这给本人的理解平添了几分难度；而且，文中有很多似是而非、前后矛盾、甚至可能错误的地方，本人虽没有做到为一词“旬月踟躅”，但也日思夜想，力图还原作者的思想。无奈水平有限，误读、误解、误译之处在所难免。又出于种种原因，在措辞方面有一定的调整，以符合中文读者的阅读习惯。

这部作品的翻译，前后持续四年，本人虽字斟句酌，恐也难表现作者心理之全貌，唯愿以此译作，能为研究黑德的学者提供一点素材，仅此而已。

李　艳

2019年9月23日

于北京外国语大学图书馆

浙江师范大学外国语学院

“非洲人文经典译丛”

百年来，非洲的文化思想飞速革新，知识分子既尽力重现往日历史传统的光辉，又在全球化的碰撞下迸发出新的思想火花，在文化领域留下了不可磨灭的思想印记。非洲大陆为世界贡献了许多杰出的文学家、思想家、政治家等。在中非合作越来越紧密的今天，人文领域的相互理解也变得越来越迫切，需要双方学者进行全方位、深层次、多角度的系统研究。

浙江师范大学外国语学院拥有国内高校首个非洲文学研究中心。中心旨在搭建学术平台，深入战略合作，积极服务于中非文化的繁荣与传播，为推进中非学术和文化交流做出新贡献。

国内首套大型“非洲人文经典译丛”以“20世纪非洲百部经典”名单为基础，分批次组织非洲文学作品及非洲学者在政治学、社会学、哲学、人类学等领域的重要专著的汉译工作，在此过程中形成一个高效实干的学术团队，培养非洲人文社科领域的译介与研究人才，构建具有中国特色的非洲文学研究学术话语体系。

浙江师范大学非洲研究院

“非洲研究文库”

非洲大陆地域辽阔，国家众多，文化独特。近年来，中国与非洲国家的交往合作迅速扩大，中非关系的战略地位日益重要。目前，中非关系已超出双边关系的范畴而对世界产生多方面的影响，成为撬动中国与外部世界关系的一个支点。

浙江师范大学非洲研究院是国内高校首家成立的综合性非洲研究院，创建的目标在于建构一个开放的学术平台，聚集海内外学者及有志于非洲研究的后起之秀，开展长期而系统的研究工作，以学术服务于国家与社会。

“非洲研究文库”是浙江师范大学非洲研究院长期开展的一项基础性、公益性工作，秉承非洲研究院“非洲情怀，中国特色，全球视野”之治学理念，并遵循“学科建设与社会需求并重，学术追求与现实应用兼顾”之编纂原则，由国内外知名学者、相关人士组成编纂委员会，遴选非洲研究领域的重大重点课题，以国别和专题之形式，集为若干系列丛书逐步编撰出版，形成既有学科覆盖面与知识系统性，同时又重点突出各具特色的非洲研究基础成果，为中国非洲研究事业之进步，做添砖加瓦、铺路架桥之工作。